Amanda Hocking a toujours écrit des histoires. Elle a fini son premier roman à dix-sept ans. Puis elle en a écrit d'autres. Beaucoup d'autres. Elle a décidé d'autopublier l'une de ses séries, *De mon sang*, en livre numérique. Des blogueurs l'ont lue, adorée et chroniquée. Aujourd'hui, à vingt-sept ans, elle a vendu plus d'un million d'exemplaires dans le monde entier.
Amanda Hocking est très proche de ses lecteurs et communique sur tous les réseaux sociaux ainsi que sur son blog, où elle partage son expérience d'écrivain avec ses fans.
De mon sang est sa première série publiée en France.

Destinés

Du même auteur, chez Castelmore :

De mon sang :
1. *De mon sang*
2. *Destinés*

www.castelmore.fr

Amanda Hocking

DE MON SANG

Destinés – Tome 2

Traduit de l'anglais (États-Unis)
par Florence Cogne

CASTELMORE

Titre original : *Fate*

Loi n° 49-956 du 16 juillet 1949 sur les publications destinées à la jeunesse

Dépôt légal : novembre 2012

ISBN : 978-2-36231-070-6

CASTELMORE
60-62, rue d'Hauteville – 75010 Paris
E-mail : info@castelmore.fr
Site Internet : www.castelmore.fr

Chapitre premier

L'air estival pénétrait par les vitres ouvertes, emplissant l'habitacle de l'odeur de verdure qui émanait du parc et du bruit inquiétant du trafic autoroutier. Je me mordis la lèvre et regardai les enfants jouer dans l'herbe. La voiture ne faisait que tourner en rond au ralenti sur le parking, mais je ne pouvais m'empêcher d'imaginer Milo, mon petit frère, perdant la maîtrise du véhicule et les écrasant.

Il venait de fêter ses seize ans et parlait sans cesse de passer son permis. J'estimais que sa nouvelle passion pour les bolides était entièrement la faute de Jack, qui pilotait des voitures de luxe à une vitesse excessive. Dès que Milo avait posé les yeux sur sa Lamborghini, il avait changé. D'aussi beaux objets fascinaient tout le monde, et même les adolescents gay, manifestement.

Même si j'avais un an et demi de plus que Milo, je n'avais toujours pas mon permis. C'était donc Jack qui lui apprenait à conduire, ce qui me faisait peur.

Caché derrière d'immenses lunettes noires, ce dernier occupait le siège passager, mais donnait très peu d'indications à Milo. Il lui avait désigné une pédale en lui disant : « Celle-ci sert à accélérer. Alors, appuie dessus et allons-y. » Rien de plus.

Heureusement, Milo est plutôt prudent et avait insisté pour obtenir plus d'informations auprès de Jack, sans pour autant récolter des réponses plus précises. C'était peut-être parce que Jack était fatigué. Nous étions en août, en plein après-midi, et un magnifique soleil brillait au-dessus de nos têtes. D'ordinaire, c'était le moment idéal pour conduire, mais Jack était assommé par la luminosité. Il avait déjà commencé à bâiller.

Jack n'est pas tout à fait comme les autres. Je l'apprécie vraiment, plus que je ne le devrais. Il a un charme qui lui est propre : de pétillants yeux bleus, des cheveux blond-roux ébouriffés et un teint hâlé parfait, mais je ne le qualifierais pas de super sexy.

Tout ce qui le concerne, lui et sa famille, est compliqué, pour une simple et bonne raison : ce sont des vampires.

Ils ne représentent pas vraiment une menace, sinon je n'aurais pas laissé mon frère les approcher. Enfin, en théorie, je suppose qu'ils sont dangereux, puisqu'ils pourraient facilement nous tuer s'ils en avaient envie, mais je ne crois pas que ce soit le cas. Ils se nourrissent bien de sang humain, mais qui provient soit de poches de transfusion, soit de donneurs.

Les vampires ne sont pas obligés de tuer des individus pour s'abreuver, même si cela peut parfois se produire. Jack n'a jamais connu ça, mais il est encore relativement jeune. Au moment de sa transformation seize ans plus tôt, il avait vingt-quatre ans, tandis que son frère Ezra est un vampire depuis plus de trois cents ans, et Peter bientôt deux cents.

Ils ne sont pas frères à proprement parler, mais au sens vampirique du terme. Pour qu'un humain soit changé, son sang doit fusionner avec celui du vampire. Ezra a transformé Peter, qui à son tour a transformé Jack. Ils sont donc liés de manière inhabituelle. Peter est attiré par moi, ou, plus exactement, son sang l'est. Mais, à cause de cette attirance, Jack et Ezra m'aiment tous les deux, et Jack bien plus que de raison.

Je sais que ce dernier ne me mettrait pas en danger, du moins pas intentionnellement. Sa capacité à évaluer la fragilité du corps des mortels, comme celui de mon frère, est inexistante. En cas d'accident, il me protégerait avant Milo, ce qui m'angoisse.

— Tu es absolument sûr de vouloir le faire aujourd'hui ?

Dans le rétroviseur, je vis Milo lever les yeux au ciel puis me fusiller du regard avant de répondre.

— Si c'est pour te comporter comme ça, on te ramène à la maison.

En dépit de son âge, mon frère avait un visage de bébé joufflu, et de grands yeux marron innocents. Lorsqu'il me menaçait, il ressemblait plus à un enfant en colère qu'à l'adolescent qu'il était.

— Alice, tout ira bien, m'assura Jack en étouffant un nouveau bâillement.

— C'est moi le plus raisonnable ici. Alors, si j'estime que ça va, c'est que ça va, me rappela Milo.

Nous venions de passer vingt minutes à l'arrêt sur le parking, le temps que mon frère se fasse expliquer chaque détail du véhicule. Comme Jack s'en chargeait, il avait consacré beaucoup trop de temps à détailler le fonctionnement de l'autoradio et celui du chauffage des sièges, ce qui paraissait complètement incongru en plein été, aussi Milo commençait à s'agiter.

Lorsqu'il fit enfin démarrer la voiture, mon cœur bondit. Il traversa le parking, écrasant plusieurs fois la pédale de frein inutilement.

— Vas-y en douceur, lui conseilla Jack.

Mon frère s'exécuta.

— Si ça se trouve, il n'est pas prêt, soulignai-je en me penchant entre les deux sièges.

— Alice ! s'écria Milo.

Jack baissa ses lunettes pour me dévisager.

— Alice, il faut que tu te détendes, sinon on va vraiment te raccompagner chez toi, et je lui laisserai le volant pendant tout le trajet.

— D'accord !

Je levai les mains en signe de défaite et me laissai retomber contre le dossier.

Milo fit le tour du parking en calant de nombreuses fois. Sa conduite finit par s'assouplir, et je m'autorisai à me relaxer.

C'était précisément pour cela que je restais dans les parages. Jack m'avait fait une proposition : devenir immortelle. Mais je l'avais déclinée dans l'immédiat, car je n'étais pas encore disposée à abandonner mon frère.

Jack bâilla de nouveau bruyamment, et sa fatigue m'envahit. Pour se réveiller, il tripota la radio, et la musique de The Cure retentit à plein volume. Je m'apprêtai à lui dire que cela allait gêner Milo, mais ce dernier éteignit le poste d'un geste brusque de la main.

— Je ne peux pas me concentrer avec ça, expliqua-t-il devant l'air outré de Jack.

— Tu vois ? me lança Jack avant de caler son crâne contre l'appuie-tête avec lassitude. Tu n'as aucun souci à te faire avec ce gamin.

— Pas grâce à toi, marmonnai-je.

Il se tourna vers moi et me décocha un de ses sourires en coin malicieux.

— Quoi ?

— Un jour, il faudra bien que tu apprennes à conduire. (Ma grimace ne fit qu'accroître son plaisir.) Eh ! tu ne croyais quand même pas que j'allais te servir de chauffeur pour toujours, si ?

— Non. Mais je ne vais pas m'y mettre aujourd'hui, répliquai-je.

— C'est toujours toi qui décides du timing, de toute façon, me reprocha-t-il avant de reporter son attention sur Milo.

Jack tentait de masquer son impatience grandissante, mais il ne pouvait pas me cacher grand-chose. Pour une raison mystérieuse, je ressentais toutes ses émotions, ce qui rendait parfois notre relation étrange. Sans nul doute, lui était prêt pour ma transformation. Il comprenait mes choix et s'efforçait de ne pas m'influencer quant à la décision que je devais prendre – devenir vampire ou non –, mais c'était difficile.

Milo s'était arrêté à la sortie du parking, attendant l'autorisation de Jack.

— Je vais faire un tour sur la route ?

— Désolé, mon grand, dit Jack en secouant la tête, ce qui provoqua la déception de mon frère. Tu t'es très bien débrouillé, mais je suis claqué, et je pense que ta sœur n'en supportera pas davantage.

Il descendit de la voiture pour repasser à la place du conducteur, grommelant quelque chose à propos de la lumière. Il portait un tee-shirt et un bermuda de surfeur, ce qui n'aidait pas car sa peau était encore plus exposée au soleil, mais il s'habillait toujours ainsi, même en plein hiver.

Ce jour-là, il avait opté pour un tee-shirt blanc avec un motif de cassettes fluo, un Dickies noir et des Converse roses. Il ne correspondait pas exactement à l'image que je m'étais faite des vampires, mais il n'avait rien d'un stéréotype.

Dès qu'il monta, il fit défiler les stations radio jusqu'à tomber sur le titre *Mexican Radio*. Milo grimaça, mais, contrairement à Jack, il n'était pas né dans les années 1980.

Lorsque nous nous arrêtâmes devant l'immeuble de grès brun où j'habitais avec mon frère, Milo remercia Jack une nouvelle fois avant de le quitter. Je restai dans la voiture, désireuse de profiter d'une minute seule avec lui. Je me penchai entre les sièges pour baisser le volume.

— Merci pour cette sortie. Je sais qu'il t'en est très reconnaissant.

— On recommence quand tu veux.

Jack m'adressa un sourire fatigué. En plein jour, les vampires ne prenaient certes pas feu, mais ils préféraient vivre la nuit. Le soleil les épuisait.

— Tu ferais mieux d'y aller. (Je détachai ma ceinture et ouvris la portière.) Bon, on se voit demain ?

— Non, je ne peux pas. Je te rappelle que j'accompagne Ezra pour un voyage d'affaires. Mais je rentre dans deux jours, en principe. On doit signer de la paperasse.

Au cours des mois précédents, Jack s'était proposé pour aider son frère dans l'entreprise familiale. Ils possédaient quelques sociétés à l'étranger et beaucoup d'actions en Bourse. De temps à autre, Ezra partait en déplacement quelques jours, et Jack avait fini par décider de s'impliquer. De plus, depuis qu'il avait fait des tonneaux avec sa voiture, Ezra avait exigé qu'il paie la suivante.

— Ah ! oui, c'est vrai. Eh bien… passe-moi un coup de fil à ton retour.

— Je n'y manque jamais, dit-il, le sourire aux lèvres, avant que je sorte.

Chapitre 2

Les nuits estivales étaient trop courtes. En cette saison, les vampires passaient l'essentiel de leur temps à l'intérieur. De toute manière, la chaleur ne leur réussissait pas.

Jack vivait dans une superbe maison au bord du lac, plutôt traditionnelle à l'exception de ses balcons et de sa tour qui la reliait au garage. Même si je m'y étais rendue en de nombreuses occasions, la bâtisse m'impressionnait toujours autant.

Nous avions passé la majeure partie de l'été dans le jardin, à lézarder sur la terrasse en pierre, à nager ou à faire du jet-ski. Voyant le temps que je consacrais aux activités nautiques avec mon frère, Mae nous avait acheté plusieurs maillots qu'elle conservait sur place.

J'en enfilai un et gardai ma serviette enroulée autour de moi en sortant de la salle de bains. Milo s'était déjà changé. Assis devant l'îlot central de la cuisine, il grignotait des grains de raisin et aidait Mae.

Cette dernière était devenue vampire à l'âge de vingt-huit ans, un âge plus avancé que les trois autres. Son teint de porcelaine était parfait, et elle avait remonté ses cheveux caramel ondulés en un chignon lâche. Elle ne portait que son maillot de bain et un tablier. Ses yeux pétillaient tandis qu'elle écoutait Milo.

En tant que vampire, elle ne mangeait pas et, comme Milo était un cordon-bleu, il occupait désormais le rôle de sous-chef et l'assistait pour tous les repas qu'elle nous concoctait. J'aurais bien pointé du doigt la surcharge de travail et les dépenses supplémentaires que cela causait à Mae, mais elle y prenait un plaisir évident.

— Où est Ezra ? demandai-je.

Je m'approchai et piquai un grain de raisin. Mae préparait des morceaux de fruits à tremper dans du fromage frais et du yaourt. Elle coupait des pommes, des poires et des fraises.

— Il fait la sieste, m'informa-t-elle de sa voix affectueuse teintée d'un accent britannique. Il souffre un peu du décalage horaire.

Comme ses deux frères, Ezra était particulièrement séduisant. Son regard brun était à la fois intense et infiniment chaleureux. Sa peau était aussi bronzée que celle de Jack et de Peter, et ses cheveux roux étaient parsemés de mèches blondes. Sa voix était tout à fait remarquable, très grave et puissante. Il avait un très léger accent, dû à ses origines anglaises, mais il n'avait pas vécu en Europe depuis plus de deux siècles.

À travers les portes-fenêtres vitrées de la salle à manger, j'aperçus Jack en train de chahuter avec Matilda, son montagne des Pyrénées. Les lumières de la terrasse éclairaient les muscles tendus de son torse et de son dos tandis qu'il se roulait par terre avec la chienne. Les pierres du sol auraient dû lui meurtrir le corps et le couvrir d'ecchymoses, mais elles ne laisseraient pas la moindre marque sur sa peau.

— Alice, tu veux goûter ?

La question de Mae me força à quitter Jack des yeux. Elle me proposa une tranche de pomme plongée dans la sauce, mais je secouai la tête.

— Je commence à avoir froid. Je crois que je vais aller dehors.

— Je te rejoins dans une minute, m'assura Milo, un morceau de fruit dans la bouche.

— OK, acquiesçai-je avant de sortir dans la nuit par les portes-fenêtres.

Jack s'était éloigné de la terrasse en poursuivant Matilda, mais la pleine lune me permettait de le distinguer facilement. La température extérieure était bien plus élevée qu'à l'intérieur de la maison, mais je gardai ma serviette. Je quittai à mon tour la terrasse pour atteindre la petite bande de pelouse qui la séparait de l'eau.

La chienne m'aperçut et bondit dans ma direction. Elle allait me renverser, car elle était habituée à ses maîtres vampires, capables de supporter sa force quand elle leur fonçait dessus, mais Jack la dépassa et la plaqua au sol gentiment. Puis il se leva, se débarrassa des brins d'herbe sur son maillot de bain et me sourit.

— Tu vas nager avec ta serviette aussi ? me taquina-t-il.

— Ça se pourrait, répondis-je en la rajustant, ce qui le fit rire.

Matilda me renifla avec application avant de conclure qu'il ne s'agissait que de moi, puis elle partit d'un pas nonchalant en remuant doucement la queue.

Une étincelle malicieuse naquit dans le regard de Jack. Après avoir passé l'été à me faire pousser dans le lac, je la reconnus sans peine. Je me débarrassai de ma serviette, fis volte-face et me précipitai vers le ponton. Il resta quelques pas derrière moi, même s'il pouvait aisément me doubler. Pour lui, le jeu consistait à me poursuivre.

J'avais presque atteint le bord du ponton quand je sentis ses bras musclés se refermer sur ma taille. Je poussai un cri perçant et le laissai me faire virevolter avant de me projeter dans les airs. J'atterris dans l'eau avec un « plouf » retentissant.

Jack prit son élan et me sauta par-dessus pour atterrir bien plus loin dans une gerbe d'éclaboussures. Il hurla son enthousiasme, comme s'il n'avait pas fait ça un million de fois auparavant.

— Jack ! aboya Mae en se penchant à l'extérieur. Mettez-la en sourdine, sinon les voisins vont encore appeler la police.

On était mercredi, il était plus de minuit et les voisins n'appréciaient pas vraiment le bruit.

— N'est-ce pas, Alice ? lança-t-il.

— Oh ! je t'en prie, dis-je en levant les yeux au ciel. Tu es deux fois plus bruyant que moi.

Il éclata de rire et s'enfonça dans l'eau noire avec de longs mouvements des bras. Il décrivait lentement des cercles autour de moi, tandis que je préférais flotter, allongée sur le dos, pour contempler la pleine lune et les étoiles qui scintillaient.

Je n'avais jamais eu le courage de m'éloigner trop de la rive, là où l'eau devenait si sombre. Chaque fois, je m'imaginais qu'un monstre horrible issu des profondeurs du lac allait surgir pour me dévorer.

Peu après, Milo vint se joindre à nous. Mae, restée à l'intérieur, continuait de couper des fruits. Elle se pliait toujours en quatre pour nous nourrir. Nous n'étions que deux à manger, mais elle cuisinait pour une armée, ce qui ne faisait que souligner le fait qu'ils ne s'alimentaient pas, mais Milo n'avait pas fait beaucoup de commentaires à ce sujet.

Étonnamment, il n'avait pas vraiment saisi que cette famille n'était pas humaine. Jack s'était montré plus discret qu'au tout début quant à ses capacités surnaturelles, mais Milo était un garçon intelligent. Je pensais qu'il avait des doutes, mais qu'il les taisait, parce qu'ils ne semblaient pas dangereux et qu'il était heureux en leur compagnie.

— C'est une nuit magnifique, dit-il en admirant le ciel, dans la même position que moi.

— Nous avons eu un été fantastique.

— Je n'arrive pas à croire qu'il se termine, soupira Milo.

— Inutile de me le rappeler ! m'exclamai-je, contrariée.

Il ne restait que trois petites semaines avant la reprise des cours. Milo tentait de me persuader que ça n'aurait que peu d'impact sur ma vie, alors que ça changeait tout. Fini les nuits blanches avec Jack ; bientôt, le froid et la neige seraient là, et Milo me forcerait à faire mes devoirs.

Je sentis quelque chose m'attraper et m'entraîner vers le fond. Je voulus crier, mais ma tête était déjà sous l'eau. Je visualisai une affreuse créature marine venue pour manger mon âme. Je regagnai péniblement la surface, m'accrochant à quelque chose de fort et doux pour me hisser.

Dès que je parvins à sa hauteur, je me cramponnai à Jack et il me sortit de l'eau. Au milieu de mes hurlements terrorisés, je l'entendis rire doucement et me rendis compte que c'était lui qui m'avait saisi la cheville. Après un été de pitreries semblables, j'aurais dû comprendre que Jack trouverait drôle de me ficher une trouille bleue.

J'aurais dû le gifler ou le traiter d'idiot, mais me retrouver dans ses bras me déconcentrait. Son torse plaqué contre ma poitrine, il devait forcément percevoir les battements affolés de mon cœur, qui le rendaient fou.

Je croisai ses yeux bleus empreints de douceur, et j'eus le souffle coupé pour un tout autre motif. Son rire s'était évanoui, son sourire avait disparu et sa température corporelle commença à augmenter, s'embrasant au contact de ma peau.

En temps normal, il m'aurait déjà repoussée mais, cette fois, il me permit de m'attarder ainsi. J'inclinai la tête vers lui, espérant qu'il se laisse aller assez longtemps pour m'octroyer un baiser innocent.

— Hé, regardez ! une étoile filante ! hurla Milo.

Jack prit alors conscience de ce qui se passait. Il me repoussa et s'éloigna à la nage. Il faisait tout son possible pour que la situation ne dérape pas, ce qui impliquait parfois de me rejeter physiquement. Cependant, j'avais de plus en plus de mal à faire abstraction de son comportement.

Je ne lui avais pas posé la question, mais sa température ne semblait augmenter que lorsque nous nous touchions. Nous avions partagé un seul baiser passionné, et sa peau m'avait paru brûlante.

— Tu l'as vue ? demanda Milo.

Je me tournai vers lui avec la ferme intention de le fusiller du regard pour avoir interrompu un de mes rares moments d'intimité avec Jack, mais je le vis observer le ciel d'un air béat. Il n'avait pas prêté attention à autre chose, et n'avait donc pas conscience de nous avoir dérangés.

— Non, désolée, je l'ai ratée, dis-je.

— Il va sûrement y en avoir une autre, me rassura-t-il.

Mon ton devait être empreint de regret. Bien entendu, j'aime toujours apercevoir une étoile filante, mais les occasions d'embrasser Jack étaient encore moins fréquentes.

— J'espère bien.

Je nageais sur place, et Jack se remit à embêter Matilda. Il était passé maître dans l'art de m'éviter. La pauvre chienne se tenait au bout du ponton et aboyait pour exprimer son refus de sauter dans l'eau. Milo se lassa de son observation du ciel et alla soutenir Jack pour encourager Matilda.

Soudain, rester dans l'eau ne me parut plus aussi amusant. L'adrénaline de m'être crue attaquée par un monstre, puis d'avoir failli obtenir un baiser m'avait fatiguée, et je me sentais courbaturée. Je savais que Jack ferait tous les efforts imaginables pour me fuir pendant un moment et, même si je comprenais sa façon de gérer la situation, ça me faisait mal.

— Je pense que je vais rentrer pour vérifier si Mae a besoin d'aide, annonçai-je à la cantonade.

C'était tout aussi bien. Matilda était bien plus fascinante que moi.

Lorsque j'atteignis la rive, j'entendis un grand « plouf » et leurs cris triomphaux. Matilda s'était décidée à les rejoindre. Si seulement mon problème avec Jack pouvait se résoudre aussi simplement !

M'enveloppant dans ma serviette, je franchis les portes-fenêtres. Ma peau se couvrit instantanément de chair de poule à cause de l'air glacial de la climatisation. Un titre d'Amy Winehouse, le nouveau péché mignon de Mae, retentissait dans la maison. Jack essayait en permanence de lui faire écouter de la musique récente et, jusqu'à présent, elle n'avait adopté qu'Amy Winehouse et Norah Jones.

Dans la cuisine, Mae dansait et chantait, une spatule en guise de micro. Malgré mon agacement causé par la situation avec Jack, je ne pus me retenir de rire.

— Oh, mon Dieu ! s'exclama-t-elle en portant la main à son cœur, une lueur de gêne dans ses yeux couleur miel. Tu m'as fait peur !

— Tu ne m'as pas entendue entrer ? demandai-je tandis qu'elle baissait le son. Vous n'êtes pas censés avoir une ouïe surdéveloppée ?

— Euh… oui, quand nous faisons attention, me répondit-elle avec un sourire contrit.

Elle avait visiblement terminé de préparer tous les fruits et les avait joliment disposés sur le plan de travail. Elle était en train de nettoyer quand j'étais arrivée.

— Tu veux un coup de main ? lui proposai-je.

— Non. D'abord, tu dois aller te rhabiller.

Elle fit un signe de tête dans ma direction. J'avais commencé à frissonner.

— Sauf si tu as envie de retourner nager plus tard, ajouta-t-elle.

— Oh que non, c'est fini pour ce soir ! répondis-je d'un ton grave.

Dès que Jack m'avait repoussée, tout mon enthousiasme avait disparu.

— Je devrais aller me changer aussi, déclara-t-elle.

— Tu n'es pas obligée de rester à cause de moi, dis-je en levant la main pour l'arrêter. Tu peux sortir et piquer une tête pendant que je range.

— N'importe quoi !

Elle s'esclaffa, comme s'il lui était inconcevable de me laisser nettoyer derrière elle. Elle ôta brusquement son tablier et le posa sur l'îlot.

— Si tu es à l'intérieur et Ezra aussi, je ne vois pas à quoi je m'amuserais avec les garçons. Ils sont sûrement en train de se jeter des grenouilles à la figure.

Elle n'était pas si loin de la vérité. Livrés à eux-mêmes, Jack et Milo devenaient deux gamins stupides. Une fois, alors qu'il pleuvait, j'avais séparé une bataille de boules de boue dans le jardin. C'est très semblable à une bataille de boules de neige, mais avec de la boue. Cela leur avait paru une idée géniale jusqu'à ce que Milo commence à avoir des bleus, puisqu'il s'avère qu'un vampire lance un projectile avec beaucoup plus de force qu'un gringalet de seize ans.

Mae fit « non » de la tête et partit se changer. Je lui emboîtai le pas et me rendis dans la salle de bains principale, de l'autre côté du couloir, en face de sa chambre.

J'enfilai mes vêtements ordinaires, me demandant pourquoi je m'obstinais à refuser que Mae m'en achète des nouveaux. Elle avait passé des décennies à faire du shopping exclusivement pour des garçons, et aurait donc été ravie de m'accompagner pour une virée. Le maillot de bain que je venais d'étendre au-dessus de la baignoire avait coûté plus de 100 dollars, et elle m'en avait choisi trois. Mais ils m'avaient déjà tant offert, et je leur donnais si peu en retour…

Je n'avais pas fini de me laver le visage quand je perçus un cri. Je fermai le robinet et entendis Mae crier le nom de Jack. Je me précipitai dans la cuisine.

Jack hurlait, manifestement affolé.

Lorsque je sortis, Mae se trouvait sur la terrasse. Jack était encore à quelques mètres d'elle, plus près de la rive. Quand j'essayai de la dépasser en courant, Mae m'attrapa le bras, et elle blêmit.

Il faisait trop sombre pour que je puisse distinguer ce qui se passait, mais je ressentais un chagrin et une terreur bruts. Quelque chose d'affreux venait de se produire, et Jack ne s'était jamais senti aussi désespéré.

— Ezra ! beugla-t-il en cessant d'avancer. Ezra !

— Je vais le chercher, murmura Mae d'une voix angoissée.

Elle me serra le bras jusqu'à me faire mal, mais je le remarquai à peine.

— Alice, reste ici, m'ordonna-t-elle. Ne bouge pas. Je reviens tout de suite.

— Dépêche-toi ! l'implora Jack, mais elle était déjà partie.

Je ne me déplaçai pas, mais mes yeux s'accoutumèrent à l'obscurité. Un rayon de lune éclairait Jack à travers les branches d'un arbre proche. Il portait quelque chose de désarticulé, et ma gorge se noua.

Je pensai d'abord qu'il était arrivé malheur à Matilda. Les garçons s'étaient montrés trop brutaux et elle s'était blessée. Or Jack sait à quel point je panique quand on fait du mal aux animaux.

Puis la chienne geignit à ses pieds, ses poils blancs trempés. J'aperçus des taches foncées sur sa fourrure, qui provenaient d'un liquide qui coulait de ce que Jack tenait dans les bras et que je ne voyais toujours pas.

Je pouvais le discerner sans peine, mais mon cerveau était incapable de traiter cette information. Je fus prise de vertige et me sentis désorientée, comme si je regardais les choses depuis une hauteur faramineuse. Je ne parvenais pas à donner du sens à ce que j'avais sous les yeux.

Une bourrasque fit bruisser et bouger les branches. Alors la lune l'éclaira précisément. Je vis son visage, ses yeux révulsés, et compris ce que Jack portait.

— Milo ! hurlai-je.

Mae arriva juste à temps pour m'entourer de ses bras et m'empêcher de courir vers Jack.

Chapitre 3

Ezra nous dépassa alors qu'il courait vers Jack et Milo. Je ne cessais de répéter le nom de mon petit frère en gémissant, comme si cela pouvait aider.

Je ne voyais que lui, inanimé et couvert de sang dans les bras de Jack.

— Rentre-le, lui ordonna Ezra.

Jack tenait Milo délicatement, comme un enfant blessé, tandis qu'ils se précipitaient à l'intérieur. Ezra se plaça entre eux et moi pour m'épargner le plus possible ce spectacle. Je tentai de me libérer de l'étreinte de Mae, en vain, lorsqu'ils passèrent devant nous en marchant. Je leur criai après, mais je ne me souviens pas de mes propos.

— Ne t'inquiète pas, ma puce, essaya de me rassurer Mae d'une voix chevrotante. Ezra saura quoi faire.

Impuissante, j'observai la scène à travers les portes vitrées. D'un rapide mouvement du bras, Ezra débarrassa l'îlot de la cuisine, et Jack posa Milo sur le plan de travail, puis se tint à l'écart pendant qu'Ezra examinait mon frère.

Je ne les entendais pas, mais ils ne semblaient pas optimistes. Enfin, Ezra pinça les lèvres et secoua la tête.

— Non ! hurlai-je, et Mae me laissa partir.

Je me précipitai à l'intérieur. Je tendis les bras vers Milo, et Jack m'intercepta dans les siens. L'eau du lac et le sang de Milo souillaient sa peau dénudée, qui me parut visqueuse contre la mienne. Je lui martelai le torse et tentai de me dégager.

— Lâche-moi ! m'exclamai-je. C'est mon frère ! Et tu l'as tué !

— Il n'est pas mort, m'informa Ezra.

Cela me surprit suffisamment pour que je cesse de me débattre dans les bras de Jack.

— Où est le problème alors ?

Jack desserra son étreinte sans pour autant me laisser partir.

— Vous ne pouvez pas le soigner ? On devrait appeler une ambulance, non ?

— Je ne crois pas qu'ils pourront faire quoi que ce soit pour lui, déplora Ezra.

Je considérai mon frère. Mis à part le sang, il semblait seulement assoupi.

— Mais tu n'en sais rien ! On doit téléphoner ! Où est mon portable ?

Je m'apprêtais à le chercher, mais Jack m'en empêcha.

— Alice. Alice, répéta Ezra.

— Mais pourquoi tu ne fais rien ? hurlai-je. On doit agir !

— Nous essayons, insista Ezra. Milo s'est fracturé le cou et le crâne. Même s'il survit, il souffrira certainement de lésions au cerveau et restera paralysé.

— Alors tu vas juste le laisser mourir ? demandai-je, incrédule.

— Personne n'a rien dit de tel, intervint Mae.

Je me tournai vers elle et tâchai de déchiffrer les émotions contradictoires qui se peignaient sur son visage.

— Nous pouvons tenter l'hôpital, commença Ezra en observant la poitrine de Milo se soulever et s'abaisser lentement. Ou… le transformer.

— En vampire ?

Je déglutis péniblement.

Jack finit par me lâcher et s'écarta d'un pas. Lorsque je parvins à quitter mon frère des yeux, je vis que ceux de Jack étaient pleins de larmes.

— Je suis vraiment navré, Alice, s'excusa-t-il d'un ton désespéré.

— Son cœur ralentit, affirma Ezra en me regardant. Il va falloir que tu fasses un choix, Alice. Vite.

— Si vous le transformez, il s'en sortira, pas vrai ?

Je fus surprise de réussir à parler. J'avais même du mal à respirer.

— Si nous intervenons à temps, m'expliqua Ezra d'une voix hésitante. Mais ce n'est pas garanti. S'il est déjà trop affaibli, le processus pourrait le faire basculer.

— Tu veux dire qu'au lieu de le sauver ça le tuerait ?

La pièce se mit à tourner. Jack tendit le bras pour me stabiliser et le passa timidement autour de mes épaules.

— Je suis désolé, déclara simplement Ezra.

— Je peux m'en charger, me proposa Jack, conscient que cela faciliterait ma décision.

Il s'approcha de Milo.

— Si c'est ce que tu souhaites, je le ferai, poursuivit-il.

— Vas-y, murmurai-je d'une voix rauque.

— Est-ce que tu en es sûre ? m'interrogea Ezra, l'air grave.

Il voulait évaluer mon degré de certitude, mais c'était impossible à mesurer. J'étais entre l'état de choc et l'hystérie totale. Des larmes ruisselaient sur mes joues et se mêlaient au sang que le torse de Jack avait laissé sur moi quand il m'avait retenue.

Milo était allongé sur l'îlot, respirant à peine, et son rythme cardiaque ralentissait de seconde en seconde. Si cela devait se produire, le moment était venu et, d'après ce que je comprenais, il s'agissait de sa meilleure chance de survie.

— Tout ira bien, ma puce.

Mae se tenait à côté de moi. Elle passa son bras sur mon épaule. Je voulus la repousser, mais n'en avais pas la force.

— On verra bien, dis-je.

Jack fouillait dans un tiroir, perdant un temps précieux dont nous ne disposions pas.

— Qu'est-ce que tu fais ? lui demandai-je.

— J'ai besoin d'un couteau, répondit-il en jetant un coup d'œil à Mae pour obtenir son aide.

— Il y en a un dans l'évier, lança-t-elle en le désignant d'un signe de tête.

Jack passa la vaisselle au crible et s'empara du couteau qu'elle avait utilisé pour couper les fruits. Il avança jusqu'à Milo, la lame à la main, et sa respiration se fit plus saccadée. Il avait peur du geste qu'il s'apprêtait à accomplir, ce qui ne me rassurait pas.

— Est-ce que tu as envie d'assister à ça ? me demanda Ezra.

Un nouveau frisson me parcourut l'échine.

— Oui, bien sûr.

Je ne pouvais pas concevoir de me trouver ailleurs quand ça arriverait, même si cela se révélait angoissant. S'il s'agissait de l'instant où Milo devait mourir ou devenir vampire, il fallait que je sois présente, à son côté.

Jack m'adressa un regard d'excuse, baissa les yeux sur Milo et prit une profonde inspiration. Avec dextérité, il se taillada le poignet et le sang s'écoula. Sans tenir compte de la douleur, il pressa sa plaie contre la bouche de mon frère.

— Ezra, dit-il d'une voix tremblante en secouant la tête. Ça ne fonctionne pas. Il ne réagit pas.

— Sois patient, répondit Ezra.

— Et s'il ne se réveille pas ?

Jack commençait à paniquer. Son entaille se refermait déjà et, de l'autre main, il la maintint ouverte, permettant à son sang de se déverser dans la bouche de Milo.

— Sois patient, répéta Ezra.

Mon cœur battait à tout rompre, et je savais que cela n'allait pas arranger la situation. Ce qui était censé arriver ne se produisait pas. Jack était terrifié, et Mae me serra plus fort.

Jack eut un hoquet de surprise. Milo se réveilla assez pour enfoncer ses dents dans le bras de Jack, mais rien de plus. Jack gémit, et j'essayai de comprendre ce qu'il ressentait. Impossible : trop d'émotions se mélangeaient.

Milo toussa, mais il n'ouvrit pas les yeux. Jack retira son bras avant que mon frère suffoque.

— Il s'étouffe ! criai-je.

Mae me retint, m'empêchant de pratiquer des gestes de réanimation.

— Non, ne t'inquiète pas, m'assura Ezra.

— Il va bien ? s'enquit Jack en grimaçant avant d'envelopper son poignet d'un torchon pour arrêter le saignement.

— Il est trop tôt pour le dire, affirma Ezra.

— Comment ça, « trop tôt » ?

Je me débattais dans les bras de Mae mais elle tenait bon.

— S'il respire, ça ne signifie pas que ça a marché ? poursuivis-je.

— Le processus prend deux ou trois jours, m'expliqua Ezra avant de jeter un coup d'œil à sa femme derrière moi.

— Je vais aller lui préparer une chambre, déclara doucement Mae en me lâchant.

Je me précipitai vers Milo. Il toussait, le corps secoué de spasmes. Je lui caressai les cheveux, mouillés par l'eau du lac et poisseux de son sang. Ses paupières tremblèrent, mais restèrent closes. Le sang de Jack lui couvrait les lèvres, et j'eus envie de l'essuyer, sans oser le faire.

— Alice, dit Ezra en posant la main sur mon bras.

Lorsque je finis par lever les yeux, je fus étonnée de constater que nous étions seuls dans la cuisine. J'avais été si absorbée à observer mon frère que je n'avais pas vu Jack quitter la pièce.

— Quoi ?

Je tâchai de me concentrer sur Ezra, mais mes yeux étaient irrités et embués de larmes.

— Tu devrais aller te reposer. Je vais prendre Milo avec moi pour le nettoyer et m'assurer qu'il soit bien installé à l'étage.

De son regard chaleureux, il essayait de m'apaiser, mais je plaçai le bras sur Milo d'un geste possessif.

— Je peux faire sa toilette, insistai-je, mais Ezra secoua la tête.

— Tu ne peux pas le porter, Alice. Tu es épuisée et à bout de nerfs à cause de toute cette histoire. Tu as besoin de t'éclaircir un peu les idées, et tu pourras aller voir Milo plus tard. Pour l'instant, tu ne peux rien faire de plus pour lui.

— Mais…

Je tentai de trouver un argument convaincant pour rester avec mon frère, sans succès. Sauf qu'il me semblait impossible de le quitter des yeux.

Surgie de nulle part, Mae se planta à mon côté et je compris que la bataille était perdue d'avance.

— Viens, ma puce, roucoula-t-elle en passant le bras autour de ma taille pour pouvoir m'arracher à Milo. Il faut qu'on le monte. Il sera mieux là-haut, et tu as besoin de souffler.

Ezra souleva Milo pour l'emmener dans la chambre. Si Mae ne m'avait pas dit qu'il serait mieux installé, j'aurais peut-être résisté davantage. Mais tant que c'était pour le bien de mon frère, je ne m'y opposai pas.

Je me rendis dans la salle de bains et me changeai pour la seconde fois de la soirée. J'aperçus mon reflet dans la glace. Le sang de Milo maculait mon visage blême. Je pris une longue douche chaude en pleurant.

Ensuite, j'enfilai un pyjama de Mae et sortis. Ma panique et ma peur s'étaient estompées, laissant place à une culpabilité et à un chagrin accablants, ainsi qu'à une torpeur insidieuse. J'avais du mal à appréhender la réalité. Milo riait dans l'eau et, l'instant d'après, il était mourant et se transformait en vampire.

Jack, l'air morose, était assis sur les marches menant à l'étage. Il venait lui aussi de prendre une douche. Dès qu'il m'aperçut, ses yeux brillèrent d'une lueur de tristesse terrifiée. Il se sentait coupable pour Milo, et j'ignorais toujours ce qui était arrivé. Je m'étais complètement consacrée à trouver une solution pour le sauver, sans me préoccuper de savoir ce qui s'était produit.

—Alice, je suis sincèrement navré, dit-il d'une voix tremblante.

—Que s'est-il passé, Jack ?

Je m'approchai de lui d'un pas raide et pris place sur la marche en dessous de la sienne.

—On était en train de faire les andouilles. (Il secoua la tête et les larmes lui montèrent aux yeux.) Il a couru sur le ponton mouillé. Il a glissé et s'est cogné la tête... Je suis vraiment désolé, Alice. Je n'ai pas pensé que...

—Comment il va ? l'interrompis-je.

Je n'étais pas sûre d'en vouloir à Jack, mais je n'étais pas prête non plus à soulager son sentiment de culpabilité. Si Milo et lui n'avaient pas pris l'habitude de dépasser les bornes, mon frère n'aurait pas été blessé.

Mais il fallait reconnaître que si je n'avais pas tenté d'aller plus loin avec Jack je serais restée dehors avec eux pour les freiner. Ou si je n'avais pas invité Milo ce soir. Ou si je n'étais jamais venue là. Sans moi, Milo ne se serait jamais rendu dans cette maison.

—Il est toujours inconscient. Ezra dit qu'avec de la chance il le restera pendant la plus grande partie du processus.

— De la chance ? répétai-je. (Je lançai un regard inquiet à Jack, qui baissa les yeux.) Qu'est-ce que ça signifie ?

— La transformation n'a rien d'agréable, affirma-t-il en se frottant les mains, l'air gêné.

— Donc Milo souffre ? À quel point ?

J'écarquillai les yeux sous l'effet de la surprise, espérant que je n'avais pas pris la mauvaise décision.

— Pour le moment, il est dans les vapes. Ne te fais pas de souci. Il ne ressent rien du tout.

Jack essayait d'esquiver mes questions, ce qui augmenta ma paranoïa.

— C'est mon frère, Jack ! Bien sûr que je vais m'inquiéter ! Toutes ces conneries, c'est ma faute !

— Tu n'as rien à te reprocher, rectifia-t-il d'un ton ferme, étonnamment blessé. Alice, tu ne peux pas t'en vouloir pour ça. Tu n'as rien à voir dans cette affaire.

— Tu n'as pas à me dicter mes sentiments !

Je tentai de me lever, mais l'ampleur des événements me rattrapa. Je perdis l'équilibre et Jack me récupéra. Il m'attira contre lui. Au début, je résistai, parce que j'avais envie de lutter contre quelque chose. Mais je me sentais merveilleusement bien, en sécurité, et m'abandonnai dans ses bras. J'enfouis mon visage contre son torse et sanglotai.

— Ça va aller, Alice, chuchota-t-il. Il va s'en sortir. Il faut juste que tu te reposes un peu.

— Je ne peux pas tant que Milo est…

Je n'achevai pas ma phrase, incapable de trouver les mots et de repousser davantage la fatigue. Même si je ne souhaitais pas le reconnaître, je n'allais pas pouvoir rester éveillée encore longtemps.

— Mae veille sur lui, et tu sais qu'elle s'assurera qu'il soit aussi bien installé que possible.

Il se mit debout et me souleva, avant de m'emmener dans sa chambre pour que je dorme. Mon état d'épuisement m'empêcha de protester. Lorsque je fus sur son lit, il demeura à côté, hésitant.

— Tu ne vas pas partir ?

J'avais envie qu'il reste avec moi. Je ne voulais pas me retrouver toute seule.

— Mae veut que je prenne le canapé en bas.

— Mais pas moi.

L'air encore indécis, il grimpa timidement sur le lit et s'installa près de moi. J'avais trop de choses à l'esprit pour m'en réjouir, mais il me rassura plus que j'aurais pu l'imaginer. Je posai la tête sur sa poitrine et écoutai les lents battements de son cœur.

Allongé dans la pièce voisine, mon frère menait sa propre bataille. Je me sentais coupable de m'endormir alors que son avenir était si incertain. La fatigue de la soirée l'emporta sur ma culpabilité, et je m'assoupis dans les bras de Jack.

Chapitre 4

À mon réveil, Jack n'était plus là. Je me rendis dans la chambre d'à côté pour vérifier comment allait Milo, mais il n'y avait pas d'évolution visible. Il était étendu, livide, et me paraissait terriblement petit, mais au moins il respirait un peu mieux. Mae, qui avait campé près de son lit, m'informa qu'il n'avait pas encore ouvert les yeux.

Lorsque je fus habillée, Ezra m'exposa les aspects pratiques de la situation. Pour le moment, Milo ne pouvait pas retourner chez nous, et je ne voulais pas m'éloigner de lui. Notre mère était absente la plupart du temps, à cause de son travail et de son addiction au jeu, mais elle le remarquerait si nous découchions plusieurs jours de suite. Ezra me suggéra de passer à l'appartement pour récupérer quelques vêtements et prévenir ma mère que nous allions séjourner quelque temps dans leur maison de vacances.

Jack revint de l'endroit mystérieux où il se trouvait et proposa de me conduire chez moi. Avant que je monte dans la voiture, Ezra dut me garantir à plusieurs reprises qu'il n'arriverait rien à Milo. J'étais persuadée que les choses allaient mal tourner dès mon départ.

— Tout ira bien, me répéta Jack tandis que nous sortions de l'allée.

— Qu'est-ce que tu en sais ? Tu l'as vu aujourd'hui ?

Je le foudroyai du regard. J'étais vexée de m'être réveillée seule, et il ne m'avait pas expliqué les raisons de son absence.

— Oui, j'y suis allé quand je me suis levé. Ezra affirme que tout se déroulera bien. Manifestement, la transformation est en cours.

Sa culpabilité semblait avoir un peu diminué, puisque apparemment Milo n'allait pas mourir.

— Tu t'es levé quand ?

— Il y a un petit moment.

— Où étais-tu ? demandai-je.

— Je devais me nourrir, dit-il, mal à l'aise.

Même après tout ce temps, je crois qu'il s'attendait à ce que je prenne mes jambes à mon cou chaque fois qu'il mentionnait qu'il buvait du sang. Je ne m'étais pas habituée à cette idée, mais cela ne me rebutait pas. Enfin, pas au point de m'enfuir, en tout cas.

— Alors, tu as séduit une fille ?

Ma jalousie éclata mais, bizarrement, il en parut soulagé.

— Non. Nous n'avions presque plus de sang à la maison, donc je suis allé en chercher à la banque. Il va nous en falloir plus avec Milo.

Il avait prononcé ces paroles sur un ton détaché mais, de façon étrange, je n'avais pas encore totalement mesuré les conséquences de ce qui s'était passé.

Milo avait besoin de boire du sang.

— Quand va-t-il devoir s'alimenter ?

— Bientôt, à mon avis.

Il me jeta un coup d'œil pour voir comment je réagissais. Je devais réussir à donner le change, car il poursuivit :

— Au début, il va beaucoup manger. La transformation exige énormément d'énergie, et il ne comprendra pas comment évaluer sa faim.

— Je n'arrive pas à croire que c'est bien réel, grommelai-je.

Je fermai les yeux, m'adossai au siège et tentai de masquer mon angoisse.

— Ce n'est pas si terrible, me rassura Jack. Enfin, je suis plutôt pas mal, non ?

— Que va-t-il se passer alors ?

— Je n'en suis pas sûr.

— Comment ça ? Tu es un vampire. Tu sais ce que ça fait d'en être un, rétorquai-je, perplexe.

— Oui, mais c'est différent pour chacun d'entre nous.

Il voulut s'en tenir là, mais je le regardai fixement d'un air furieux jusqu'à ce qu'il continue.

— Tu connais déjà l'essentiel. Je me demande ce que tu cherches à savoir.

— Tout le processus, explicitai-je. Qu'est-ce que ça implique au juste ?

— Je l'ignore, répondit-il. (J'eus un petit rire dédaigneux.) Quoi ? Je ne m'en souviens pas vraiment, et je n'ai jamais assisté à une autre transformation.

Je ne parvenais pas à déterminer s'il mentait, mais il me semblait particulièrement ridicule qu'il n'ait pas de souvenirs du moment le plus important de sa vie, surtout que l'événement était relativement récent. Je pouvais admettre qu'Ezra l'ait oublié mais, pour Jack, cela ne remontait qu'à seize ans plus tôt.

— Comment est-ce possible de ne pas s'en souvenir ?

— Tu te rappelles ta naissance ? riposta-t-il.

— Non, mais je n'avais pas vingt-quatre ans quand ça s'est produit.

— Eh bien…

Il soupira. Il s'arrêta devant mon immeuble, mais nous ne bougeâmes pas tandis qu'il réfléchissait à la meilleure façon de me l'expliquer.

— Mae en a un souvenir très net, et je crois que Peter aussi. Mais ce n'est pas mon cas. Cette étape reste floue, comme un rêve que j'aurais fait il y a très longtemps. Je suppose que j'ai du mal à garder la douleur en mémoire.

— Donc c'est réellement douloureux ?

Je n'étais pas certaine de vouloir entendre la réponse.

— Ton corps meurt, dit Jack doucement. Pas dans son intégralité, mais assez pour vraiment le sentir. Mais cela ne dure que quelques jours, et ensuite tu te sens vraiment bien.

— On ne peut rien faire pour atténuer la souffrance de mon frère ?

— Il vaut mieux que tu discutes de tout ça avec Ezra.

— Est-ce que tu penses que j'ai fait le bon choix ?

— Je crois que tu n'en avais pas d'autres, m'annonça-t-il avec gravité avant de me décocher un sourire malicieux pour me remonter le moral. Viens, dépêchons-nous d'aller préparer tes affaires pour la soirée pyjama.

— Dans ta bouche, ça semble beaucoup plus sympa qu'en réalité, marmonnai-je avant de sortir de la voiture.

— Hé, tous les moments que tu passes avec moi sont agréables ! s'exclama-t-il en m'emboîtant le pas.

— Ouais, la soirée d'hier a été très marrante.

J'avais souhaité plaisanter, mais l'expression affligée que je lus sur le visage de Jack m'indiqua que je l'avais profondément blessé.

— Ce n'est pas ce que je voulais dire.

— Non, tu as raison, lança-t-il en balayant mes excuses d'un geste.

Il me précéda pour entrer dans l'immeuble.

L'appartement n'avait pas changé, mais il me paraissait plus petit. Ma mère était au travail. Tant mieux, car je n'étais pas prête à l'affronter. Ça allait être difficile de lui révéler que Milo ne reviendrait pas, même s'il s'agissait juste de lui mentir en prétextant un séjour dans une maison de vacances.

La chambre de Milo était impeccable, ce qui me facilita la tâche pour remplir sa valise. Il avait surtout besoin de vêtements, et je choisis ceux qui, selon moi, étaient ses préférés.

Jack me suivit partout pour m'apporter un soutien moral. Il parvint à me motiver. J'avais tendance à rester plantée là, le regard fixe, jusqu'à ce qu'il m'incite à faire quelque chose, comme prendre un tee-shirt.

Passer les placards de Milo en revue était éprouvant. J'avais l'impression de violer sa vie privée. C'était le genre de gestes que l'on faisait après le décès d'une personne.

Une fois les affaires de mon frère rassemblées, je me rendis dans ma chambre. Tant que Milo serait en pleine transformation, je comptais être présente pour lui, donc il me fallait récupérer des habits.

Avant de partir, je rédigeai un mot pour ma mère, sans entrer dans les détails. Je lui signalai que nous allions passer quelques jours dans une résidence de vacances, et qu'en cas de besoin elle pouvait me joindre sur mon portable.

Le ton n'était pas très convaincant, surtout parce que j'étais l'auteure du message. D'ordinaire, c'était mon frère qui s'en chargeait.

—Combien de temps ça va prendre? demandai-je une fois sur la route.

—Le trajet de retour? Encore cinq minutes.

Jack jouait délibérément l'innocent. Cela ne me plaisait pas.

—Combien de temps pour la transformation de Milo? précisai-je en prenant soin d'appuyer sur chaque syllabe.

—Je ne sais pas, Alice.

—Tu ne sais rien de rien, en fait! m'écriai-je.

—Je t'ai dit qu'il fallait t'adresser à Ezra pour toutes ces questions. J'ignore pourquoi tu penses que je rigolais. On est presque arrivés. Tu peux te précipiter à l'intérieur et l'interroger autant que tu le voudras.

—Je n'y manquerai pas.

Je croisai les bras, comme si je venais de remporter une victoire.

—Oui, je n'en doute pas.

Jack s'occupa de rentrer les bagages. Matilda guettait son retour près de la porte, et même elle semblait étrangement calme. L'ambiance de la maison avait changé. Tout le monde était sur les nerfs, attendant que Milo se rétablisse.

Jack monta, et je m'apprêtais à le suivre pour vérifier de nouveau comment allait mon frère quand Ezra apparut en haut de l'escalier. Je me figeai en remarquant son expression, mais Jack continua à avancer et le frôla au passage avec mon sac.

—Quelque chose s'est passé ? demandai-je à Ezra.

—Il va bien, me rassura-t-il en descendant les marches. Mais il vaut mieux que tu ne le voies pas maintenant.

—Pourquoi ?

Je me redressai, disposée à me battre. Personne ne pourrait me séparer de mon frère, pas même un vampire tout-puissant. Il posa la main sur mon bras, et une partie de ma colère s'évanouit.

—Il faut que nous ayons une petite conversation.

Il déplaça sa main dans mon dos et me conduisit vers le salon.

—Tu es certain qu'il n'y a rien ? répétai-je.

—Il s'est réveillé, m'avoua-t-il prudemment.

Mon cœur bondit.

—C'est vrai ? Il va bien ? Qu'est-ce qu'il a dit ?

L'enthousiasme m'emportait, mais Ezra désigna le canapé.

—Je t'en prie, assieds-toi. Nous devons discuter.

—De quoi ?

Prise de nausée, je m'effondrai sur le divan.

—Il se transforme, et plutôt rapidement d'ailleurs. (Il s'installa à côté de moi.) Il est jeune et résistant, et le changement sera terminé dans quelques jours. Il va s'en sortir.

—C'est super!

J'inspirai profondément. Je me sentais libérée d'un poids, et une vague de soulagement me submergea. Puis je remarquai le visage d'Ezra, empreint de gravité.

—Alors pourquoi on dirait que tu es sur le point de m'annoncer une mauvaise nouvelle? poursuivis-je.

—Ce n'est pas ça. Enfin, pas exactement, précisa-t-il en s'efforçant de sourire. Tu ne peux pas le voir avant un petit moment, c'est tout.

—C'est-à-dire? m'enquis-je en fronçant les sourcils.

—Jusqu'à ce que la transformation s'achève et qu'il apprenne à contrôler sa faim. Tu ne peux pas l'approcher avant qu'il ait les choses en main, souligna-t-il.

Je me rappelai les propos de Jack dans la voiture.

—Il va essayer de me mordre? (Je secouai la tête, incrédule.) Il vient de se réveiller, il n'est pas encore un vampire.

—Il s'alimente déjà, Alice.

Ma poitrine se serra, et j'eus le vertige. Je croyais avoir encore du temps. J'ignore ce que j'avais compté en faire, mais j'avais pensé qu'il resterait encore humain un peu plus longtemps.

Mais moins de vingt-quatre heures après avoir mordu Jack, il buvait déjà du sang. Il était désormais Milo le vampire, et me tuerait si je m'approchais trop près de lui.

—Ça va s'arranger, je te le promets, m'assura Ezra en posant sa main sur la mienne pour me réconforter. Tu peux nous côtoyer sans aucun problème, et ce sera pareil pour Milo. Apprendre à tout maîtriser prend un certain temps. Au rythme où il va, ça ne devrait pas être trop long.

J'avais la bouche sèche, et je déglutis avec difficulté.

— Donc… il faut que je rentre chez moi ?

— Non, bien sûr que non. Ce n'est pas ce que nous voulons, d'autant que Milo est encore immobilisé. Il ne devrait pas quitter la chambre avant un jour ou deux. Et, d'ici là, il se contrôlera suffisamment, en principe.

Il sourit, comme si cette information était encourageante.

— Génial ! ironisai-je.

— J'avoue que la situation est loin d'être idéale, mais il va vivre, Alice. Et aller bien mieux qu'avant. Tu n'auras plus de souci à te faire pour lui.

— Je sais, je sais.

Je fermai les yeux pour saisir toute l'ampleur de cette nouvelle.

Je me rendais compte que j'aurais dû leur être reconnaissante. Ils avaient sauvé Milo et lui avaient offert un don merveilleux mais, sur le moment, ce n'était pas ainsi que j'envisageais les choses.

Quand j'imaginais mon petit frère en train de s'abreuver de sang et de se muer en une créature capable de m'arracher la tête, j'avais bien plus l'impression qu'il s'agissait d'une malédiction.

— Est-ce qu'il a parlé ?

— Il n'a rien dit de cohérent. Il n'est pas tout à fait conscient.

— Mais tu viens de m'expliquer qu'il s'est réveillé et qu'il s'alimente, dis-je, déconcertée.

— Oui, mais c'est plutôt…

Il marqua une pause pour choisir ses mots avec soin.

— Je dirais qu'il divague, reprit-il. Il n'est pas encore pleinement là. C'est l'instinct et la confusion qui le commandent.

— Est-ce qu'il a demandé à me voir ?

— Il n'a rien demandé du tout. Il se contente de geindre à cause de la douleur et de la faim, réitéra-t-il. Mae fait de son mieux pour s'assurer qu'il souffre le moins possible à tous les niveaux.

— Alors… que va-t-il se passer ensuite ? Il devient un vampire, et après ?

— Franchissons d'abord cette étape et, à partir de là, les choses suivront leur cours, éluda-t-il.

— Pourquoi ? Qu'est-ce que tu veux dire par là ?

— On ne peut pas généraliser. Nous devrons voir la réaction de Milo avant de nous prononcer avec certitude sur ce qui se produira. Jusqu'ici, sa transformation est différente de celles qu'on a pu me raconter, m'expliqua-t-il prudemment.

— Tu es censé tout savoir, affirmai-je, de plus en plus agacée.

— Je comprends ton impatience, mais je ne peux vraiment pas t'en dire plus, ajouta-t-il avec un sourire triste.

Lorsque j'entendis Jack descendre les marches d'un pas lourd, je me demandai s'il réagissait aux battements plus rapides de mon cœur. Il y était tellement sensible, et ils l'alertaient chaque fois que quelque chose me bouleversait. Il était capable de déchiffrer mes émotions presque mieux que moi, parce qu'il possédait un lien direct avec mon cœur.

— Comment ça se passe en bas ?

Il feignait d'être de bonne humeur, et masquait son angoisse sous-jacente sous un sourire trop large.

— À ton avis ? répondis-je en lui jetant un coup d'œil assassin.

— Eh bien, je viens d'aller voir ton frère, m'expliqua-t-il, choisissant de faire abstraction de mon regard furieux pour me rassurer avec ces nouvelles. Il est de nouveau endormi, mais il prend forme. Je crois que tu seras très heureuse du résultat.

Je grimaçai à cause des mots qu'il avait employés.

— Mon frère n'est pas une maison que tu rénoves.

À l'écouter, on aurait dit que Milo était un bien immobilier à retaper sur lequel ils effectuaient des travaux. Même si ce n'était pas très loin de la vérité, je ne voulais pas envisager la situation de cette manière.

— Désolé, s'excusa Jack, gêné. Mae m'a envoyé pour te nourrir.

— Je n'ai pas faim.

Le stress me coupait l'appétit, mais je n'avais pas mangé depuis longtemps et mon estomac était déjà en train de me le rappeler.

— Et si tu laissais Jack te préparer quelque chose pendant que je vais vérifier que tout se déroule bien pour Milo ?

Ezra l'avait formulé comme une question, mais c'était indubitablement un ordre.

— Je suis parfaitement capable de me faire à manger toute seule, dis-je en me levant.

Pour une raison que j'ignorais, je m'étais mise à repousser leur générosité en boudant.

— Très bien, je me contenterai de te regarder, dans ce cas, rétorqua Jack en levant les yeux au ciel.

Dans la cuisine, j'affichai ma colère en jetant brutalement des choses et en claquant les tiroirs. Jack soupira et m'observa préparer un sandwich au beurre de cacahouètes dans une explosion de rage.

En réalité, malgré tous ces gestes furieux, je n'étais pas fâchée contre Jack ou Ezra, ni personne. J'étais seulement terrifiée.

Chapitre 5

Même depuis le couloir, je sentais l'odeur de Peter et détestais l'effet qu'elle produisait sur moi. La douleur que je tentais de refouler me rongeait de manière intolérable, et mon cœur s'emballa à tel point que je me sentis défaillir.

Heureusement, Jack était en bas. Il lavait mon linge pour réparer ses torts. En temps normal, Mae aurait été ravie de s'en charger mais l'état de Milo, qui nécessitait une surveillance constante, la préoccupait.

Au bout de trois jours passés chez eux, je ne l'avais presque pas vue, tout comme mon frère que j'évitais, conformément au conseil d'Ezra.

Cette situation me laissait beaucoup de temps pour errer dans la maison, perdue et désorientée. Jack essayait à la fois de me consoler et de garder ses distances, ce qui n'aidait pas à me remonter le moral.

Il dormait sur le canapé du salon et m'avait laissé sa chambre. J'avais fouillé dans ses tiroirs afin de dénicher quelque chose de compromettant, en vain. Dans son dressing, il avait une malle pleine de bandes dessinées. Je les avais feuilletées, mais j'avais du mal à me concentrer.

Désormais, je n'étais plus obligée d'abandonner Milo, et je me rendais compte que cela aurait dû me réconforter. Ça aurait peut-être été le cas si j'avais déjà été une vampire, sachant ce qui l'attendait. Or je devais me contenter de la vague garantie de Jack qui m'avait affirmé que c'était génial.

Et si cela avait un effet horrible sur Milo ? S'il tombait malade, si cela le tuait ou le changeait en une créature ignoble ? S'il n'était plus Milo, le geek timide et surprotecteur que j'adorais, mais devenait un suceur de sang trop zélé ?

Ou si sa transformation se déroulait bien, mais qu'ensuite il me détestait d'avoir fait ce choix pour lui ? et de lui avoir menti à propos des vampires ? Et si je devais passer l'éternité à supporter sa haine ?

Une fois lassée de mes recherches dans la chambre de Jack et de me rendre folle d'inquiétude, j'avais fini par céder à la tentation de Peter. Je demeurai dans le couloir un long moment, humant le parfum enivrant et acidulé qu'il laissait dans son sillage.

Depuis que Peter était parti au printemps après avoir failli me tuer, Mae avait simplement fermé la porte de sa chambre. Personne n'évoquait son éventuel retour, même s'il n'avait emballé aucune de ses affaires.

Le consensus tacite était le suivant : Ezra trouverait une solution, et la vie reprendrait son cours normal. Même si je ne savais plus où se situait la normalité désormais.

J'ouvris la porte de la chambre de Peter après avoir pris soin de regarder de chaque côté du couloir pour m'assurer que Jack n'était pas dans les parages. Personne ne m'avait interdit d'entrer dans cette pièce. À mon avis, cela ne dérangerait pas du tout Mae et Ezra, mais Jack pourrait s'en offenser.

Il se crispait dès qu'on mentionnait le nom de son frère et j'espérais qu'un jour il serait capable de dépasser ce stade. J'avais commencé à croire que Jack ne voulait plus jamais avoir affaire à Peter, quelle que soit l'évolution de nos relations.

La chambre était telle qu'il l'avait laissée, mais je le remarquai à peine. Je fermai les yeux et inspirai plus profondément. Une merveilleuse vague de chaleur m'envahit. J'étais physiquement attirée dans ce lieu, comme par un fil invisible.

Peter était parti depuis des mois, et mon corps réclamait encore de profiter de son odeur jusqu'au bout.

Au sol, devant les impressionnantes bibliothèques de Peter, quelques gouttes de mon sang avaient taché un tapis blanc. Je me remémorai l'extase incroyable que j'avais éprouvée quand Peter m'avait mordue, et la manière dont la vie m'avait quittée, dans une quiétude très agréable. Je n'avais jamais rien ressenti d'aussi beau, pas même le baiser magique que j'avais partagé avec Jack.

Même à présent, dans ma situation et consciente des conséquences de ma décision, je savais que si Peter proposait de me mordre en échange de ma vie, j'accepterais volontiers. Mes sentiments pour lui étaient totalement suicidaires.

Je fis le tour de la pièce, admirant sa collection d'objets hétéroclites. La plupart des meubles, tous en bois blanc ou naturel, semblaient anciens. Son exquis parfum embaumait le lit, et j'évitai sciemment de m'approcher des draps blancs.

Des ouvrages de toutes les époques garnissaient les rayonnages, et je laissai mes doigts s'attarder sur leurs reliures usées. Puis j'aperçus des volumes qui me coupèrent le souffle, que j'avais déjà court.

Peter possédait de nombreux livres consacrés aux vampires, et pas des romans de Bram Stoker ou d'Anne Rice : des titres tels que *Dictionnaire des vampires* et *Brève Histoire des vampires*.

Je pris ce dernier et soulevai avec prudence la couverture, dévoilant les pages jaunies. L'odeur de renfermé me monta aux narines et me fit éternuer.

Je m'installai dans le fauteuil à côté de la bibliothèque pour le feuilleter. Il était dépourvu de table des matières mais, visiblement, une page manquait. Il débutait par un avant-propos :

« Je ne suis pas le plus vieux de mon espèce, et je ne prétends pas être expert dans ce domaine. Cependant, au cours de mes nombreuses années d'existence, j'ai trouvé bien peu d'ouvrages au sujet des vampires, en dehors de ceux traitant d'un folklore discutable. J'ai décidé d'écrire ce livre pour distinguer mythes et réalité, et rédiger un guide pour les nouveaux vampires. En aucun cas il ne doit être considéré comme une « bible » pour mes semblables mais plutôt, comme le suggère son titre, comme un aperçu de l'histoire des vampires, rédigé à partir de mes connaissances. »

Mes doigts se mirent à trembler, et j'eus peur d'arracher les pages fragilisées par le temps. J'étais troublée d'apprendre que les vampires avaient une histoire propre.

Je savais qu'ils existaient, mais je ne connaissais que Jack et les membres de sa famille, et ils n'étaient pas particulièrement terrifiants ou inquiétants. Envisager les vampires dans leur globalité, comme une espèce entière de créatures qui se nourrissaient d'humains depuis un millénaire… cela me donnait des frissons.

Le premier chapitre était sobrement intitulé « Au commencement ».

« Ce qui est peut-être le plus inhabituel chez les vampires est que, malgré notre ressemblance sur nombre de points avec les humains, nous ne disposons pas d'une histoire de notre création. Certains vampires restent attachés à leur religion de mortels, tandis que d'autres la rejettent, affirmant être la preuve que Dieu n'existe pas.

Ce que j'ai constaté pour ma part est bien plus prosaïque qu'on pourrait le croire. Nous ne descendons pas en ligne directe de Dieu ou du diable. Nous ne sommes pas plus proches de connaître le sens de la vie que les humains.

Les vampires sont apparus après les humains, selon nos meilleures estimations, mais je n'ai rien trouvé concernant le premier vampire. Plus précisément, aucun de ceux que j'ai rencontrés n'a avoué l'être ou l'avoir rencontré.

Notre première apparition attestée a coïncidé avec une épidémie, ce qui me porte à croire que nous sommes nous-mêmes une sorte de fléau. »

— Je vois que tu as trouvé une lecture divertissante, m'interrompit Ezra.

Surprise, je sursautai si violemment que je bondis du fauteuil et que le livre tomba par terre.

— Je… je… j'étais simplement curieuse, bafouillai-je, sentant mes joues s'empourprer.

— Il n'y a pas de mal à ça, dit-il en balayant mes excuses d'un geste avant de s'approcher de moi.

Il ramassa l'ouvrage et me le tendit. J'hésitai un instant, craignant que ce soit un piège, même si Ezra ne semblait pas du genre à faire des blagues.

— Je ne sais pas grand-chose sur vous.

Je lui pris le livre des mains, baissai les yeux et le tins contre moi.

— Tu aurais souhaité plus de transparence de notre part ?

Il arqua un sourcil, et je me demandai s'il était sceptique ou sincère.

— Non, ce n'est pas ça, me ravisai-je à la hâte. C'est seulement que…

Qu'est-ce que c'était, d'ailleurs ? Ils s'étaient montrés très ouverts avec moi. Lorsque j'avais des questions, Jack y répondait de son mieux mais, d'une certaine façon, cela ne me suffisait pas. Même si j'en connaissais déjà un rayon, cela ne représentait même pas la moitié de ce que je ne savais pas.

— C'est parce que, dorénavant, tu es concernée personnellement, dit Ezra en hochant la tête d'un air entendu. Avant, nous n'étions guère plus que des objets de curiosité pour toi, ou une possibilité.

— Non, pas du tout ! niai-je farouchement. Je ne vous considère pas comme des phénomènes de cirque !

— Non, je le sais. Je me suis mal exprimé, admit-il pour me calmer. Je suis conscient que nous comptons beaucoup pour toi. Mais... tu nous as toujours connus en tant que vampires, et ça n'avait pas d'importance que tu nous comprennes complètement, poursuivit-il. Tu as constaté que nous étions heureux et bien portants. Cependant, maintenant que Milo se trouve impliqué, tu ne peux plus te contenter de la certitude que nous sommes satisfaits de notre sort. Il faut que tu saches tout à notre sujet.

— En effet, acquiesçai-je. Donc ?

— Donc... tu as envie que je te raconte tout, répondit-il avec un sourire triste.

— Oui, plus ou moins.

— J'ai une mauvaise nouvelle, soupira-t-il. Il n'y a pas grand-chose à ajouter.

— Comment est-ce possible ? répliquai-je d'une voix tremblante d'incrédulité. Tu veux dire que le peu d'éléments que vous m'avez révélés au cours des derniers mois couvre l'intégralité de votre histoire ?

— Non, bien sûr que non. (Ma ferveur le fit rire.) Nous avons une longue histoire, et l'ouvrage que tu tiens en ce moment même t'en offre un excellent aperçu. Mais il ressemble beaucoup à un livre d'histoire classique. Un ouvrage de biologie t'intéresserait plus.

—Est-ce qu'il en existe ? demandai-je, pleine d'espoir.

—Quelques-uns.

Il haussa les épaules, comme si aucun n'était très bon.

—Peter en possède certains, j'en suis sûr, précisa-t-il. Mais les livres sur la biologie des vampires soulèvent de nombreuses questions. On ne peut pas pratiquer d'autopsies, puisque ce qui tue un vampire a tendance à tout détruire à l'intérieur, ce qui rend une dissection impossible pour voir ce qui le différencie d'un humain. Mais ce n'est qu'une partie du problème.

—C'est quoi le reste ?

—As-tu déjà entendu parler de la théorie du bourdon ?

Ezra s'adossa à l'un des montants du lit à baldaquin de Peter et croisa les pieds.

—Que veux-tu dire ? rétorquai-je, désarçonnée par ce brusque changement de sujet.

—Selon une étude en aérodynamique menée au XXe siècle, le bourdon a un corps trop volumineux par rapport à ses ailes, et ces dernières, bien trop petites, ne battent pas assez vite pour lui permettre de voler, expliqua-t-il.

—Quoi ? (Je fronçai les sourcils, pensant qu'il s'agissait d'une devinette.) Et alors… quoi ? Comment il se déplace dans ce cas ?

—Il vole, bien entendu, m'indiqua-t-il en souriant.

—Mais tu viens de dire que… (Je soupirai et secouai la tête.) Quel est le rapport avec la biologie des vampires ?

—Aucun. (Il haussa les épaules.) En dépit des preuves contraires, le bourdon existe, tout comme moi. Les scientifiques ont fini par découvrir qu'ils n'examinaient pas les ailes de la bonne façon, et ont percé la magie du vol du bourdon. Malheureusement, la nôtre demeure un mystère, conclut Ezra, l'air contrit.

— Donc, tu es en train de m'expliquer que personne n'a la réponse à mes questions ? demandai-je.

— Oui et non, dit-il en se redressant. Tu trouveras des éléments, mais cela ne te suffira pas. Feuillette les livres de Peter et regarde si tu tombes sur quelque chose susceptible de t'aider.

— Merci.

Sur ce, il m'adressa un signe de tête et sortit de la chambre à grandes enjambées. Je poussai un soupir et guettai le bruit de ses pas, mais je n'entendis rien excepté la musique en provenance de la chambre de Milo. On aurait dit du Mozart.

Je me calai dans le fauteuil et rouvris le livre là où je m'étais arrêtée. Au fil de ma lecture, je m'aperçus que, comme l'avait indiqué Ezra, les mots en italique à demi effacés n'offraient pas les réponses escomptées.

Mais ils n'étaient pas dénués d'intérêt. C'était l'histoire d'un narrateur inconnu qui racontait sa transformation. Il qualifiait le processus d'atroce mais, finalement, le jugeait très bref et difficile à décrire. Il mentionnait juste la douleur, suivie d'une soif insatiable.

J'appris en revanche l'existence de différents degrés de transformation. Si la plupart des vampires conservaient un sentiment d'humanité, certains le perdaient complètement. Ils devenaient des monstres incontrôlables, avides de sang, et ne vivaient pas longtemps, car les mortels comme les vampires ne pouvaient pas tolérer une telle créature.

Je venais de terminer le passage qui expliquait cela quand j'entendis un petit son moqueur et dégoûté à la porte, qui m'arracha un glapissement de terreur. Je m'attendais presque à voir Milo, doté de nouveaux crocs brillants et du regard bestial que le livre décrivait.

Mais ce n'était que Jack. Il se tenait sur le seuil et me faisait les gros yeux.

— Tu m'as fait peur ! lui signalai-je pour tenter de l'adoucir.

— Qu'est-ce que tu fais dans la chambre de Peter ?

Il essayait de conserver une voix calme, en vain. La dernière fois que je m'étais trouvée dans cette pièce, j'avais failli mourir, et il s'efforçait de ne pas poser les yeux sur mon sang séché qui décorait le tapis.

— Je lis, répondis-je en levant le livre, mais son expression resta la même. C'est un bouquin sur les vampires. Je me suis dit que je ferais bien de potasser le sujet puisque, visiblement, tous les membres de mon entourage en sont.

— Pourquoi tu ne vas pas le lire ailleurs ?

Il avait voulu formuler sa remarque comme une question, mais son intonation trahissait plutôt un ordre.

J'aurais pu discuter, et j'aurais eu raison d'argumenter. Mais cela me parut exiger trop de force et, de toute façon, l'odeur de Peter m'empêchait de me concentrer. Je ne cessais pas de penser à lui et mon esprit s'embrumait.

Jack se tenait sur le seuil, refusant de pénétrer dans la chambre. Lorsque je franchis la porte et passai devant lui pour sortir, il se détendit enfin un peu.

— Fais-moi voir ça.

Il toucha le livre et le déplaça pour en lire le titre, puis le lâcha sur-le-champ et leva les yeux au ciel.

— Quoi ?

J'examinai la couverture, essayant de comprendre ce qui lui déplaisait. Elle était banale, son titre inscrit dans le cuir.

— C'est juste un bouquin, poursuivis-je.

— C'est celui de Peter, grommela Jack.

— Oui, mais tu étais déjà au courant, puisque je me trouvais dans sa chambre, dis-je en indiquant les rayonnages à l'intérieur avant de lui lancer un regard intrigué. Ce n'est pas parce que Peter possède un objet que…

— Il n'en est pas seulement propriétaire, rectifia Jack. Il l'a écrit. C'est son autobiographie.

— De quoi parles-tu ?

J'ouvris le livre pour chercher le nom de l'auteur, et tombai sur un passage qui démentait les affirmations de Jack.

— C'est faux, repris-je, on nous explique qu'au moment de la rédaction l'auteur était très âgé, et que l'ouvrage lui-même est très ancien, alors que Peter n'a pas encore deux cents ans.

— Oui, il l'a écrit une vingtaine d'années après sa transformation, mais il pensait que personne ne le prendrait au sérieux en apprenant qu'il était aussi jeune. C'est pourquoi il ne mentionne ni son identité ni son âge exact.

— Mais…

Je tentai de trouver quelque chose pour riposter, sans pour autant savoir pour quelle raison j'avais tellement envie de le contredire.

— C'est le premier livre qui t'est tombé sous la main ?

Son ton était complètement différent, et il me dévisagea, les sourcils froncés.

Il était vaguement jaloux, mais c'était surtout cette histoire de lien avec Peter qui l'écœurait. Mon sang et celui de Peter ne semblaient exister que pour rendre Jack fou.

Je ressentais les mêmes émotions que lui. Je détestais lorsque mon rythme cardiaque s'accélérait à la simple évocation de Peter, ou le fait d'avoir été machinalement attirée vers cet ouvrage. Tout ce qui me rapprochait de Peter m'apparaissait comme une trahison, et je n'arrivais plus à le supporter.

— C'est seulement un livre !

— Si tu le dis.

Jack secoua la tête et ferma la porte de la chambre. Lorsqu'il posa de nouveau les yeux sur moi, il grimaça.

— Tu portes son odeur, me fit-il remarquer.

— Désolée.

Il changea brusquement de sujet et adopta une voix plus douce :

— Est-ce que tu as mangé aujourd'hui ? Je peux te commander une pizza ou autre chose.

— Ça va, refusai-je d'un mouvement de tête. J'ai pris un bagel tout à l'heure.

— Bien. (Il resta devant moi un moment, mal à l'aise, puis s'éloigna.) Je vais aller voir comment va ton frère.

— Bonne idée. Passe-lui le bonjour de ma part.

Il acquiesça et marcha jusqu'au bout du couloir avant d'entrer dans la chambre qui m'était interdite. Je restai seule, le livre à la main, incapable de déterminer si je voulais poursuivre ma lecture ou non.

D'un côté, j'en avais encore plus envie, à présent que je savais qu'il s'agissait de la vie de Peter. C'était une formidable occasion de mieux le comprendre.

Mais j'avais également conscience que c'était une voie que je ne souhaitais plus emprunter. Je n'avais plus le choix : comme Peter avait failli me tuer, il n'était plus envisageable de vivre avec lui.

Même si Jack ne me l'avait pas demandé, il valait mieux que je prenne une douche. Je me rendis dans sa chambre et posai le livre sur son lit avant de choisir mes vêtements. Me laver et m'inquiéter de l'état de Milo, c'était déjà bien assez. Je me préoccuperais du livre plus tard.

Les rideaux qui habillaient les fenêtres étaient si épais que le soleil ne risquait pas de filtrer. À toute heure de la journée, la maison demeurait plongée dans le noir. Comme ma vue n'était pas aussi développée que la leur, Jack avait installé une veilleuse dans la salle de bains attenante à sa chambre.

J'entendis un bruit. Ce son avait dû me tirer de mon sommeil. Le réveil sur la table de nuit indiquait à peine 14 heures. En principe, tout le monde dormait. Je ne m'étais pas couchée avant 7 heures, alors que Jack jouait encore à la console.

Je me retournai dans le lit et m'enfouis sous l'édredon moelleux de Jack.

Lorsqu'un nouveau bruit survint, je ne bougeai presque pas, pensant qu'il s'agissait sûrement de la chienne. J'avais hérité de la chambre de son maître, ce qui avait dû semer la confusion dans l'esprit de Matilda. Elle avait pour habitude de dormir au pied du lit de Jack, mais ce dernier se trouvait sur le canapé. Elle n'avait probablement pas pu décider si sa loyauté allait au lit ou à lui.

— Retourne te coucher, Matilda, marmonnai-je.

J'étais désormais suffisamment réveillée pour percevoir du mouvement. En réalité, ce n'était pas le son qui m'avait tirée de mon sommeil, puisqu'il était presque inaudible, mais plutôt quelque chose qui se déplaçait dans la chambre, comme un souffle électrique.

Je n'étais pas seule, malgré le silence. Je sentais une présence floue et mystérieuse.

— Matilda ? chuchotai-je.

Je savais à présent que ce n'était pas elle, mais j'avais envie de jouer le jeu. Mon cœur s'emballa, mais peut-être que Jack ne le remarquerait pas s'il dormait.

Je me redressai et scrutai l'obscurité. J'espérais voir l'imposante silhouette blanche du chien tapie quelque part, mais la lumière en provenance de la salle de bains était trop faible. Soudain, j'aperçus une ombre furtive passer à toute vitesse.

Je n'eus pas le temps de pousser un cri : le lit bougea sous le poids de quelqu'un qui venait de m'y rejoindre. J'aurais pu hurler mais, quand on m'entendrait, il serait trop tard pour que les autres interviennent. Aussi je restai assise dans le noir et attendis la suite des événements.

Chapitre 6

Un gloussement résonna dans l'obscurité, à quelques centimètres seulement de mon visage :

— Mince alors, Alice ! Calme-toi ! Tu vas nous faire une crise cardiaque !

— Hein ? Qui est-ce ? demandai-je, paniquée.

La voix ne m'était pas inconnue, mais je ne parvenais pas à l'identifier avec certitude.

— Tu n'as pas honte ? lança-t-elle d'un ton faussement désapprobateur. Tu ne reconnais même pas ton propre frère ?

— Milo ?

Je m'empressai d'allumer la lampe de chevet.

Quand je le vis, j'eus un hoquet de surprise. C'était à la fois mon frère et un étranger. Son visage n'était plus joufflu ; ses traits étaient désormais ciselés, avec de jolies pommettes et une mâchoire bien dessinée. L'acné n'avait jamais marqué sa peau, mais cette dernière paraissait encore plus lisse et parfaite.

Il avait vieilli, mais dans le bon sens du terme. Il ne ressemblait plus à un adolescent prépubère, mais plutôt à un jeune homme de presque vingt ans. Son regard brun avait gagné en intensité, mais son timide sourire en coin demeurait inchangé.

— Milo ? répétai-je, m'efforçant d'assimiler la façon dont mon petit frère s'était mué en cette créature éblouissante en face de moi.

— Le seul et l'unique !

Il avait en grande partie gardé sa voix, mais elle était plus grave et veloutée. Elle avait perdu le timbre aigu et incertain qui la caractérisait auparavant.

Machinalement, je tendis la main et lui touchai le visage. Sa peau était douce et tiède mais, avant que j'aie le temps de remarquer autre chose, son expression se modifia et il s'écarta brusquement de moi.

— Quoi ? Qu'est-ce que j'ai fait ? demandai-je en retirant ma main.

— Je ne suis pas encore assez fort.

Il recula plus près du mur, mais resta dans la pièce, sous la faible lueur de la lampe.

— Pour quoi faire ?

— Tu es la première… humaine que j'approche. (Il se crispa, l'air troublé et tourmenté.) Je te sentais depuis ma chambre, et je pensais maîtriser les choses. Mais je n'étais pas préparé à la sensation de ton pouls contre ma peau…

Un sentiment de culpabilité se peignit sur son visage à l'idée de me trouver appétissante.

— Excuse-moi. J'aurais dû m'en douter. J'ai toujours les mêmes réflexes avec Jack et, depuis le temps, je devrais pourtant avoir retenu la leçon.

Je m'efforçai de lui sourire, mais il se rembrunit.

— Qu'y a-t-il ?

— Alors… tu es au courant ? demanda-t-il doucement.

— Tu veux dire… que ce sont des vampires ?

— C'était obligé, répondit-il, scrutant un point derrière moi. Dès que j'ai compris ce qui se passait et que Mae me l'a expliqué… Elle m'a affirmé que tu le savais, et ça me paraissait évident. Mais j'imagine que je n'y croyais pas avant de te l'entendre dire.

— Pourquoi tu ne l'aurais pas cru ?

Je fronçai les sourcils. S'il acceptait le fait qu'il se changeait en vampire, il pouvait aisément supposer que je connaissais leur vraie nature, non ?

— Comment as-tu pu me le cacher ?

Il était si blessé et furieux que je tressaillis.

Je me remémorai les paroles de Jack. Au début, les nouveaux vampires sont hypersensibles. Toutes leurs émotions sont exacerbées, donc plus difficiles à contenir. La retenue avait toujours été le point fort de Milo. C'était d'ailleurs ce qui lui permettait de rester dans la même pièce que moi si vite après sa transformation.

— Je… je… j'ignorais comment te l'avouer, bafouillai-je. J'ai essayé une fois. Mais tu m'aurais prise pour une folle.

— Tu aurais dû insister ! s'écria-t-il.

J'observai mon frère et ses nouveaux traits superbes. Je sentis jaillir un immense sentiment de soulagement et d'amour, mais j'avais aussi l'impression de ne pas reconnaître complètement ce garçon qui me fusillait du regard dans la pénombre.

Je supposai que c'était ce qu'éprouve le père du héros dans *Simetierre*, lorsque son petit garçon revient en zombie du cimetière pour animaux. Je pensai ensuite au dicton prononcé avec l'accent traînant du Maine : « *Quelquefois, la mort est préférable.* » Je réprimai un frisson.

— Je suis désolée, Milo. Tu as raison. Et c'était très difficile de te le dissimuler. J'ai seulement… (je soupirai et secouai la tête) j'ai eu beaucoup de mal à prendre la décision. Comme celle-ci d'ailleurs.

— Laquelle ?

Il me décocha un regard perplexe, et je me demandai ce que lui avait révélé Mae.

— Celle de… te changer en vampire.

Je déglutis péniblement et le dévisageai, guettant sa réaction. Il détourna les yeux des miens et s'adoucit.

— Est-ce qu'ils t'ont expliqué ce qui s'est passé ? l'interrogeai-je.

— Jack s'en est chargé, acquiesça Milo. Il m'a dit que c'était sa faute, et que j'étais sur le point de mourir. Alors, tu lui as demandé de me transformer. Pour me sauver.

— Je ne savais pas quoi faire d'autre.

— Je ne t'en veux pas, me déclara-t-il. Je suis certain que j'en aurais fait autant à ta place.

Il changea de position et, pour la première fois, je remarquai la façon dont ses vêtements ajustés lui allaient. À travers ce simple mouvement, je vis ses muscles onduler légèrement sous son tee-shirt. Auparavant, ils étaient plutôt mous mais, désormais, on aurait dit un chat des marais prêt à attaquer.

Savoir quelque chose était différent de l'avoir de manière si flagrante sous les yeux. Il était métamorphosé, et seul le temps me dirait ce qu'il avait conservé de son ancienne personnalité.

— Tu es un vampire, déclarai-je, le souffle court.

— En effet, concéda-t-il avec un sourire malicieux.

— Comment tu te sens ?

— Étonnamment bien, à vrai dire. (Son sourire s'élargit, et Milo se détendit.) Au départ, ça m'a fait un mal de chien et j'étais sûr que j'allais mourir. Du moins, je l'espérais. Mais maintenant je me sens mieux que jamais.

— C'est vrai ? demandai-je avec optimisme.

— Oui, acquiesça-t-il.

Son sourire faiblit.

— Enfin, à part la faim, précisa-t-il. C'est dur de s'y habituer, mais s'alimenter… Waouh ! c'est indescriptible.

— Donc tu te nourris ? m'enquis-je, même si je connaissais la réponse.

— Si ce n'était pas le cas, je ne pourrais pas me tenir devant toi.

Je reculai instinctivement dans le lit en entendant sa voix soudain menaçante.

— Je ne suis même pas censé sortir pour l'instant. Mais mon appétit m'a réveillé, alors j'ai vidé des poches de sang que j'avais dans ma chambre. Mae était profondément endormie dans le fauteuil, et j'en avais assez d'être enfermé.

— Ils croient que tu vas me mordre ?

Je repoussai une mèche de cheveux emmêlés derrière mon oreille, espérant que ma voix ne flanchait pas. Il eut l'air affligé, mais resta muet.

— Tu… tu en as envie ?

— Mais je ne vais pas le faire ! s'exclama-t-il avant de baisser les yeux vers le sol. J'en ai envie. Je ne peux pas m'en empêcher. Ne te berce pas d'illusions, Alice. Ils y pensent tous. Tu n'es vraiment pas en sécurité ici, souligna-t-il en m'adressant un regard d'avertissement.

— Je ne suis pas de ton avis, le rassurai-je.

— Tu ne te rends pas compte, dit-il d'un ton sinistre avant de froncer les sourcils. Est-ce que tu les autorises à te mordre ?

— N-non, bredouillai-je face à ses yeux qui me jugeaient. Enfin, c'est compliqué.

— Pas Jack ? demanda-t-il d'une petite voix plaintive et… jalouse.

Il était sans conteste jaloux. Tous ses sentiments au moment de la transformation étaient désormais amplifiés, notamment son béguin pour Jack. Non seulement ses émotions étaient plus puissantes, mais il était également plus fort sur le plan physique. Même s'il se contentait de rester debout à discuter avec moi, il dégageait quelque chose de dangereux.

— Pas Jack, me hâtai-je de répondre. Peter, une fois, mais la situation était très délicate.

— Qu'est-ce qui se passe ? (Il se redressa et huma l'air.) Un truc vient de se produire.

— Qu'est-ce que tu racontes ?

Je balayai la pièce du regard.

— Toi. Quelque chose vient de t'arriver. Tu es…

Ses yeux changèrent, et je reconnus la lueur due à la soif qui le dévorait.

— Tout ton être… On dirait que… tu veux que je te morde ?

— Non ! criai-je, paniquée.

— Je ne pige pas. Qu'est-ce que tu as fait ?

Son visage trahissait son conflit interne et, lorsqu'il fit un pas dans ma direction, je mesurai enfin que la menace était bien réelle.

— Je n'ai rien…, commençai-je à argumenter.

Soudain, je sus précisément ce que j'avais fait.

J'avais pensé à Peter et, dans ce cas-là, mon corps devenait le mets le plus délicieux qu'un vampire puisse imaginer. Jack y était particulièrement sensible, mais comme Milo était un nouveau vampire, il ne pouvait pas lutter.

— Milo ! s'exclama Jack, surgissant sur le seuil.

Au prix d'un grand effort, mon frère me quitta des yeux, puis échangea avec Jack un regard que je ne pus interpréter. Il ravala sa salive et sa respiration se fit laborieuse, mais il parvint à se concentrer sur Jack.

— Retourne dans ta chambre, lui ordonna ce dernier.

Milo frissonna et passa devant lui en sortant de la pièce. Jack resta figé sur le pas de la porte jusqu'à ce que j'entende celle de Milo se fermer, puis il se tourna vers moi.

— Bon sang, mais qu'est-ce que vous faisiez ? lança-t-il d'une voix pleine de hargne.

— Je n'y suis pour rien, me défendis-je. Il est entré pendant que je dormais !

— Tu aurais dû crier, pour me prévenir ou alerter Mae ! (Il croisa les bras.) Et tu dois cesser de songer à Peter ! Tu veux te faire tuer ?

— C'est purement impossible ! protestai-je en me laissant retomber sur le lit. Tu sais, dans le monde réel, on a le droit de penser aux gens ! Il n'y a pas de policiers de l'esprit qui viennent surveiller les battements de votre cœur !

— Je sais, s'excusa-t-il en soupirant. Nous sommes simplement un peu plus sensibles que les autres.

— Au fait, qu'est-ce que c'était que ça ?

— Quoi ?

— Ce regard que tu as échangé avec Milo. On aurait dit que vous étiez… je ne sais pas… connectés.

Je tentai de faire abstraction de l'étrange pointe de jalousie que je ressentais.

— Vous n'êtes pas… amants tous les deux ? demandai-je.

— Non, bien sûr que non, s'esclaffa-t-il, et son rire cristallin dissipa toutes mes craintes. Mais nous sommes plus liés, je suppose. Parce que c'est moi qui l'ai transformé.

J'ignorais quoi ressentir face à cette révélation, mais mieux valait m'y habituer rapidement, puisque je ne pouvais rien y faire. Ma seule certitude était l'immuabilité de l'état de vampire.

— Ça va ?

Jack s'approcha du lit et me dévisagea.

— Si je te réponds « non », est-ce que tu resterais avec moi un moment ?

Le fait de savoir que Milo allait bien m'avait ôté un sacré poids des épaules, et je me rendais compte du peu de temps que j'avais passé avec Jack au cours des jours précédents. Il me manquait terriblement.

— Je ne devrais pas…

Il laissa sa phrase en suspens, mais je compris que j'avais gagné.

Il souleva les couvertures et se glissa dans le lit, près de moi. Je me blottis contre lui et savourai la sensation de ses bras musclés qui m'enveloppaient. Malgré ce qu'avait proclamé Milo, j'étais certaine d'être en parfaite sécurité.

Il me caressa doucement les cheveux, et j'appuyai ma tête contre son torse, écoutant les lents battements de son cœur.

— Ça va aller, me rassura-t-il. Tout se passera bien pour Milo. Il faut juste qu'il s'adapte à sa nouvelle vie.

— Je n'ai pas envie de parler d'adaptation, ni de comment sera l'avenir : OK, bien ou merveilleux, dis-je d'une voix fatiguée. Je veux juste rester là avec toi.

Jack s'installa confortablement et je le sentis se détendre. Nous n'avions eu que très peu d'occasions de nous endormir ensemble, encore moins lovés dans un lit. Ces moments étaient extrêmement rares, et je désirais m'accrocher à celui-là le plus longtemps possible.

Le réveil arriva bien trop vite. J'étais au beau milieu d'un rêve quand j'entendis quelqu'un se racler fortement la gorge dans le couloir.

Tandis que je commençais à reprendre mes esprits, Jack dégagea ses bras, et je m'y agrippai. Il rit sous cape dans mes cheveux, ce qui eut pour effet d'agacer l'intrus du couloir.

— Hum ! toussa bruyamment Mae.

— Quoi ? grommela Jack.

— C'est l'heure de se lever.

— Mais je dors encore, protesta-t-il en bâillant.

— Dommage. (Pour illustrer son propos, elle frappa dans ses mains.) Debout !

— C'est bon ! répliqua Jack en se libérant de mon étreinte pour se redresser.

Je distinguai alors Mae. Elle se tenait sur le seuil, les mains sur les hanches, vêtue d'une élégante robe de chambre. Je me sentis coupable en voyant le regard qu'elle lançait à Jack.

— Non mais qu'est-ce que tu fabriques ? demanda-t-elle d'un ton las.

— Je me lève, comme tu me l'as ordonné.

Jack se pencha en arrière et s'étira. Je contemplai les superbes muscles de son dos ondulant sous son tee-shirt.

— Je voulais dire : qu'est-ce que tu fais dans ce lit, avec elle ? (Elle me désigna d'un signe de tête, sans pour autant le quitter des yeux.) Tu pensais que ça ne poserait pas de problème parce que tu as laissé la lampe de chevet allumée ?

— Plus ou moins.

Il lui adressa un sourire, mais elle n'était pas d'humeur à plaisanter.

— Debout. Il faut qu'on ait une conversation tous ensemble en bas.

Mae recula d'un pas, mais Jack l'arrêta.

— Attends ! Est-ce que Milo t'a parlé de sa petite escapade de la nuit dernière ? Alors que tu étais censée le surveiller ? précisa-t-il, une note accusatrice dans la voix.

— Nous discuterons de tout ça quand tu seras descendu.

Sur ce, elle tourna les talons, sa robe de chambre gonflant derrière elle, puis elle disparut.

— Il est beaucoup trop tôt pour un sermon, marmonnai-je contre l'oreiller.

— À qui le dis-tu ?

Il me regarda. Son sourire s'élargit, de plus en plus sincère. Il tendit la main et écarta une mèche de devant mes yeux. Il laissa ses doigts s'attarder sur ma joue et se réchauffer.

— Tu es très belle quand tu dors, murmura-t-il.

— N'importe quoi.

Je m'empourprai et me cachai davantage le visage dans l'oreiller. Il s'esclaffa, puis baissa la main à contrecœur.

— Prems pour la douche !

Je sentis le lit bouger quand il se leva, et je tournai la tête afin d'avoir un meilleur aperçu de son corps tandis qu'il se dirigeait vers son dressing.

— Il y a des salles de bains dans toute la maison. Tu veux être prems dans toutes ?

— Peut-être bien, répondit-il en riant avant d'ouvrir la porte.

Cela m'était égal qu'il se lave avant moi. Ainsi, j'avais plus de temps pour traîner au lit et m'enfouir sous les couvertures moelleuses.

Je savais qu'en littérature de nombreuses histoires d'amour se nourrissaient de regards langoureux depuis l'autre bout de la pièce, susceptibles d'alimenter une passion ardente, mais je ne voyais pas comment. Je venais de passer la nuit dans les bras de Jack, et cela ne me suffisait plus.

Chapitre 7

Ce fut pire qu'un sermon.

Ezra était sur le canapé et Mae, assise par terre près de lui, avait posé la tête sur les genoux de son mari. Ses longues mèches ondulées couleur miel retombaient en cascade sur ses épaules, et Ezra lui passait les doigts dans les cheveux d'un air absent.

Jack était allongé sur la méridienne, Matilda étendue à ses pieds.

Milo était debout sur le côté et jouait avec les rideaux qui touchaient le sol. Sous la lumière vive du salon, il paraissait encore plus éblouissant. C'était bien mon frère, enfin, celui à qui il aurait ressemblé au bout de quelques années en pratiquant plus de sport et avec l'aide d'un styliste.

Lorsque j'entrai dans la pièce, j'eus du mal à détacher mon regard de lui, mais autre chose me perturba.

Ils semblaient tous positionnés autour de moi en vue d'un discours. Jack s'était redressé. Je pris place dans un fauteuil et attendis qu'ils m'assènent une mauvaise nouvelle.

— Bon, commençai-je quand je constatai que personne ne parlait. Que se passe-t-il ?

— On m'a raconté que tu avais reçu de la visite hier soir, affirma Ezra avec une note de mécontentement.

Milo piqua un fard. D'un air distrait, il continua à tripoter le rideau et manqua de le faire tomber. Il s'empourpra encore davantage et bredouilla des excuses que Mae balaya d'un geste.

Ses mouvements étaient à la fois maladroits et gracieux. Il saisissait les objets de ses doigts fins d'une façon étrangement élégante, mais il ignorait comment maîtriser ses gestes et sa force.

Il s'écarta des rideaux et faillit trébucher sur le fauteuil, mais se rattrapa avec une facilité déconcertante. Il abandonna l'idée de bouger et s'affala dans son siège.

— La bonne nouvelle, c'est que tout ceci est parfaitement normal, expliqua Ezra en observant mon frère, le sourire aux lèvres.

— Tu es en train de prendre tes repères, le rassura Mae. Nous sommes tous passés par là.

— Enfin, presque tous, marmonnai-je entre mes dents, et Jack me décocha un regard déçu.

— C'est tellement bizarre ! se lamenta Milo.

Il avait eu l'intention de s'asseoir et avait presque fait basculer le fauteuil en arrière. Il se moqua de lui-même et, sous ses nouveaux traits magnifiques, je décelai le petit garçon nerveux qu'il avait toujours été.

Chaque fois qu'il découvrait un problème qu'il ne parvenait pas à résoudre, il fronçait les sourcils et il avait le regard perdu. C'était rassurant de le revoir ainsi.

— Comme tu peux le constater, la transformation de Milo s'est très bien déroulée, me dit Ezra. Il a eu très peu de complications, et il semble avoir une bonne dose de retenue.

— Je n'ai jamais eu aussi peu de maîtrise de toute ma vie ! s'écria Milo avec dédain.

— Ça va revenir, et tu seras encore plus fort, lui indiqua Mae. Si tu avais vu Jack au début. C'était une catastrophe.

— Au départ, tout le monde a un peu de mal à se contenir, souligna Ezra. Et c'est précisément pour cela que tu n'aurais pas dû te rendre dans la chambre d'Alice hier.

— Désolé.

Le ton de ses excuses me laissait penser qu'il les avait déjà présentées une centaine de fois.

— Tout s'est bien passé, répliquai-je en balayant l'inquiétude d'Ezra d'un geste. Pas de quoi en faire tout un plat, vraiment.

— Bien sûr que si, intervint Jack en m'adressant un regard empreint de gravité. Si je ne m'étais pas réveillé…

— S'il ne s'était pas alimenté avant de te voir, personne n'aurait eu le temps de réagir pour l'empêcher de te mordre, renchérit Ezra.

Je détestais l'idée que mon frère pouvait me tuer. Tous étaient susceptibles de le faire et, selon Milo, ils en avaient tous envie. Il était le seul à être rongé par la culpabilité et le seul à nécessiter un chaperon, ce qui me paraissait injuste.

— Eh bien, ça ne se reproduira plus, et je suis encore vivante, déclarai-je.

— Tu n'as aucun instinct de survie, me fit remarquer Jack en me jetant un coup d'œil sceptique.

— C'est clair, rétorquai-je, croisant son regard.

Si j'avais tenu à ma vie, je n'aurais pas passé tout mon temps libre en compagnie d'une bande de vampires.

— Ce qui nous amène à la situation actuelle, enchaîna Ezra.

Je ne suivais pas sa logique.

— Milo ne peut pas rentrer chez vous, pour de nombreuses raisons. Il doit rester avec nous.

— Bien entendu, acquiesçai-je.

Mon frère ne pouvait pas reprendre son existence normale de lycéen et, comme tout s'était bien passé pour lui, j'allais moi aussi devenir vampire. Rien ne nous rattacherait plus à notre ancienne vie.

— En revanche, ce ne sera pas ton cas.

Ezra avait parlé lentement, afin de me laisser le temps d'assimiler la portée de ses mots.

— Hein ? (Je secouai la tête.) Qu'est-ce que ça signifie ? Pourquoi je ne resterais pas ? Milo était le motif qui m'avait poussée à reporter ma décision, et maintenant il est là !

— Alice.

Ezra leva la main pour me calmer, et je sentis que Jack s'efforçait de contenir ses propres émotions dans le but de m'apaiser.

— De toute façon, tu seras tout le temps fourrée chez nous, suggéra ce dernier.

— Je ne comprends pas. Si… si je peux rester avec vous tant que je veux, pourquoi est-ce que je dois rentrer ? demandai-je, la gorge nouée.

— C'est dangereux pour toi, essaya de me raisonner Ezra. Pour l'instant, Milo représente une véritable menace pour les humains, et, si quelque chose t'arrivait, il ne se le pardonnerait jamais.

— Pourquoi…

Je n'achevai pas ma phrase, incapable d'articuler les paroles que je mourais d'envie de prononcer. Pourquoi ne pouvais-je pas simplement devenir vampire ? Était-ce leur manière de m'annoncer qu'ils ne voulaient plus de moi ?

— Et il faut aussi tenir compte de ta mère, poursuivit Ezra sans répondre à ma question ouverte. Tu lui as laissé une lettre pour la prévenir que Milo et toi alliez séjourner avec nous un petit moment. Si vous disparaissiez tous les deux, elle aurait des soupçons et alerterait la police.

— Parce que si c'est seulement Milo qui s'évanouit dans la nature, tu penses qu'elle ne réagira pas ? lançai-je, dubitative.

— Non, car nous lui fournirons une explication, dit Ezra en secouant la tête. Nous aurons tout résolu d'ici demain.

— Demain ? répétai-je, haletante.

— Oui. Tu rentreras demain, m'annonça Ezra.

— Ainsi, Milo aura assez de temps pour se préparer à aller voir votre mère une dernière fois et nous pourrons nous organiser, développa Mae en me souriant.

Ils me jetaient dehors, m'excluaient de tout ce qui était important à mes yeux, et avec le sourire.

Avant l'accident de Milo, je n'avais pas envisagé de me transformer aussi vite. Cela n'aurait pas dû poser de problème au point de nécessiter mon départ, puisque les changements étaient finalement minimes.

Mais en fait, tout avait changé. Ils m'abandonnaient.

— Je sais combien c'est difficile pour toi, mais c'est mieux comme ça, dit Ezra.

Son ton définitif m'indiqua que cette décision était irrévocable.

— C'est pas grave.

Je haussai les épaules et clignai fortement des yeux pour retenir mes larmes. Je me levai sans savoir où aller, bredouillant une excuse bidon.

Mae cria mon nom et Milo me regarda. Je passai devant eux, traversai la cuisine et sortis par les portes-fenêtres sur la terrasse baignée par le clair de lune.

Après trois jours passés à l'intérieur avec l'air glacial de la climatisation, la chaleur et l'humidité de la nuit me firent l'effet d'un sauna. Des lucioles dansaient entre les branches du saule pleureur près du lac. J'avançai sur le ponton en m'essuyant les joues.

Je contemplai les planches de bois qui s'étiraient devant moi. Elles étaient à l'origine de tous mes soucis. Si Milo n'avait pas glissé, s'il ne s'était pas cogné la tête, alors tout serait redevenu normal.

Ma maîtrise de la normalité était de plus en plus fragile.

La peine et la confusion qui montaient en moi ne me plaisaient pas. Je sentis la solitude me pincer le cœur, chose pour laquelle je n'étais plus préparée. Comme tous ceux que j'aimais étaient immortels, je n'avais pas une seconde envisagé de me retrouver seule.

Des bruits de pas lourds résonnèrent sur le bois derrière moi et je me frottai les yeux. Je ne voulais pas pleurer, encore moins devant témoin. Je gardai les bras croisés, refusant de me retourner vers Jack qui s'approchait de moi.

— Alice. Ce n'est vraiment pas si grave.

— Je le sais, reconnus-je. (Mes larmes cessèrent assez pour pouvoir le regarder.) Je n'y avais pas réfléchi, voilà tout. Sinon, je me serais rendu compte que j'allais devoir bientôt partir.

— Alice, marmonna-t-il, voyant clair dans mon jeu. C'est pour ta sécurité, et la nôtre.

— J'en suis consciente, insistai-je. Je comprends. Totalement. Ne t'inquiète pas pour moi.

— Personne ne te reproche de te sentir blessée.

— Je ne le suis pas ! aboyai-je.

Il leva les yeux au ciel.

— Pourquoi est-ce que tu te montres toujours aussi têtue ? demanda-t-il, de plus en plus agacé.

— Je ne suis pas obstinée. Je ne vois pas de quoi tu parles, dis-je en secouant la tête.

Il soupira et tenta une approche différente. Il voulut me toucher, mais je reculai, et il laissa retomber son bras.

— Je ne sais pas pourquoi tu es furieuse contre moi. Je n'ai rien à voir dans cette histoire.

— C'est ta faute si Milo est un vampire, soulignai-je.

Je regrettai instantanément cette remarque. Il eut l'air si blessé que j'eus envie de retirer mes paroles.

— Tu as raison, affirma-t-il d'une voix enrouée. Tu as complètement raison. C'est ma faute. (Il baissa les yeux.) Prends tout le temps qu'il te faudra. Je serai dans la maison.

— Jack, articulai-je, mais il se contenta de faire « non » de la tête.

— Prends tout le temps nécessaire, Alice.

Il tourna les talons et rentra d'un pas plus lent et lourd.

Je contemplai l'eau noire qui m'entourait. Jack n'avait pas réellement commis d'erreur, mais Milo et lui subissaient tout le poids de ma colère et de ma frustration, parce qu'ils les acceptaient sans rechigner.

C'était injuste envers eux, et cela me portait à croire que j'étais certainement une personne détestable. Pas étonnant qu'ils me chassent.

Si c'était moi qui avais glissé sur le ponton et qui m'étais cogné le crâne à la place de mon frère, tout aurait été beaucoup plus simple. Il avait failli mourir et j'en étais jalouse.

Chapitre 8

Comme Milo avait toujours obtenu les félicitations du conseil de classe, il était très plausible qu'on lui ait octroyé une bourse pour poursuivre ses études en internat dans un lycée prestigieux. Même le fait de ne pas avoir prévenu ma mère ne semblait pas si incongru. À cause des horaires de travail de cette dernière, ils se voyaient très peu.

Ezra imprima des documents certifiant que Milo allait fréquenter l'école préparatoire Chester Arthur près d'Albany, dans l'État de New York. Le semestre commençait une semaine plus tard, et on recommandait aux élèves d'arriver sept jours avant afin de se familiariser avec l'établissement.

Du moins, c'était ce que prétendait la lettre.

Ils avaient élaboré tout un scénario pour l'accompagner. Milo le révisa toute la soirée avec Mae et Ezra.

Jack avait fait de son mieux pour me remonter le moral, sans grand succès. Plus le temps s'écoulait, plus j'étais angoissée et contrariée à force de penser à la vie que j'allais devoir reprendre.

Milo téléphona à notre mère et convint d'un moment pour discuter avec elle. Mae m'aida à faire mes valises, sans cesser de répéter à quel point la situation se révélerait plus amusante dans ces conditions. Son argument principal tournait autour de l'expression « loin des yeux, près du cœur » et je hochais la tête, comme si je croyais tout ce qu'elle me disait.

Une fois mes affaires chargées dans la Jetta, je me tins dans l'entrée, patientant près de la porte du garage. À côté de moi, Jack tripotait les clés. Nous attendions Milo qui, contrairement à moi, n'avait pas de bagages à préparer. Je ne comprenais pas pourquoi il tardait autant.

— Qu'est-ce qu'il fiche ? demandai-je.

J'avais envie de partir le plus vite possible pour en finir avec cette corvée.

— Il va descendre dans une minute, me répondit Jack.

Il se gratta la nuque et détourna les yeux. Clairement, il me cachait quelque chose.

— Quoi ? Qu'est-ce qu'il fait ?

— Il s'alimente. (Il me dévisagea et haussa les épaules.) Il va sortir de la maison pour la première fois et côtoyer des humains. Mieux vaut qu'il n'ait pas faim.

— Et toi, tu as besoin de te nourrir ?

— Non, ça va. Mais merci de t'en soucier.

Il me scruta, guettant du dégoût ou de la peur mais, lorsqu'il n'en distingua pas, il finit par regarder ailleurs.

— Est-ce qu'il va manger ma mère ?

Chaque fois que je pensais à Milo en train de boire du sang, j'avais le cœur au bord des lèvres mais, manifestement, je parvenais à bien le masquer.

— C'est pour cela qu'il se nourrit en ce moment, dit-il. Nous espérons éviter cela.

— Super, soupirai-je.

— Je jouerai les gardes du corps.

Il roula des mécaniques pour me prouver qu'il était à la hauteur de cette tâche et me sourit.

— Tout va bien se passer.

— Je sais, répondis-je d'un ton sinistre. Comme toujours. Parfait. Très bien. OK.

— Il est pratiquement prêt ! annonça Mae, interceptant le regard inquiet que Jack me lançait.

Lorsqu'elle me vit, elle se rembrunit.

— Oh ! Alice, ma puce, tu as l'air si malheureuse !

— Désolée.

Je me forçai à sourire tandis qu'elle posait les mains sur mes bras.

— Tu reviendras, tu sais ?

Ses yeux étaient mouillés de larmes. Mon départ l'attristait, et cette certitude me réconforta un peu. Au moins, j'allais manquer à quelqu'un.

— Nous ne t'excluons pas.

— Je sais, acquiesçai-je avec un sourire un peu plus sincère.

— Tu fais partie de la famille à présent, m'expliqua-t-elle en ramenant une mèche de mes cheveux derrière mes oreilles. Mais les choses doivent être ainsi. Provisoirement.

— Je sais, répétai-je.

Et, en effet, c'était vrai. Ce qui ne m'empêchait pas de souffrir.

Mae me prit dans ses bras et m'étreignit si fort que j'eus du mal à respirer.

— Ma puce, tout sera fabuleux en fin de compte, tu n'as pas idée, me chuchota-t-elle.

— Mae, je crois que tu l'étouffes, l'avertit Jack avec une petite tape sur l'épaule.

— Oh, pardon ! s'excusa-t-elle. J'oublie tout le temps à quel point tu es encore fragile.

Elle me libéra en reculant d'un pas, et je m'efforçai de reprendre mon souffle en silence.

J'entendis les pas maladroits de Milo dans le couloir et Ezra lui assurer que tout irait bien. Ils arrivèrent dans l'entrée. Ezra avait passé son bras dans le dos de Milo, dont le visage était blême.

— Nous pouvons vous suivre, si tu veux, offrit Ezra.

Jack nous accompagnait, tandis que Mae et lui avaient prévu de rester dans la maison.

— Non, c'est bon.

Milo se voulait plus sûr qu'il en avait l'air, et je me demandai s'il ne valait pas mieux accepter leur proposition.

— Tu en es certain ?

Mae lui caressa la joue, un geste que je ne pouvais plus me permettre avec mon frère. Sinon, il serait trop tenté de me déchirer une artère.

— Arrêtez. Tout le monde va bien. Allons-y maintenant.

Jack percevait mon embarras et il souhaitait en finir.

Mae nous laissa partir de mauvaise grâce. Son angoisse ne me réjouissait pas, mais ce n'était pas comme si, dans l'ensemble, quoi que ce soit dans cette situation me plaisait.

Je précédai Milo pour rejoindre le garage, et atteignis la Jetta en premier. Je m'apprêtais à ouvrir la portière côté passager, comptant m'asseoir devant avec Jack comme d'habitude, lorsque Milo émit un grognement.

— Est-ce que tu viens de me grogner après ? demandai-je, incrédule.

— C'est possible, reconnut-il, une lueur de colère dans les yeux.

— Et pourquoi donc ?

— Alice ! intervint Jack d'un ton sec.

Il était de l'autre côté de la voiture, et me toisa par-dessus le toit.

— Monte à l'arrière, m'ordonna-t-il.

— Pourquoi ?

— Obéis, dit-il fermement.

— Mais c'est ridicule ! m'indignai-je. Il a le droit de s'installer devant parce qu'il est un vampire ? C'est injuste. Je ne vois pas où est la logique.

— Passe derrière ! aboya Milo.

Je le dévisageai et constatai la violence qui couvait dans son regard.

— C'est n'importe quoi, marmonnai-je en m'exécutant.

— Ce serait beaucoup plus facile si tu ne protestais pas pour tout, décréta Jack en démarrant.

— Tu n'avais pas bien mesuré dans quoi tu mettais les pieds avec elle, je me trompe ? lui fit remarquer Milo.

Je me mordis la langue pour me retenir de répondre, ce qui relevait de l'exploit. Bon sang, pour qui Milo se prenait-il ? J'avais envie de lui hurler après mais, si je ne me maîtrisais pas, il pouvait littéralement me sauter à la gorge.

Ça aussi, c'était injuste. Il se comportait comme un abruti et échappait à toute punition, simplement parce qu'il était capable de me tuer. Auparavant, il ne m'aurait jamais parlé ainsi.

L'avantage, c'était que l'idée de moins les voir ne me dérangeait plus autant, tout d'un coup. En fait, j'étais presque certaine que Milo n'allait absolument pas me manquer. Il m'aurait sûrement grogné après si j'avais osé toucher la télécommande ou autre chose de ce genre.

Je boudais pendant tout le trajet. Jack avait glissé un CD de Dinosaur Jr. dans l'autoradio, et la musique comblait le silence. Milo discuta un peu, mais je ne pouvais pas entendre ses paroles. Je me mis à les détester tous les deux encore plus.

Quand Jack se gara devant notre immeuble, je bondis hors de la voiture. Jack sortit mes sacs du coffre et me suivit avec Milo.

Dans l'ascenseur, personne n'ouvrit la bouche et Milo se crispa. Les dents serrées, il ne cessait pas de fermer et d'ouvrir les poings. Je jetai un coup d'œil à Jack pour voir s'il l'avait remarqué, mais ce dernier restait impassible.

— Ça va ? murmurai-je à mon frère une fois devant chez nous.

— Oui.

Il hocha la tête, mais il était toujours aussi pâle.

— On devrait peut-être choisir un autre moment, suggérai-je.

Je voulais vraiment me débarrasser de cette épreuve, mais pas aux dépens de ma mère ou de mon frère, même s'il m'énervait vraiment.

— Non, allons-y maintenant.

Milo sortit les clés de sa poche et déverrouilla la porte.

Une lumière éclairait l'évier, mais le reste de l'appartement était plongé dans le noir. Milo n'avait pas changé au point d'être méconnaissable, mais ma mère aurait moins de chances de discerner ses nouveaux traits dans la pénombre.

Un disque rayé de Led Zeppelin tournait à bas volume dans le salon, et Robert Plant chantait *When the Levee Breaks*.

— Maman ? appelai-je prudemment en suivant Milo.

Elle sortit soudain de sa chambre, une cigarette à l'extrémité rougeoyante entre ses doigts. Ses cheveux semblaient moins crépus que d'ordinaire, et elle avait appliqué un rouge à lèvres trop criard.

— Ah, bien, vous êtes enfin là ! Je n'ai pas beaucoup de temps.

— Tu sors ? demandai-je.

Milo resta délibérément dans l'ombre, alors que je m'attardais sous la lampe de la cuisine. Jack posa mon sac par terre et s'approcha de moi dans l'espoir de capter l'attention de ma mère.

Elle papillonnait dans le salon, cherchant quelque chose, et ne l'avait pas encore aperçu. La dernière fois qu'elle l'avait rencontré, elle était tombée en pâmoison devant lui.

—Oui, oui, je ne vais pas tarder, me dit-elle en écartant ma question d'un geste.

Elle trouva ce qu'elle voulait, un verre de cognac. Elle en but une longue gorgée puis se retourna et leva les yeux sur nous. Elle vit enfin Jack et inspira profondément.

—Oh, je n'avais pas remarqué que vous aviez un invité !

—Enchanté de vous revoir, madame Bonham, la salua Jack.

Elle porta la main à sa poitrine.

—Vous étiez dans votre maison de vacances, c'est ça ? s'enquit-elle avant de s'asseoir dans un fauteuil du salon.

Manifestement, elle était incapable de tenir debout : ses genoux se dérobaient devant Jack.

—Euh… en effet, acquiesça-t-il, corroborant le mensonge que j'avais servi à ma mère.

—Est-ce que vous avez beaucoup nagé ?

Elle était sans conteste en train de l'imaginer en maillot, et cela me donna la nausée.

Milo émit un bruit étrange, et Jack avança soudain vers lui.

—On n'a pas cessé de se baigner. C'était génial, dis-je. Mais, maman, Milo a vraiment un truc à t'annoncer. Quelque chose de… euh… très important.

—Ah bon ?

Au prix d'un gros effort, elle quitta Jack du regard pour le poser sur Milo, mais ils n'étaient pas loin l'un de l'autre. Jack se colla un peu plus contre mon frère. Cela ne se déroulait pas aussi bien que tout le monde l'avait promis.

—Oui, c'est une très bonne nouvelle, précisa Jack pour l'influencer.

— Tiens, dit Milo.

Il tendit brusquement une lettre froissée à ma mère.

Son ton était devenu glacial et, si Jack n'avait pas détourné l'attention de ma mère, jamais elle n'aurait gobé cette histoire.

— Qu'est-ce c'est ? demanda-t-elle sans prendre la peine de se lever et de récupérer la feuille.

— Une lettre, expliqua Jack en arrachant la feuille des mains de mon frère.

Lorsqu'il la donna à ma mère, leurs doigts se touchèrent brièvement, et Milo reproduisit le même son.

— Une lettre ?

Une fois remise du contact avec Jack, elle daigna la regarder. Elle tenta de l'aplatir mais, à cause de l'obscurité et de ses problèmes de vue, elle ne put presque rien déchiffrer.

— Bon, qu'est-ce qu'elle raconte ? Crache le morceau ! s'écria-t-elle en levant les yeux sur Milo.

— Je suis admis dans un pensionnat de l'État de New York, affirma Milo d'une voix tendue. Grâce à mes notes, j'ai obtenu une bourse qui couvre tous les frais de scolarité. Le semestre commence dans une semaine, et ils veulent que j'y sois avant. Du coup, je pars demain.

— Quoi ?

Ma mère paraissait perplexe. Milo était le plus sensé de la famille, et elle n'était pas habituée à l'entendre tenir des propos incohérents.

— Pourquoi tu ne me l'as pas annoncé plus tôt ? demanda-t-elle.

— J'attendais le moment propice, répondit Milo.

— D'où le séjour dans notre maison de vacances. Une dernière occasion de profiter de son temps libre avant sa rentrée, souligna Jack avec un sourire trop large.

— Quoi ? répéta ma mère. Je ne comprends pas pourquoi tu n'as pas voulu me le dire.

— J'avais peur que tu sois fâchée de mon départ.

Pourtant, Milo ne semblait ni désolé ni craintif. Il s'exprimait comme un robot.

— Pourquoi serais-je en colère ? J'ai toujours insisté sur l'importance de bonnes études pour mes enfants, pour que vous ne finissiez pas comme moi.

Elle s'adoucit et contempla de nouveau la lettre, essayant de la lire dans la pénombre.

— Donc, tu pars demain ? l'interrogea-t-elle.

— Oui.

— Comment te rends-tu là-bas ?

— En avion. Jack m'a acheté le billet.

Milo le désigna d'un geste, et Jack sourit à ma mère.

— Oh ! (Elle déglutit et me regarda pour la première fois.) Tu étais au courant ?

— Euh… oui, répondis-je dans un haussement d'épaules.

— Et tu ne m'as rien dit ? aboya-t-elle.

— Eh bien non. Et Milo non plus. Mais merci de me le reprocher, rétorquai-je.

— Oh, ce n'est pas grave ! (Elle consulta l'horloge et avala le reste de son cognac.) Je n'ai vraiment pas de temps à consacrer à tout ça, ajouta-t-elle en repoussant une mèche de cheveux de son front. Mais tu t'en vas demain, n'est-ce pas ? Je pourrai te dire « au revoir » comme il faut à ce moment-là.

— Oui, mentit Milo.

Il partait le soir même et elle ne s'en rendrait compte que lorsqu'il serait trop tard. Il lui laisserait un mot expliquant que l'avion décollait avant son réveil.

— Parfait, alors.

Ma mère écrasa sa cigarette dans le cendrier, prit son énorme sac à main sur la table et se dirigea vers Milo, dissimulé dans l'ombre près de la porte.

— Amusez-vous bien ce soir, lui lança Jack en se glissant entre elle et Milo.

Il était encore trop tôt pour que mon frère puisse supporter qu'elle l'enlace.

— J'y compte bien.

Elle se toucha les cheveux, déconcertée par l'interruption de Jack, sans savoir quel geste faire pour arranger sa coiffure. Elle lui sourit, puis se tourna vers moi, l'air menaçant.

— Quant à toi, on réglera ça plus tard.

Lorsqu'elle fut sortie, je m'efforçai de ne pas penser à l'extrême tristesse de la situation. Milo voyait sa mère pour la dernière fois, et il ne pouvait même pas lui dire adieu en la serrant dans ses bras.

Elle n'avait jamais été une mère parfaite et passait le plus clair de son temps ailleurs que chez nous, mais elle restait notre mère. Elle méritait mieux que ça.

— Bon Dieu ! souffla Jack après son départ, et je vis tout son corps se relaxer. Il faut que tu apprennes à te contrôler.

— Mais j'essaie ! insista Milo. Mais ce n'était pas ma faute ! Tu as bien vu comment elle rampait devant toi…

Sa voix se transforma en un grognement guttural, et Jack leva la main pour l'interrompre.

— Oui, je te rappelle que j'étais là mais, franchement, tu ne peux pas te comporter comme ça ! s'exclama Jack en secouant la tête.

— Comme quoi ? m'enquis-je, perplexe.

Milo avait des problèmes pour gérer sa soif de sang, mais je ne comprenais pas pourquoi cela concernait exclusivement ma mère.

— Rien, dit Milo, l'air honteux.

— Rassemble le reste de tes affaires, lui ordonna Jack en désignant sa chambre. Sortons d'ici avant que tu fasses une bêtise.

— Désolé.

Mon frère s'éloigna furtivement.

Lorsqu'il fut parti, je me précipitai vers Jack et chuchotai, affolée :

— Mais qu'est-ce que c'était ? Que se passe-t-il ?

— Tu te rappelles à quel point les choses étaient compliquées avant ? (Il jeta un coup d'œil par-dessus son épaule pour s'assurer que Milo ne pouvait pas l'entendre.) Eh bien, elles viennent d'empirer, et pas qu'un peu.

— Qu'est-ce que tu veux dire ? demandai-je, les sourcils froncés.

— Milo est jaloux.

— De quoi ?

— Euh… (Il se gratta la nuque et soupira.) De toutes les personnes qui communiquent avec moi.

— Hein ?

— OK, écoute… en vérité, les vampires s'attachent à celui qui les engendre, développa Jack. Je t'ai expliqué combien j'étais proche de Peter et d'Ezra parce que nous partageons le même sang. Eh bien… depuis que Milo a bu le mien, nous sommes réellement liés. Et ce n'est pas comme Peter et moi car, manifestement, Milo craquait pour moi avant de devenir un vampire. Et, désormais, ses sentiments sont exacerbés.

— Tu plaisantes, j'espère ? (Je décroisai les bras et les laissai retomber.) Bordel, d'abord ton frère, et maintenant le mien ! On ne s'en sortira jamais !

— Non, ce n'est pas comme avec Peter, répondit Jack en secouant la tête. Je considère Milo comme un frère, rien de plus. Et c'est tout récent. Mon sang est encore frais en lui, et il ne maîtrise aucune de ses émotions. Ça va s'estomper au fil du temps.

— Combien de temps ? rétorquai-je.

— En fait… tu arrives toujours à mettre le doigt sur ce que nous ignorons, tenta-t-il de se justifier.

J'éclatai d'un rire sans joie et fis « non » de la tête.

— Tu n'en sais rien. Tu ignores même si ce truc va disparaître. Ce ne sont que des suppositions !

— Chut !

Il lança un regard angoissé vers la chambre de Milo mais, quand il constata que mon frère ne franchissait pas la porte, il se retourna vers moi.

— Non, je t'assure, le lien perd en intensité. D'accord ? Au début, je vénérais Peter comme un héros.

— C'était il y a seize ans, précisai-je, sceptique. Tu comptes vraiment patienter seize ans pour que ça se calme ?

— Ça cessera avant. Je ne peux pas te donner une estimation, mais je crois que, dans mon cas, ça n'a pas duré tant que ça.

— Si tu le dis, répliquai-je en levant les yeux au ciel. Ça va passer à Milo. Ça va passer à Peter. Ça va passer à tout le monde. Et, un jour, nous nagerons dans le bonheur. Sauf qu'il y a sans cesse de nouveaux obstacles qui viennent s'ajouter aux précédents.

— Tu sais quel est le problème ? Tu as un point de vue de mortelle sur ce qu'on vit, me certifia Jack. Tu vois le temps comme quelque chose de limité ; or il est infini. Ça prendra du temps, mais nous en avons devant nous.

— Parle pour toi ! La dernière fois que j'ai vérifié, commençai-je en posant deux doigts sur ma gorge, j'ai trouvé un pouls. Oui, je te confirme. C'est du sang humain qui coule dans mes veines, Jack. Je ne suis pas une vampire.

— Oui, pour l'instant. C'est provisoire.

— Peut-être bien. Mais, pour le moment, tu es en train de chuchoter à un mètre de moi parce que sinon mon frère pourrait me tuer, et le tien pourrait te tuer. Et, jusqu'à ce que ça cesse, tu ne peux pas m'approcher.

Jack soupira et m'adressa un regard triste. Milo sortit de sa chambre, et Jack recula d'un pas en baissant les yeux.

Mais, bien sûr, tout allait s'améliorer. Voilà qu'à présent Jack avait peur de mon petit frère. Nous étions sur la bonne voie.

— Je suis prêt, déclara Milo, qui portait deux sacs marins et un sac-poubelle.

— On devrait sûrement y aller, dit Jack en marchant vers la porte. Tu as eu une journée suffisamment mouvementée.

— Alice, je suis vraiment navré de tout ça. Je sais que ça te crée des ennuis, et ce n'était pas mon intention.

Milo s'était exprimé avec sincérité, et son visage s'était radouci. Je lui en voulus parce qu'à ce moment-là j'avais envie d'éprouver de la colère envers lui, mais je n'y parvenais pas.

— Ne t'inquiète pas, le rassurai-je. Ce n'est pas ta faute. Tu es victime des circonstances.

— On se voit bientôt, d'accord ? me promit-il.

— Oui, je sais, mentis-je. (Il me regarda avec espoir pendant un petit moment.) Je te prendrais bien dans mes bras, enfin, si c'était possible. Mais tu auras bientôt tout sous contrôle. OK ?

— Oui, répondit-il avec un sourire las.

Jack lui tint la porte et m'adressa un dernier regard d'excuse tandis que Milo s'enfuyait dans le couloir.

— Je t'appelle très vite. Amuse-toi bien.

Une fois la porte refermée, je compris alors que j'étais seule dans l'appartement. Comme mon frère n'avait eu aucune vie sociale, je pouvais compter sur les doigts d'une main les fois où je m'étais retrouvée sans personne chez moi. C'était toujours quand j'avais séché les cours tandis que mon frère y allait quand même. Sinon, il était présent en permanence.

Et c'était fini.

Quelques minutes auparavant, j'avais réussi à éprouver de la rage envers lui, mais elle s'était complètement évanouie. La réalité de la situation me frappait de plein fouet.

Il ne serait plus là pour me sermonner parce que je me couchais trop tard et me rappeler de faire mes devoirs, pour se moquer de moi quand je regarderais des émissions de téléréalité, ou pour me préparer à manger.

Pour la première fois depuis plus de seize ans, j'étais toute seule. Mon petit frère était parti pour de bon.

Chapitre 9

Après m'être habituée aux températures polaires de chez Jack, je mourais de chaud dans mon appartement. Pour lutter contre la chaleur, je trempai mon débardeur et mes sous-vêtements dans de l'eau froide avant de les enfiler. C'était ce qui se rapprochait le plus d'un lac dans un jardin.

Pour tuer le temps, je me plongeai dans l'autobiographie de Peter, même si je n'étais pas convaincue qu'il en était réellement l'auteur. Jack en semblait certain, et il s'était offusqué de ma lecture de cette *Brève Histoire des vampires*.

Toutefois, j'avais du mal à imaginer que Peter ait voulu s'épancher par écrit. Chaque fois que je me trouvais en sa présence, il s'exprimait le moins possible, mais Ezra m'avait dit que Peter avait changé après la mort de l'amour de sa vie.

Je me sentais étrangement trahie quand je pensais à Élise, la petite amie de Peter, assassinée longtemps auparavant. Elle avait été son unique véritable amour, ou quelque chose d'aussi ridicule.

Mon être tout entier me criait que j'étais faite pour lui et, à cause d'elle, une vampire décédée avant même ma naissance, il me rejetait. Je ne serais jamais avec lui, et vu la tournure des événements, j'allais finir toute seule au fond d'une tombe.

Jusque-là, dans le livre, Peter n'avait toujours pas mentionné l'existence d'Élise, et j'espérais qu'il ne le ferait pas. Jack m'avait expliqué que son frère l'avait rédigé dans sa jeunesse, donc il ne l'avait probablement pas encore rencontrée.

Il racontait sa transformation et les souvenirs qu'il en avait. Manifestement, c'était une expérience difficile à décrire.

« Mon esprit embrumé était en ébullition. J'avais à la fois l'impression d'être endormi et réveillé. Mon corps bougeait et se mourait. À certains moments, je pouvais vraiment sentir mes organes glisser, comme si l'on m'avait ouvert le ventre avant de le remplir d'anguilles.

Je ne pouvais pas démêler les rêves de la réalité, et je me rappelle avoir chanté l'*Ave Maria* en boucle afin d'entendre ma propre voix. Cela me prouvait que j'étais encore là, qu'une partie de moi se trouvait encore sur cette terre. »

J'imaginais Peter se contorsionnant dans un lit tandis que son corps mourait. Ses traits magnifiques qui se déformaient sous l'effet de la douleur et, pendant tout ce processus, il chantait. J'étais sûre qu'il avait une tessiture superbe, mais pousser la chansonnette dans un moment pareil était quand même assez décalé.

J'essayais souvent de découvrir pourquoi Peter avait engendré Jack. Presque tout les opposait, et Peter se sauvait sans cesse de son côté. Il ne semblait pas souhaiter de compagnie, contrairement à Jack. Ça ne paraissait pas logique qu'il transforme quelqu'un en ayant conscience du lien que cela créerait.

Dans son ouvrage, Peter ne dévoilait presque rien à propos de son passé de mortel. Il se contentait de dire qu'il avait été désarçonné de son cheval. L'animal s'était enfui, le laissant pour mort sur le bord de la route. Un inconnu l'avait trouvé par hasard et, en constatant l'état de Peter, avait pris la décision de le changer en vampire, seul moyen de lui sauver la vie.

Ensuite, Peter décrivait une loyauté et une affection sans bornes envers le vampire en question.

« Je n'avais jamais rien connu de tel auparavant. Dans mon existence précédente, j'avais un père, un frère, des amis. Mais je n'avais jamais partagé de lien aussi fort. Je ressentais toutes ses émotions, comme si elles étaient les miennes. Lorsqu'il s'éloignait trop, une affreuse panique s'emparait de moi, comme si je ne pouvais pas survivre sans lui.

Cette relation ne comportait pourtant aucune nature charnelle. J'étais comme un prolongement de lui. Toute séparation m'était aussi douloureuse qu'une amputation.

Heureusement, il me traitait avec respect et dignité, comme son égal ou son frère. Bien d'autres vampires naissants n'ont pas eu un sort aussi enviable. »

Cela m'aidait à mieux saisir ce qui se passait entre Milo et Jack, sans pour autant me rassurer. Je savais que la force de ce lien finirait par s'estomper, comme entre Peter et Ezra mais, même dans son autobiographie, Peter ne fournissait aucune indication quant au laps de temps nécessaire.

Il racontait ensuite la première fois où il avait assisté à la transformation d'un jeune homme, décrivant une scène dérangeante que je n'avais pas hâte de vivre à mon tour.

Je restais allongée sur mon lit à lire et à écouter Elliott Smith. Le troisième jour, au coucher du soleil, je n'avais toujours eu aucune nouvelle de Milo ni de Jack. J'étais à la moitié du livre de Peter, et j'essayais de lire lentement.

La nuit tombait dans ma chambre et l'obscurité m'empêcha de poursuivre. Je me mis alors à contempler mon portable et à le supplier mentalement de sonner.

Milo avait besoin de temps pour maîtriser sa nature de vampire et, à cause de sa jalousie exacerbée, il était plus dangereux pour moi de fréquenter Jack, mais c'était ridicule. Ils avaient tous les deux promis de me contacter vite, et trois jours s'étaient déjà écoulés.

J'avais passé une journée entière à consoler ma mère quand elle avait appris que Milo était parti sans vraiment lui dire au revoir. Elle avait beaucoup pleuré, puis commencé à boire encore plus, pour finir par m'insulter en criant et par jeter par terre tout ce qui lui passait sous la main.

Pour couronner le tout, la rentrée était moins de deux semaines plus tard. Lorsque les vacances d'été seraient terminées, il me faudrait gérer les couvre-feux et le lycée, qui m'éloigneraient encore davantage de Jack et de mon frère.

J'allais passer le restant de mes jours cloîtrée, seule dans l'appartement, et ils n'avaient même pas la politesse de m'appeler et de m'offrir une ultime fête avant de m'abandonner pour toujours.

Pour une question d'orgueil mal placé, j'avais attendu que l'un des deux me téléphone ou m'envoie un texto. Mais j'en avais marre de patienter. L'idée de passer une soirée supplémentaire à étouffer dans ma minuscule chambre me paraissait intolérable.

Salut, qu'est-ce que tu fais de beau ? demandai-je à Jack.

Pas grand-chose. Et toi ?

Il avait mis trois minutes à répondre. C'était inhabituel, surtout après 22 heures. Même lui ne dormait pas aussi tard.

Encore moins que ça. Ça fait trois jours que je m'ennuie, tapai-je pour le culpabiliser.

Tu n'as pas eu de nouvelles de Jane ?

Il me suggérait de sortir avec mon amie. Waouh ! c'était pire que ce que je croyais. Jane était la personne que Jack détestait le plus au monde après Peter. Et il m'encourageait à la voir ? Incroyable !

Pas vraiment. Mais j'imagine que je pourrais. Super idée, répliquai-je.

À cette heure, elle était sûrement en train de se cuiter, de pratiquer une fellation ou toute autre activité du même ordre. S'il n'était pas aussi tard, nous aurions pu faire un truc plus raisonnable, comme du shopping. Mais, à seulement deux semaines du retour au lycée, je savais qu'elle allait passer toutes ses soirées dans la confusion, la débauche et l'alcool.

Je suis très pris ces derniers temps. Désolé.

Pas de souci. Je comprends parfaitement. C'est très bien. Je vais faire autre chose.

C'était ce que je prétendais mais, en fait, j'allais rester dans mon lit et m'endormir en pleurant.

Non, attends! Tu es prête? me demanda-t-il, mais un peu trop tard à mon goût.

Laisse tomber. Je vais bien, affirmai-je.

Sois en bas de chez toi dans un quart d'heure, OK?

Je ne répondis pas. Je n'arrivais même pas à déterminer si j'avais envie de me préparer et de le rejoindre dehors. En toute honnêteté, je ne voulais pas qu'il vienne par pitié pour moi, même s'il me manquait atrocement. C'en était ridicule d'ailleurs. Mais je m'ennuyais, j'étais seule, et je ne le supportais pas.

Presque à contrecœur, je me levai et enfilai un jean. Je portais un débardeur blanc, et mes cheveux étaient attachés en queue-de-cheval. J'appliquai en vitesse de l'eye-liner et un peu de mascara avant de filer en douce, sans être certaine d'avoir pris la bonne décision.

Lorsque la Jetta s'arrêta devant mon immeuble, j'obtins ma réponse. J'avais fait le mauvais choix.

C'était Mae qui était venue me chercher.

J'envisageai de tourner les talons et de rentrer. Quel était l'intérêt de traîner avec elle? J'allais me sentir pathétique et stupide toute la nuit, me contentant de retarder l'inévitable.

Lorsqu'un mec envoie sa sœur à sa place pour vous tenir compagnie, c'est le début de la fin.

— Salut, ma puce, me dit Mae une fois la vitre baissée côté passager.

Elle se pencha vers moi, l'air penaude.

— Désolée, Alice. Je sais que ce n'est pas exactement ce que tu espérais, mais Jack pensait qu'il fallait vraiment que tu sortes.

— Tu sais quoi ? En fait, je vais bien. (Je me mordillai la lèvre.) Il, euh… il se trompe. Je suis sûre que tu as mieux à faire que jouer les baby-sitters, donc je vais retourner chez moi.

— C'est absurde ! J'adore passer du temps avec toi, ce n'est pas un secret. Alors arrête. Monte.

— Ne te sens pas obligée, dis-je.

— Je sais. On va bien s'amuser, crois-moi.

Elle désigna le siège vide d'un signe de tête. Je soupirai, puis m'assis à côté d'elle.

— Je te crois, affirmai-je en renversant la tête en arrière tandis qu'elle démarrait. La dernière fois que quelqu'un est venu me récupérer au lieu de Jack, c'était Peter, et on sait tous à quel point ça a bien tourné.

— Rien de tel, cette fois-ci, déclara-t-elle en secouant la tête. Jack avait vraiment envie de te voir. Mais, pour l'instant, il ne peut pas.

— Qu'est-ce qui l'occupe ? Il enseigne à Milo comment se transformer en chauve-souris ? raillai-je.

Elle grimaça.

— Tu sais, ce n'est pas évident de devenir un vampire, m'expliqua-t-elle avec sérieux. En plus, Jack aide Ezra au sein de la société. Il était censé prendre un vol pour Tokyo hier, mais…

Elle secoua la tête, les lèvres pincées.

— Mais quoi ? lançai-je en me redressant.

— Votre sang doit être différent des autres, soupira Mae, s'adressant plus à elle-même qu'à moi. Je ne saisis pas. Mais il y a quelque chose qui vous pousse à vous lier à nous, Milo et toi. Qui était votre père ?

— Mon père ? répétai-je, les sourcils froncés. Quel est le rapport ?

— J'essaie de comprendre votre ascendance, parce que ton frère et toi êtes véritablement uniques. Je me demande si nous ne nous sommes pas trompés. Peut-être que tu n'es pas destinée à Peter, et que tu es juste faite pour devenir vampire. (Elle se mordit la lèvre, le regard triste et lointain.) Pour vous, nous ne sommes qu'un moyen de parvenir à vos fins.

— De quoi tu parles ? Quelles fins ?

— Vous vous liez avec une telle facilité. Nous n'avons jamais vu ça, précisa-t-elle d'une voix lasse.

— Milo se montre ultra-possessif envers Jack, pas vrai ? (Mieux valait me dépêcher de me résigner à une vie de mortelle abstinente.) Jack me l'a plus ou moins avoué l'autre jour.

— Ces choses-là prennent du temps.

— Pourquoi est-ce la réponse à toutes les questions ? demandai-je avec dédain. Vous répétez sans cesse que tout nécessite du temps et que tout est compliqué.

— Que suis-je censée te dire d'autre ? répliqua-t-elle d'un ton mordant. Que ça ne s'arrangera jamais, peu importe les mois et les années dont nous disposons ? Si c'est ce que tu souhaites entendre, je serais ravie de te raconter ça.

— Si c'est la vérité, alors, oui, c'est ce que tu devrais me dire.

— Mais c'est faux, bien entendu ! s'écria-t-elle en levant les yeux au ciel. Alice, la seule constante dans la vie, c'est que tout change en permanence. Ça fait un peu peur, mais cela signifie que les situations ne demeurent pas difficiles ou pénibles pour toujours.

— Et donc ni faciles ni agréables non plus, rétorquai-je.

— Il va falloir que tu me fasses confiance sur ce coup-là.

Elle se retourna vers moi et m'adressa un sourire chaleureux.

— Pour l'instant, j'ignore comment, poursuivit-elle, mais les choses se termineront comme elles le doivent.

— Merci pour cette lapalissade.

— Oublions tout ça, tu veux bien ? proposa-t-elle. Passons une bonne soirée entre filles. Rien que toutes les deux.

— Il est plus de 22 heures, un mardi. Tu crois qu'il y a beaucoup de trucs ouverts ?

— On va trouver, insista-t-elle. On va se débrouiller.

On finit par se rabattre sur un supermarché ouvert vingt-quatre heures sur vingt-quatre, un *diner* où Mae me regarda manger, et par louer un film. On retourna à mon appartement, alors que le but de la soirée avait été de m'en faire sortir.

Mae n'y était jamais entrée, et elle s'extasia sur tous nos meubles d'occasion, comme si notre intérieur était renversant. Elle me fit les ongles et me brossa les cheveux pendant que je regardais *Le Silence des agneaux*. Ce film figurait parmi mes préférés parce qu'il était atroce, et l'idée d'infliger à Mae un spectacle aussi affreux me plaisait.

Et, malgré tous mes efforts pour détester chaque détail de cette soirée, Mae réussit à me remonter un peu le moral. Bien sûr, tous les effets s'évanouirent dès son départ, lorsque je me retrouvai de nouveau seule.

Chapitre 10

J'aurais voulu quitter mon appartement en courant pour monter dans sa voiture encore plus vite.

Quand, le lendemain, Jack m'avait envoyé un texto pour savoir si ça me disait de faire quelque chose, j'avais maudit mon impatience à la perspective de le retrouver. Même si je m'étais sentie ridicule, j'avais passé une heure à me pomponner.

Je m'étais précipitée dehors pour rejoindre Jack, qui m'attendait dans la Jetta. Lorsque j'avais ouvert la portière, la voix assourdissante de Pat Benetar m'avait accueillie. Il avait baissé le son quand j'étais montée, mais peu m'importait.

C'était la première fois que nous étions seuls depuis ce qui m'avait semblé une éternité. Personne pour me grogner après ou nous réprimander si nous étions trop près l'un de l'autre. Nous pouvions être ensemble, tout simplement.

— Salut, me dit-il, le sourire aux lèvres.

— Je n'ai pas envie d'aller chez toi.

— Pourquoi ? demanda-t-il en fronçant les sourcils.

— Parce que.

Je remontai un genou contre ma poitrine et le regardai, refusant de développer ma réponse. Je m'attendais à ce qu'il démarre en trombe ou insiste, mais il se contenta de hocher la tête.

— D'accord, accepta-t-il avec un sourire en coin. Où veux-tu aller ?

— N'importe où. Conduis.

— Pas de problème.

Les yeux étincelants, il s'éloigna en trombe de mon appartement.

Autour de nous, les bâtiments défilaient dans une nuée de lumières. Jack avait le don mystérieux de se faufiler dans la circulation, comme si les autres véhicules n'existaient pas.

— Alors… comment ça se passe avec Milo ? demandai-je prudemment.

Je n'étais pas certaine d'avoir envie de le savoir, mais j'en avais besoin. Je devais m'assurer que mon frère allait bien, et je souhaitais recueillir l'opinion de Jack à ce propos.

— Bien, répondit-il sans se mouiller en haussant les épaules. Il est sympa, c'est agréable de l'avoir à la maison.

— Je vois, murmurai-je.

— Il a déjà beaucoup progressé. Très bientôt, tu pourras venir aussi souvent que tu voudras. Et je suis sûr que ce sera tout le temps. Tu lui manques énormément aussi. (Il me jeta un coup d'œil pour vérifier si je le croyais, mais j'avais encore des doutes.) Il parle beaucoup de toi. En revanche, il n'est pas toujours ravi quand c'est moi qui parle de toi.

— Ah bon ? lançai-je, étonnée. Vous discutez de moi ? Vous dites quoi ?

— Je ne sais pas, gloussa Jack. Rien de négatif, si c'est là que tu veux en venir.

Mon cœur bondit de joie, et je m'enfonçai dans le siège.

— Je me demande juste ce que vous dites dans mon dos.

— Et toi, qu'est-ce que tu racontes sur moi quand je ne suis pas là ? répliqua-t-il.

— Milo ne t'a pas tout cafté ?

J'étais persuadée que mon frère n'avait pas su tenir sa langue, depuis le temps.

— Si. Apparemment, tu ne cesses de lui expliquer que je ne t'intéresse pas. (Il tentait d'en plaisanter avec le sourire, mais je décelai la peine dans ses yeux.) Donc, oui, j'ai eu tous les détails croustillants.

— Je ne dis pas que ça.

— Alors continue, m'encouragea-t-il en me regardant du coin de l'œil.

— Que vous êtes l'homme le plus superbe que j'aie jamais rencontré, articulai-je d'une voix traînante, à la manière d'une belle du Sud, en battant des cils, ce qui le fit rire. Non, je ne sais pas. J'essaie de ne pas parler de toi.

— Pourquoi ?

— Parce que. (Je haussai les épaules.) Je n'en sais rien. C'est difficile de parler de toi.

— Comment ça ?

— Eh bien… qu'est-ce que je devrais dire sur toi ? demandai-je, mal à l'aise.

— Ce que tu veux.

— La situation est un peu trop compliquée pour que j'exprime le fond de ma pensée, finis-je par lui répondre.

J'ignorais ce que je ressentais pour Jack car je ne m'autorisais pas à y songer. L'évaluer avec précision et mettre un nom sur mes émotions générerait des attentes et briserait notre équilibre. J'aimais sa présence et, quand j'étais loin de lui, il me manquait, mais c'était tout ce que j'étais prête à reconnaître.

— Pas de problème, m'assura-t-il en se passant la main dans les cheveux.

Il se tourna vers moi, comme s'il allait poursuivre, mais son téléphone sonna. Il le sortit de sa poche en jurant entre ses dents.

— Allô ? dit-il en décrochant. Oui. Oui… Je suis avec elle en ce moment… Oui… D'accord… OK… Oui… Je vois… J'ai compris… Non. Ça va… Oui… OK… OK… À plus tard.

Il soupira puis rangea son portable.

— Qui était-ce ?

— On va chez moi.

— Quoi ? Pourquoi ? C'était qui au bout du fil ?

Je me crispai à l'idée de me rendre chez eux. J'étais soudain prise de panique.

— Milo, répondit Jack avant de pincer les lèvres. Il veut te voir.

— Vraiment ? Ou est-ce juste parce que ça ne lui plaît pas de nous savoir seuls tous les deux ?

— Sûrement les deux.

— Je suis un peu vexée, en fait, déclarai-je en observant le paysage défiler par la vitre tandis que Jack empruntait une autre direction. Peter n'a jamais été aussi jaloux quand on passait du temps ensemble, toi et moi.

— Ouais, eh bien, Peter est un abruti, marmonna-t-il.

— Tu as eu de ses nouvelles récemment ? lançai-je d'un ton désinvolte.

— Pourquoi tu me poses la question ?

Jack faisait preuve de bien peu de tolérance lorsqu'il entendait le prénom de son frère, mais j'avais tout de même envie de savoir.

— Je me demandais juste si quelqu'un avait eu de ses nouvelles, dis-je en haussant les épaules. Rien de plus. Je n'ai pas le droit d'être curieuse ?

— Je préférerais que tu ne le sois pas, avoua-t-il d'une voix lasse.

Lorsqu'il constata que je gardais le silence, il reprit :

— Tu as emporté le livre.

— Ezra m'a donné son accord.

— La lecture est agréable ? s'enquit-il, glacial.

— Ce n'est qu'un bouquin, Jack ! (Je n'avais pas envie d'honorer sa question d'une réponse.) Qu'est-ce que tu crois ? Que je vais m'enfuir avec et te laisser dans ce triangle amoureux avec mon frère ? Ce ne serait même plus un triangle, mais un angle.

— Un angle oblique !

Sa crise de jalousie laissa soudain la place à une explosion de joie.

— Ha ! je t'avais dit que je parviendrais à le recaser ! poursuivit-il.

— Qu'est-ce que tu racontes ?

Je ne comprenais pas ce qu'il disait, mais son sourire béat était contagieux.

— Tu te rappelles ? La fois où je t'ai invitée au concert après notre rencontre ? (Ses yeux brillaient.) Tu m'as demandé sous quel angle je voyais les choses, et je t'ai répondu « isocèle », mais en réalité j'aurais dû choisir « oblique ». Et je t'ai promis que je m'en souviendrais pour plus tard. Eh bien, voilà !

— Waouh ! m'esclaffai-je.

Au moins, on atteignit sa maison sur une note joyeuse. Dès la porte franchie, Matilda se précipita pour nous accueillir, suivie par Milo.

Je ne m'étais pas encore tout à fait accoutumée à son apparence, et me demandai combien de temps il me faudrait pour m'y habituer. Il marchait comme s'il était sur le point de trébucher tout seul, mais se rattrapait avec élégance. On aurait dit les premiers pas de Bambi, chancelants et pleins de grâce.

— Salut !

Milo semblait essoufflé et son sourire était trop étincelant.

Il écarta une mèche de son front. Il avait changé de coupe. Auparavant classique, il avait désormais adopté un style plus moderne.

— Comment ça va ? me demanda-t-il en tirant sur sa manche.

Il me gratifia d'un étrange hochement de tête qui m'évoqua Mike Myers dans *Wayne's World*. Était-ce la définition de « cool » selon Milo ?

— Bien, répondis-je d'un ton incertain. Tu as l'air très… en forme. Sympa, ta coupe.

— Merci. C'est Mae qui me l'a faite.

Il se toucha timidement les cheveux et rougit. Je retrouvai brièvement mon adorable petit frère qui me manquait de nouveau.

— Elle aime les cheveux, fis-je remarquer.

— En effet, acquiesça-t-il d'un air distrait.

Il regarda Jack et se frotta la nuque. Je finis alors par comprendre : il voulait impressionner Jack. Il n'était pas capable de dissimuler son attirance pour lui et n'avait aucune idée de la manière de se comporter.

Nouvellement gay, nouvellement vampire, et tout juste l'âge de passer le permis de conduire.

Je me sentis comme la dernière des garces d'avoir été furieuse contre lui. Bien entendu, il avait fait foirer ma non-relation avec Jack, mais il n'était qu'un gamin effrayé et désorienté. Il traversait une étape cruciale pour laquelle je ne pouvais lui apporter aucune aide, et j'aurais dû me réjouir qu'il ait quelqu'un comme Jack pour le guider.

— Le trajet s'est bien déroulé ? demanda Milo à Jack.

Je lus dans les yeux de mon frère qu'il espérait en réalité que la route n'avait pas été trop agréable.

— Bien, acquiesça Jack.

Il se mordit l'intérieur de la joue, de plus en plus mal à l'aise avec la façon dont Milo le matait, mais je crois que c'était exclusivement à cause de moi. D'ordinaire, je suis certaine qu'il faisait abstraction du regard d'adoration que lui adressait Milo tandis que, en ma présence, cela paraissait… enfin, tout semblait extrêmement maladroit.

—Au fait, pendant que tu étais parti, j'ai trouvé un truc pour finir le niveau, annonça Milo de but en blanc, et je dus réfléchir une seconde pour comprendre qu'il parlait d'un jeu vidéo.

—Ah bon, c'est vrai ?

Jack eut l'air impressionné, et c'en fut trop pour Milo.

—Ouais ! confirma-t-il, radieux. Viens, je vais te montrer.

Sur ce, il tendit le bras et prit Jack par la main pour le tirer jusqu'au salon. Ce geste sans doute destiné à draguer Jack ne faisait que renforcer son côté petit garçon.

—Je vais aller jeter un coup d'œil au jeu, s'excusa Jack avec un sourire confus lorsque Milo l'entraîna.

Quand ils eurent quitté la pièce, j'inspirai profondément. *La situation est bizarre, mais Milo est toujours lui-même, Jack aussi et, bientôt, tout ira comme sur des roulettes. Bientôt. Je dois m'accrocher à cette idée.*

—Pourquoi te caches-tu ici ? demanda Mae, qui vint me chercher dans l'entrée. J'ai vu les garçons se précipiter dans le salon sur leurs jeux débiles. Je n'arrive pas à croire qu'ils t'ont abandonnée.

—Ce n'est pas exactement ça, protestai-je, mais elle me prit par le bras et m'invita à la suivre.

—C'est tellement étrange de ne plus t'avoir ici en permanence.

—L'avantage, c'est que tu n'as plus besoin de préparer autant à manger, rétorquai-je.

Elle éclata de rire.

—Je sais que je suis loin d'être un cordon-bleu, pourtant j'adore cuisiner !

Je pensais qu'elle allait me conduire au salon, pour harceler Milo et Jack jusqu'à ce qu'ils cessent de jouer. Mais elle me fit traverser le couloir, jusqu'au bureau d'Ezra, à l'autre bout de la maison.

La pièce correspondait à l'idée que je me faisais du cabinet de travail d'un vampire fortuné. Des rayonnages couvraient les murs, tous remplis d'ouvrages ou d'antiquités. Du matériel informatique dernier cri trônait sur le grand bureau en acajou placé au centre de l'espace. Au-dessus d'un canapé en cuir vieilli se trouvait une reproduction du *Moulin* de Rembrandt. Une large fenêtre donnait sur le lac, plongé dans le noir derrière la maison.

Ezra avait les yeux rivés sur l'écran de son ordinateur. Si Mae ne m'avait pas entraînée là, je ne m'y serais jamais aventurée. Je n'avais pas envie de le déranger, tandis que Mae ne s'en souciait pas.

— Coucou, mon amour ! gazouilla-t-elle. (Ezra leva le nez et nous adressa un sourire.) Dis-moi ce qui t'intéresse autant !

— Rien de très important.

Il se laissa aller contre le dossier de son siège après avoir lancé un dernier regard à l'écran, puis se concentra pleinement sur nous.

— Juste un tuyau en Bourse qu'on m'a conseillé d'examiner. Je ne crois pas que l'information se révélera fructueuse, mais…

Il secoua la tête.

— Ezra ne se préoccupe pas de ce qu'il trouve sur l'ordinateur, tout ce qui l'intéresse, c'est de voir des choses, m'expliqua Mae avec un sourire amusé. L'autre jour, je l'ai surpris devant la vidéo d'un éléphant qui peignait avec sa trompe.

— C'est un éléphant qui peignait, dit Ezra, ce qui fit glousser son épouse. Tu as déjà vu ça ?

— Non, mais c'est étrange que ça t'intrigue, répliqua-t-elle.

Je partageais entièrement l'avis de Mae.

— La technologie me fascine, admit-il avant de poser les yeux sur moi. Sur Internet, je peux voir un éléphant peindre en direct. Pour toi, ça n'a peut-être l'air de rien mais, dans ma jeunesse, le temps que j'en entende parler, le pauvre animal aurait déjà été mort. Ceci… c'est magique.

— Tu me surprendras toujours, chéri, lui lança Mae, en adoration devant lui.

Cette scène me mettait mal à l'aise. J'avais l'impression d'espionner un moment d'intimité entre eux deux.

— Je l'espère bien, affirma-t-il en lui rendant son sourire.

Elle s'avança jusqu'à lui et l'embrassa sur la bouche, de manière brève, mais passionnée.

— J'en suis certaine, lui assura-t-elle. Bien, je suis sûre que vous avez beaucoup de choses à vous raconter, déclara-t-elle en se dirigeant vers la porte.

Juste avant de la refermer, elle m'adressa un sourire triste.

— Mae n'est pas du genre subtil, soupira Ezra en contemplant la porte close. Approche. Assieds-toi.

— D'accord, répondis-je en m'installant prudemment sur le canapé. Tu as une nouvelle à m'annoncer ?

— Ce n'est pas exactement une nouvelle à t'annoncer, mais plutôt une conversation que nous devons avoir.

Il déplaça son siège pour ne plus être caché derrière l'écran. Il s'efforçait de paraître détendu, mais hésita à croiser mon regard.

— Nous ne nous attendions pas à ce que ton frère devienne l'un des nôtres.

— Moi non plus, reconnus-je.

— Au final, je crois qu'il s'agit d'une bonne décision. (Perdu dans ses pensées, il scruta un point sur le tapis oriental.) Une fois que tout sera réglé, il sera parfaitement à sa place. Ce sera une merveilleuse occasion pour vous deux. Je sais à quel point il compte pour toi.

— En effet.

Je déglutis péniblement.

— Comme tu le découvres, les vampires naissants exigent beaucoup de temps et d'énergie, poursuivit Ezra. Nous avons tous passé des heures entières avec lui, afin de l'aider dans cette transition. Nous envisagions de faire de toi l'une des nôtres quand Milo serait prêt. (Il s'humecta les lèvres, et mon cœur se serra.) Mais sa transformation a modifié nos prévisions.

— Comment ça ?

— En ce moment, Milo requiert trop d'attention et, si tu devais l'imiter, tu en aurais besoin d'autant, précisa-t-il. Ce serait à la fois injuste et peu pratique pour vous deux si nous nous retrouvions avec deux nouveaux vampires très jeunes sous le même toit. Jack n'est pas si vieux que ça et il ne peut pas endosser la responsabilité de vous transformer tous les deux.

— Ah…

Je ne parvenais pas à penser assez clairement pour argumenter. Je restai les yeux dans le vide.

— C'est provisoire, s'empressa d'ajouter Ezra. Nous ne faisons que reporter les choses. En fait, nous nous en tenons au calendrier initial.

— Attends. Le calendrier initial ? Tu veux dire… une ou deux années de plus ?

— Ainsi, tu pourras terminer ta scolarité, m'affirma-t-il, comme si cela me préoccupait vraiment.

— Je me fiche du lycée ! m'écriai-je.

— Je sais, soupira Ezra. Mais les études sont importantes.

— Pourquoi est-ce que la situation ne cesse de se compliquer ?

Les larmes me montèrent aux yeux, mais je ne cherchai même pas à les retenir. Il avait anticipé ma réaction. C'était pour cela qu'il m'avait annoncé la nouvelle en privé.

— Je l'ignore.

Il s'assit à côté de moi sur le canapé et posa la main sur mon épaule pour me réconforter.

— Je suis navré que ce soit aussi difficile pour toi, Alice. Sincèrement. D'ici là, tu pourras venir ici tant qu'il te plaira.

— Ouais, c'est ça. Comme si Milo le supporterait tout de suite. Ou Peter, si jamais il décide de rentrer.

— Milo va bientôt se stabiliser suffisamment pour que tu sois présente autant que tu le souhaites, me promit-il, mais je remarquai qu'il occultait Peter.

— Est-ce que je peux te poser une question ? demandai-je en le regardant dans les yeux. Selon toi… deviendrai-je une vampire un jour ? Cela rimera-t-il à quelque chose ? ou est-ce que je ferais mieux de reprendre ma vie et prétendre ne vous avoir jamais rencontrés ?

— La réponse t'appartient, Alice.

Sa voix grave semblait attristée par ma question.

— Je t'ai toujours dit que, sans tenir compte de nos émotions, tu devais choisir ce qui te convient le mieux. Et si tu ne crois pas que ce soit cette existence-là, alors tu auras raison.

— Comme si j'avais la moindre idée de ce qui est le mieux pour moi !

Je repliai les bras autour de mes genoux et y enfouis ma tête. J'avais honte qu'Ezra me voie sangloter ainsi.

— Je pense que tu le sais.

Il me frotta gentiment le dos de sa main puissante.

Après avoir pleuré une minute entière, j'estimai que cela suffisait et relevai la tête. J'essuyai mes joues mouillées de larmes et repoussai des mèches de mon visage. Je pris une profonde inspiration et me répétai que ce n'était pas la fin du monde, mais juste un report.

— Est-ce qu'ils sont au courant ? demandai-je en me remémorant l'humeur joyeuse de Mae et de Jack.

— Jack a évoqué le sujet hier soir, mais je suis resté évasif. Non, je n'ai dit ni à Jack ni à Milo qu'on différait ta transformation.

— Vas-tu le leur annoncer ?

— Tu peux t'en charger si tu le désires, ou moi, ou nous deux. Tout de suite, ou la semaine prochaine. Au moment que tu choisiras. (Il balaya une mèche de son front et regarda par la fenêtre.) Je suis conscient que cela ne les enchantera pas.

— Pas aujourd'hui, décrétai-je.

Je n'avais vraiment pas la force d'être témoin du chagrin et de la colère qui s'empareraient de Jack. Les ressentir moi-même était déjà bien assez pénible pour ne pas avoir à éprouver ses émotions.

— Je comprends.

— Bon, je ferais bien de me calmer avant de sortir d'ici, sinon ils vont deviner qu'il y a un problème, affirmai-je en remettant de l'ordre dans mes cheveux.

— Tu sais ce qui te remonterait le moral ? lança-t-il en se levant. Voir un éléphant qui peint. Franchement, c'est beaucoup plus amusant que ça en a l'air.

— OK, répondis-je avec un petit rire avant de le suivre.

Ezra me montra l'extrait vidéo, puis me fit rapidement visiter son bureau. Il me parla de certains de ses livres préférés et du tableau accroché au mur. Il avait vécu à Amsterdam peu après la mort de Rembrandt, et cette œuvre revêtait donc une importance particulière pour lui.

Lorsque je fus de nouveau présentable, je me rendis avec lui dans le salon pour voir ce que faisaient les autres.

Pendant la majeure partie de la nuit, Jack et Milo jouèrent à la console, mais personne ne s'en plaignit. Je me sentais plutôt triste et seule. Malgré tous mes efforts pour le dissimuler, Mae le remarqua et m'invita à me blottir avec elle sur le canapé.

Le temps passa bien plus vite que je l'aurais souhaité et, avant que je m'en rende compte, le soleil se levait et Jack me raccompagnait. Si j'avais été suffisamment réveillée pour parler, mon attitude lui aurait certainement mis la puce à l'oreille, et je n'avais pas envie de me confier à lui. Je ne voulais même pas penser à tout ça.

Chapitre 11

Je n'avais plus que neuf jours de liberté, et Jack ne pouvait même pas répondre à un simple texto. Impossible de passer une soirée de plus enfermée dans l'appartement, à étouffer de chaleur. Ayant prévu de m'échapper, je m'étais pomponnée et j'avais l'air ridiculement sexy, du moins à mes yeux. Je n'allais pas rester chez moi avec ce look de bombe.

Une heure plus tard et trois SMS envoyés, je n'avais toujours aucune nouvelle de Jack et me résolus à l'appeler.

— Alice, décrocha-t-il d'une voix mécontente.

C'était bien parti.

— Jack.

— Qu'est-ce qu'il y a ? demanda-t-il. (J'entendis quelqu'un lui parler.) Ne quitte pas.

Avant que je puisse répliquer, il éloigna le micro de sa bouche et le son s'étouffa.

— Non ! s'exclama-t-il. Tu ne peux pas attendre ? Je suis au téléphone. Ça m'est égal. Retiens-toi !

— Jack, que se passe-t-il ? (J'avais cru distinguer la voix de mon frère en arrière-plan.) Un souci ?

— Non, tout va bien, m'assura-t-il en reprenant la ligne, manifestement énervé. Écoute, je ne peux vraiment pas te parler pour l'instant. Je peux te rappeler ?

— Quand ?

— Je n'en sais rien.

Il grogna et cria à cause de quelque chose qui se passait autour de lui.

— Non ! Arrête ! Tu peux attendre une seconde avant de... (il souffla de colère, puis s'adressa de nouveau à moi) Alice, je suis désolé, je dois y aller. Mais je te rappellerai.

— Bon, d'accord.

Ce dernier mot avait à peine franchi mes lèvres que Jack raccrocha sans même me dire au revoir.

Je m'écroulai en arrière sur le lit, consciente que cela me décoifferait. Je venais de m'appliquer un vernis violet foncé sur les ongles, et avais choisi un top chic qui donnait une nouvelle dimension à mon décolleté.

Sans compter mes pieds magnifiquement chaussés de ma seule paire de talons noirs, même si marcher avec relevait du supplice. J'avais réalisé un spectaculaire maquillage charbonneux qui coulerait dès que je pleurerais, ce qui n'allait pas tarder.

Après une histoire d'amour éclair avec deux vampires, ma vie se résumait désormais à patienter près de mon portable dans l'espoir de recevoir un coup de fil. À me faire belle sans nulle part où me rendre.

Mon téléphone vibra dans ma paume. C'était ma prétendue meilleure amie, Jane, qui avait soudain décidé de m'envoyer un texto. Jack venait de me repousser pour la énième fois de la semaine, et Jane m'annonçait une bonne nouvelle.

Grosse fiesta chez Andrew Sullivan. Je conduis. Tu es partante ?

Mon premier réflexe fut de refuser, puis je me dis que c'était un signe. J'avais demandé à Ezra si j'étais censée devenir une vampire ou s'il valait mieux tourner la page.

Jack m'avait pratiquement raccroché au nez, et Jane m'invitait dans le monde réel. Le chemin à suivre m'apparaissait plus clairement.

Oui. En fait, je suis même déjà prête. Quand peux-tu passer me chercher ?

Dans vingt minutes ? répondit Jane.

Génial. À tout à l'heure !

Je sortis de mon lit et me précipitai dans la salle de bains pour vérifier ma tête. En m'octroyant un dernier coup d'œil dans le miroir, je m'aperçus qu'il me manquait quelque chose. Un petit détail pour signifier que j'avais envie de me lâcher.

Je courus jusqu'à ma chambre et je me changeai en ajoutant la touche finale : un string violet. Jane avait insisté pour me l'offrir chez Victoria's Secret, « juste au cas où » Jack se décidait à… eh bien, ça n'arriverait jamais, donc ce n'était pas pertinent.

Jane arrêta la voiture de son père devant mon immeuble. Elle écoutait Moby si fort que j'étais étonnée que les enceintes résistent. L'odeur de son gloss à la fraise embaumait tout l'habitacle. Elle me lança un « Salut, meuf ! » ravi et m'en proposa. J'acceptai.

Elle était superbe. Elle m'avait toujours évoqué une de ces filles mondaines au destin tragique. Parfaite en tous points et complètement prête à finir exploitée.

Tandis qu'elle conduisait, elle riait à gorge déployée de choses qui n'étaient pas drôles et dansait au rythme de la musique, si bien que la voiture tanguait sur l'autoroute.

— Jane ! Qu'est-ce qui t'arrive ?

J'attrapai le volant pour empêcher le véhicule de s'écraser contre le terre-plein central.

Elle gloussa et posa les deux mains sur le volant, mais elle avait du mal à garder les yeux sur la chaussée.

— Je plane.

Elle se pencha vers moi comme pour me révéler un secret et, avec ses doigts, mima un écart de deux centimètres :

— Juste un petit peu, ajouta-t-elle.

— Bien évidemment, soupirai-je.

Elle crut que j'étais mécontente de ne pas être moi-même défoncée. Elle poussa un cri perçant et lâcha le volant pour fureter dans son sac pailleté.

— Jane !

— Deux secondes ! Je suis sûre qu'il me reste de l'ecsta là-dedans !

Du gloss, des préservatifs et des pièces de monnaie volèrent du sac tandis qu'elle fouillait dedans, et je grognai.

— Je n'en veux pas ! Reprends le volant !

Je n'avais jamais essayé l'ecstasy et n'avais aucune envie d'en prendre à ce moment-là alors que je dirigeais la voiture depuis le siège passager.

— Oh ! pas grave, dit-elle en reportant son attention sur la route.

Je la vis écarquiller les yeux.

— Ah ! Vite ! C'est la sortie pour aller chez Andy !

Elle m'arracha le volant des mains et traversa trois files sans regarder dans les rétroviseurs avant d'emprunter la sortie à toute allure, de faire une embardée et de s'arrêter.

— C'est quand même mieux que de rester enfermée dans l'appartement, marmonnai-je pour moi-même.

Par miracle, on arriva indemnes devant chez Andrew Sullivan. Je descendis de la voiture et Jane m'imita, chancelant sur ses talons jusqu'à la maison. C'était plutôt étonnant qu'elle se soit souvenue de l'adresse d'Andy, et encore plus du trajet.

La musique s'entendait de l'extérieur, et de nombreux adolescents encombraient l'entrée. Une fois à l'intérieur, Jane m'abandonna, mais je ne sais pas si c'était délibéré ou si elle était juste comme aspirée par les hormones mâles.

Au bout de cinq minutes à peine, on me renversa de la bière dessus, et je me rendis compte que j'avais moi-même terriblement besoin de boire.

Dans la cuisine, un garçon séduisant servait des *shots* à toutes les filles présentes dans la pièce, et il insista pour que j'en accepte un. L'air aguicheur, il m'adressa un commentaire que je compris à peine à cause du vacarme, mais je m'autorisai à le prendre comme un compliment. La vodka bleue me brûla la gorge, mais c'était agréable.

— Tu as les yeux de la même couleur que l'alcool, me dit-il après m'avoir vue descendre mon verre.

J'éclatai de rire, comme si je trouvais réellement sa réplique drôle. Mes yeux tiraient plus sur le gris que le bleu et, dans la nature, rien n'avait la couleur de cette boisson.

— Tu en veux un autre ?

— Ouais ! criai-je.

Je sentis la chaleur se propager dans mon estomac et un goût de colorant bleu artificiel envahir ma bouche. C'était censé être à la framboise bleue mais, comme toutes les saveurs chimiques, on ne retrouvait pas du tout le fruit, seulement le goût du bleu, comme les préparations pour boissons aromatisées au raisin ont un goût de violet.

— Je m'appelle Jordan, m'annonça-t-il.

Il se pencha vers moi tandis qu'il me resservait. Il sentait très bon. Il devait consommer beaucoup de drogue. Les garçons qui fumaient joint sur joint s'aspergeaient toujours de parfum pour en masquer l'odeur. Et alors ? Au moins, ils sentaient bon quand ils s'approchaient.

Il se versa de la vodka, puis trinqua avec moi.

— Santé ! s'exclama-t-il en riant.

Je l'imitai, en partie parce que la chaleur de l'alcool commençait à se diffuser dans mon organisme.

Lorsqu'une mèche de cheveux lui retomba devant les yeux, je m'aperçus qu'il était certainement très attirant, mais j'avais désormais du mal à juger. En comparaison de l'incroyable beauté de Peter, tous les garçons faisaient pâle figure, et Jack était lui-même plutôt sexy.

Mais je ne voulais pas penser à Peter ou à Jack, alors j'avalai une nouvelle gorgée et m'efforçai de me concentrer sur Jordan, son regard et sa merveilleuse eau de toilette.

— Tu devrais ralentir, me conseilla-t-il lorsque je descendis mon quatrième verre.

Toutefois, il ne cessait pas de me resservir.

Je me sentis me rapprocher de lui, lui toucher le torse et me pencher vers lui comme si je le désirais et une partie de moi, stupide et désespérée, avait vraiment envie de lui. Il avait versé de la vodka à plusieurs filles mais, à présent, nous étions tous les deux seuls dans un coin. Il m'avait choisie et, comme il était canon, j'étais flattée.

— On dirait que tu ne tiens pas bien l'alcool, m'affirma-t-il après m'avoir encore servi un *shot*.

Il me connaissait depuis moins d'une demi-heure, au cours de laquelle il m'avait juste bassinée à propos du rappeur Lil Wayne sans cesser de remplir mon verre.

J'avais déjà bu auparavant. Au moins à deux reprises. J'avais été pompette en partageant des schnaps avec Jane, mais jamais complètement bourrée. Pas comme Jane.

Il était donc peu surprenant que ces cinq vodkas d'affilée m'aient frappée de plein fouet.

Un instant, j'étais debout en train de parler à Jordan. J'avais un peu chaud et me sentais légère, mais toujours en parfaite possession de mes moyens.

Le suivant, tout bascula. J'avais l'intention de bouger le bras de deux centimètres, et le déplaçais de trente. Je tentai de faire un pas, et percutai l'îlot central. Je savais que je radotais, mais je ne parvenais pas à me rappeler ce qui s'était passé une minute plus tôt.

Voici ce dont je me souviens : j'étais dans la cuisine à bavarder avec Jordan, quand il avait fini par m'interrompre en constatant que j'étais complètement ivre. Je lui avais hurlé des phrases qui avaient déclenché son hilarité. Une fille vêtue d'un bustier m'avait fait des avances. Quelqu'un m'avait lancé un ballon de foot dessus. J'étais rentrée dans un mur. Les marches étaient trop nombreuses, et j'ignorais comment les monter. Jane m'avait dit que j'étais jolie, mais elle était en pleine séance de pelotage avec un type moche aux cheveux frisés. J'avais beaucoup vacillé et m'étais énormément appuyée sur Jordan, ce qui n'avait pas semblé le déranger.

La dernière chose que je me rappelle, c'est m'être retrouvée dans une chambre plongée dans le noir. Je sais que je n'ai pas perdu connaissance, mais j'avais l'impression de m'être tout juste réveillée.

Seule certitude, j'étais sur un lit en train d'embrasser un garçon qui sentait extrêmement bon, sans doute Jordan. Nos baisers s'étaient intensifiés, et il venait de commencer à tirer sur la ficelle de mon string violet, ce qui me ramena à la réalité.

Avec ou sans vampire dans mon existence, je n'avais pas prévu de perdre ma virginité dans les bras d'un type qui jugeait intelligent de servir trop d'alcool à une fille. Même si, quelques instants auparavant, j'avais apprécié ce que l'on partageait, soudain, ça ne me paraissait plus une si bonne idée.

Alors que je m'apprêtais à le repousser, Jordan me fit remarquer que ma poche s'était mise à vibrer. Il avait cessé de m'embrasser, et je saisis cette occasion pour me dégager de son étreinte.

— C'est mon portable, bredouillai-je.

— Ne réponds pas.

Il posa la main sur moi pour tenter de me faire rester sur le lit avec lui, mais je le secouai pour m'échapper et me levai. Le sol semblait se dérober sous mes pieds mais, au moins, à un moment donné, j'avais ôté mes chaussures, si bien que j'arrivais à marcher.

— Il faut que je décroche, déclarai-je.

En vérité, j'avais besoin d'un prétexte pour m'écarter de lui. Je pris la communication sans même vérifier l'identité de mon interlocuteur.

— Allô ?

— Alice ?

Jack paraissait troublé. Au simple son de sa voix, mon cœur explosa et, l'alcool aidant, je commençai à pleurer de soulagement.

— Jack ! m'écriai-je d'une voix aiguë. Jack ! Je suis si contente que tu m'appelles !

Je cherchai la porte à tâtons, mais me cognai contre des meubles.

— Merde ! pourquoi il fait si noir là-dedans ?

— Pourquoi tu ne reviens pas sur le lit ? me suggéra intelligemment Jordan.

— Parce que je veux partir ! Où est cette foutue porte ? pleurnichai-je tandis que les larmes se mettaient à ruisseler sur mes joues.

— Qu'est-ce que qui se passe ? s'inquiéta Jack.

C'était logique, vu que je sanglotais en me plaignant d'être enfermée dans une pièce sombre mais, à dire vrai, j'étais juste trop ivre pour trouver une porte.

— Alice ? Est-ce que ça va ?

— Non ! (Je tapai des pieds.) Je veux sortir !

— Je t'ouvre ! s'exclama Jordan.

Un rectangle de lumière inonda la chambre, dévoilant la porte.

— Merci !

Je lui souris en passant devant lui, mais il se contenta de hocher la tête. Dès qu'il s'était rendu compte qu'il n'obtiendrait rien de plus de ma part, il s'était désintéressé de ma personne.

— Alice ! cria Jack pour obtenir mon attention. Qu'y a-t-il ? Tu n'as rien ?

— Je ne sais pas !

Il me fallait hurler pour couvrir la musique et les bavardages de la fête. Je bouchai mon oreille libre pour mieux l'entendre, mais j'avais encore du mal à percevoir ce qu'il me racontait.

— Où es-tu ? s'enquit-il.

— Aucune idée !

— Bon, je viens te chercher ! affirma-t-il.

— Comment tu sais où je suis ? Je suis incapable de te le dire !

Je m'efforçai de descendre l'escalier tout en lui parlant, mais je butai contre la rampe et fis tomber mon portable. Quand je le ramassai, Jack hurlait des « allô » paniqués dans le combiné.

— Jack ?

— Alice ! Va dehors !

Je me faufilai péniblement parmi la foule. J'entendais Jack me parler au bout du fil, sans distinguer ses mots. Quand je réussis enfin à atteindre la porte d'entrée, le vacarme s'amenuisa et je l'entendis de nouveau.

— … besoin que tu regardes autour de toi, expliquait-il.

— De quoi ? lançai-je.

Je croyais presque que, comme par magie, Jack m'attendrait déjà devant la maison, mais ce n'était pas le cas.

— Tu es sortie ?

— Oui et, en plus, je suis pieds nus.

— Est-ce que tu vois des noms de rue ? un point de repère ? un indice qui m'indique l'adresse ?

— Euh…

Je balayai les alentours du regard. Je percevais le bruit de la circulation sur l'autoroute et j'aperçus un panneau à un pâté de maisons.

— Je pense que je suis juste à côté de la 494, près d'une pancarte publicitaire pour la radio 93X. Ça te suffit ?

— Oui, je vais me débrouiller, répondit-il, soulagé. Ne bouge pas d'où tu es. Je serai là dans une minute.

— OK.

Je hochai la tête, même s'il ne me voyait pas.

— Appelle-moi en cas de besoin. Mais je me dépêche, me promit-il.

— OK, répétai-je avant qu'il raccroche.

J'aurais dû l'informer que je ne courais aucun danger. Enfin, aucun dans l'immédiat. Après tout, j'étais soûle, sans chaussures, et assise sur le trottoir devant une maison où la fête battait son plein.

Au bout de quelques minutes, Jack arriva. Il avait pris la Lamborghini, comme chaque fois qu'il fallait rouler vite. Il s'arrêta pile devant moi et bondit hors de la voiture en laissant le moteur allumé et la portière ouverte.

— Tu n'as rien ?

Il s'accroupit en face de moi pour vérifier si j'étais blessée et écarta des mèches de cheveux humides de mes yeux.

Ces derniers étaient bouffis à force de pleurer, j'avais une tache de bière sur mon haut et les orteils sales parce que j'avais parcouru la maison pieds nus mais, dans l'ensemble, j'allais bien.

— Je crois que ça va, acquiesçai-je.

— Tu es ivre, dit-il avec un petit sourire.

— C'est possible.

— Bon. Je vais te raccompagner.

Il se redressa et me prit les mains pour m'aider à me lever. Avant de monter dans la voiture, il m'inspecta de nouveau. Son regard se fit glacial et sa main dans la mienne devint très froide.

— Ta braguette est ouverte.

— Hein ?

Je baissai les yeux sur mon jean. Je ne me souvenais pas de l'avoir déboutonné. Puis je me rappelai brusquement mon intermède avec Jordan à l'étage.

— Oh ! oui. Ça. Je n'ai rien fait.

— Tu n'as rien fait ?

Il me lâcha la main et me dévisagea d'un air sévère.

— Non, je le jure. Enfin, j'ai embrassé un mec, mais c'est tout. Pas de quoi fouetter un chat. (Je commençai à remonter ma braguette quand un détail me traversa l'esprit.) Je porte un string violet, ajoutai-je.

— Tu portes un string violet ?

Jack fronça les sourcils mais, dans mon état d'ébriété avancée, je ne parvins pas à décrypter ses émotions. J'ignorais s'il était intrigué et voulait en voir davantage ou s'il me désapprouvait et me considérait comme une vraie salope.

— Ouais. Je te montre ? proposai-je.

— Grimpe, m'ordonna-t-il sans méchanceté avant de contourner le véhicule pour s'asseoir du côté conducteur.

— Désolée, marmonnai-je.

Lorsque je m'installai, une larme coula le long de ma joue, mais je l'essuyai avant que Jack la remarque.

— C'est ce que tu faisais quand je t'ai appelée ?

Sa voix resta égale, mais il démarra en trombe. Il serrait le volant trop fort, et je m'enfonçai dans mon siège.

— Il ne cessait pas de me servir des *shots* de vodka, et je n'ai aucun souvenir de la majeure partie de la nuit. Je ne me rappelle même pas comment j'ai atterri dans la chambre. Mais, quand j'ai compris ce qui se passait, je l'ai repoussé et, ensuite, tu m'as téléphoné une seconde plus tard.

J'entortillai une mèche de cheveux et secouai la tête.

— De toute manière, je ne vois pas en quoi je devrais me justifier, poursuivis-je. Tu ne pouvais même pas me parler ce soir, car tu étais trop occupé. Ce n'est pas ma faute si tu as décidé de m'honorer de ta présence la seule et unique fois où je fais réellement un truc.

— Ben voyons ! c'est bien connu, je passe mon temps à faire la fête. C'est pour ça que je ne peux pas discuter avec toi, ironisa Jack.

— J'en avais marre de tourner en rond dans ce fichu appartement à t'attendre ! m'écriai-je. Alors, quand j'ai reçu un texto de Jane…

— J'aurais dû deviner qu'elle était derrière tout ça, souligna-t-il avec un rire sinistre.

— C'est toi qui m'as suggéré de traîner avec elle, vu que tu étais si « occupé ».

Il leva les yeux au ciel lorsque j'esquissai des guillemets en prononçant ce dernier mot.

— Ce n'est pas ce que je voulais dire. Je culpabilisais de te laisser seule en permanence, mais je me suis ravisé tout de suite. C'est pour ça que j'ai demandé à Mae de venir te chercher.

— Oh ! oui, je t'en remercie, d'ailleurs. Géniale, cette idée.

— Quoi ? Tu adores Mae ! s'exclama-t-il, perplexe. En quoi ce n'était pas une bonne idée ?

— Parce que ! C'était toi que j'avais envie de voir ! aboyai-je.

Je regrettai mes paroles sur-le-champ.

— Et tu crois que c'est ce que je souhaitais ? rétorqua-t-il. Que tu sortes avec Jane, que tu te mettes une mine et que tu te jettes dans les bras de types susceptibles de te violer ? Oui, c'était exactement mon but, Alice.

—Je n'y peux rien si c'est ce dont ça a l'air, affirmai-je en croisant les bras.

—Eh bien, tu as bien fait de te soûler ce soir pour tout comprendre !

—Tu n'as répondu à aucun de mes SMS aujourd'hui ! hurlai-je. Et, quand je t'ai téléphoné, tu n'avais qu'une hâte : raccrocher ! Je t'ai à peine adressé la parole ces derniers jours ! Et toi, tu…

Je me mordis la lèvre, laissant ma phrase en suspens.

—Je ne pouvais pas rester au bout du fil ! Je n'aurais même pas dû répondre. La situation a failli dégénérer parce que j'ai voulu éviter de te faire de la peine, et maintenant tu es furieuse contre moi parce que ce n'était pas suffisant ?

Il secoua la tête.

—La communication a duré cinq secondes ! Qu'est-ce qui a bien pu t'échapper ? demandai-je, sceptique.

—Milo !

—Milo ? (Je dévisageai Jack en attendant qu'il développe, mais il garda le silence.) Quoi ? Est-ce qu'il… Je n'en sais rien, je n'arrive pas à envisager ce qu'il aurait pu faire d'incontrôlable.

—J'étais en train de lui apprendre à se nourrir.

—Pardon ?

J'eus le souffle coupé et je sentis la nausée s'emparer de moi.

—Je croyais… je croyais qu'il s'alimentait déjà, repris-je.

—Avec des poches de sang, répondit-il d'une voix calme. Mais il a besoin de savoir le faire avec… des gens vivants.

—Pourquoi ? En quoi est-ce nécessaire ?

—Parce que les poches ne sont pas toujours disponibles et, comme c'est un cas qui peut se présenter, je veux m'assurer qu'il ne tue pas quelqu'un.

Avouer cela le mettait mal à l'aise, mais il semblait plus fâché qu'embarrassé.

— En l'occurrence, il a bien failli la tuer ce soir. Il s'est laissé emporter quand j'étais au téléphone avec toi, et j'ai dû l'arrêter et lui montrer comment s'y prendre pour éviter de lui briser la nuque.

— Tu as été obligé de lui montrer comment faire ?

Soudain, j'eus la bouche sèche et m'agrippai à la voiture pour empêcher mes mains de trembler.

— Tu as mordu une fille cette nuit ?

— Je suis un vampire, Alice, déclara-t-il d'un ton las, refusant pourtant de croiser mon regard.

Je me remémorai la sensation intense et fabuleuse qui m'avait envahie lorsque Peter avait bu mon sang, et l'état de folie et d'excitation de Jack qui l'avait à peine goûté. Pour les vampires, cet acte était bien plus intime que le sexe. Quelques heures plus tôt, Jack avait connu cela avec une autre fille, ce qui me nouait l'estomac.

— Range-toi sur le côté ! criai-je.

La vodka et l'aveu de Jack ne faisaient pas bon ménage, et j'allais vomir d'une seconde à l'autre.

— Alice ?

— Range-toi tout de suite !

Il vira brusquement sur l'herbe qui bordait l'autoroute. J'ouvris la portière et me précipitai dehors. Dès que mes pieds nus touchèrent le sol, je commençai à me sentir mieux. L'air frais de la nuit me fouetta le visage.

J'avalai plusieurs fois ma salive jusqu'à ce que l'envie passe, puis je me rassis. Par précaution, je laissai la portière ouverte et mes pieds dans l'herbe.

— Ça va ? s'enquit-il.

Il s'était complètement radouci, et il tendit la main pour me toucher, mais je m'éloignai.

— Ça va aller. Accorde-moi une minute.

Je fermai les yeux et m'efforçai de ne pas m'imaginer Jack en train de mordre une autre fille. Une telle proximité était impossible à décrire. Quand Peter avait bu mon sang, ses battements cardiaques étaient devenus les miens. Savoir que Jack était capable de ressentir la même chose avec quelqu'un d'autre alors que nous ne l'avions pas connu ensemble…

— Je me rends compte que tu es bouleversée, et je ne t'en veux pas, s'excusa-t-il à voix basse. Mais Milo doit apprendre. Il est encore très instable. En toute franchise, j'aurais dû attendre, et je n'aurais sûrement pas été contraint de lui faire une démonstration physique. Sauf que je n'avais pas envie de patienter, poursuivit-il. Je veux me débarrasser de ces étapes aussi vite que possible, pour qu'il soit indépendant et que tu puisses devenir une vampire toi aussi. J'ai fait ça afin que tu puisses très bientôt venir vivre avec nous.

— Ça n'arrivera pas, dis-je plus durement que j'en avais l'intention.

— Quoi ?

— J'ai eu une conversation avec Ezra l'autre jour.

Je finis par rouvrir les yeux et regarder en direction de Jack. Ses yeux bleus trahissaient sa douleur et sa perplexité.

— Il m'a avoué qu'on devait reporter la décision de deux ans. Ce n'est ni prudent ni sain pour Milo. À mon avis, ce n'est pas quelque chose que tu peux précipiter, malgré toute ta bonne volonté.

— Mais…

Il regarda dans le vide, assimilant la nouvelle.

— C'est peut-être un signe, prétendis-je d'une voix enrouée quand il resta muet. Pas seulement ce soir, je veux dire. Toute cette histoire avec Milo et Peter. C'est comme si tout dans l'univers m'indiquait que ça ne fonctionnera pas pour moi.

— Deux ans, ce n'est pas si long, m'interrompit-il.

— Jack ! Tu sais très bien que ce n'est pas le seul obstacle !

Je renversai la tête en arrière.

— Alice…

Il inspira profondément. Lorsqu'il reprit la parole, sa voix n'était plus qu'un chuchotement.

— Quand je t'ai appelée tout à l'heure, c'est parce que j'ai eu l'intuition qu'un truc clochait. Que tu avais un problème. Et avant même de prendre la sortie de l'autoroute, j'ai su précisément où tu te trouvais. J'ai senti que tu étais seule et apeurée. Je ne peux pas arrêter comme on débrancherait une prise. Tu ne peux pas tout gâcher.

— Qu'est-ce que je suis censée faire ? demandai-je.

Il me lança un regard désespéré. Un désir intense émanait de lui. Soit les effets de l'alcool s'estompaient, soit il parvenait à les neutraliser. Il était soudain envahi par la panique parce qu'il était persuadé qu'il me perdait.

Je me penchai et plaquai mes lèvres contre les siennes. Il ne résista pas. Il m'enlaça et m'attira aussi près de lui que possible sans risquer de me faire mal, avant de m'embrasser avec fougue. Je savourai sa langue qui titillait merveilleusement la mienne. Sa peau était brûlante.

Au bout de quelques secondes à peine, il mit fin à notre étreinte et me repoussa. D'un geste à la fois tendre et ferme, il me maintint à distance tandis qu'il tentait de reprendre son souffle.

— Alice, c'est bien trop dangereux, haleta-t-il.

— Tu ne fais rien pour aider, tu sais ?

Je m'écartai puis m'affalai sur mon siège.

— J'arrive à me contrôler parce que je viens de m'alimenter, c'est la seule raison, m'assura-t-il en se calant contre son dossier. Sinon, ça aurait pu très mal tourner.

— Merci de me le rappeler, grimaçai-je.

— Tu es mal placée pour parler. Au moins, j'ai agi ainsi selon ma nature, parce que c'est nécessaire à ma survie et pour aider ton petit frère. Tandis que toi tu as fait ça pour… t'amuser. Et ne mets pas ça sur le compte de l'alcool, car tu portes un string violet. Tu avais prémédité ton coup.

— Pas du tout ! Je l'ai mis parce que je voulais me sentir prête à m'éclater et fatale !

— Ça, pour être fatale, marmonna-t-il.

— Bref, dis-je en claquant la portière, ramène-moi chez moi.

— Pas de souci.

Le reste du trajet se déroula dans le silence, parce que ça semblait plus prudent. Je me sentais blessée, furieuse et déçue, envers lui et envers moi. Il éprouvait plus ou moins les mêmes émotions. Quand enfin il s'arrêta devant mon immeuble, il soupira et se tourna vers moi.

— Écoute, Alice, je ne veux pas que tu rentres en étant fâchée.

— Moi non plus. Alors, arrange ça.

— OK, s'esclaffa-t-il. Comme de toute façon tu ne seras pas tout de suite une vampire, je peux cesser de presser Milo. Ce qui signifie que je consacrerai moins de temps à le préparer et que, par conséquent, j'en aurai davantage pour toi. Ainsi, tu te sentiras moins exclue.

— Merci.

Je lui adressai un regard reconnaissant en me mordillant la lèvre.

— J'ignore si ça te réconforte, mais j'ai terriblement envie de t'embrasser, m'affirma Jack avec un sourire triste. Et, oui, j'aurais bien voulu voir ton string violet.

— Je ne comprends pas en quoi ça m'aide, répondis-je en souriant à mon tour.

Ça me serrait un peu le cœur, parce que je savais que rien ne pouvait se passer, mais cela me remontait un peu le moral d'apprendre qu'il souhaitait tout de même que ça arrive.

— Oui, j'imagine que ça n'est d'aucun secours, effectivement.

Il balaya une mèche de cheveux de son front et plongea ses yeux dans les miens. Lorsqu'il prit une profonde inspiration, son regard devint mélancolique.

— File. Avant que je craque.

— D'accord.

Je hochai la tête et ouvris la portière.

— Je t'appelle demain. Promis.

Jack attendit que je sois bien à l'intérieur pour partir. Une fois dans ma chambre, je jetai un coup d'œil par la fenêtre et constatai qu'il était encore dehors. Je l'observai pendant quelques minutes, puis il finit par s'éloigner.

En début d'après-midi, la mélodie de *Time Warp*, la sonnerie du téléphone de Jack, me tira d'un sommeil agité. Lorsque je me retournai pour attraper mon portable, je découvris un SMS qui me fit frissonner d'angoisse.

Envoie-moi un texto dès que tu reçois ce message.

Rien d'autre.

Chapitre 12

J'envisageai les pires scénarios. Que Milo avait pété un plomb, ou que Mae avait développé un cancer de vampire par exemple.

Qu'est-ce qu'il y a ? Un problème ? envoyai-je à Jack.

Non. Tout va bien. Je voulais juste que tu viennes le plus vite possible, répondit-il presque instantanément.

Pourquoi ? Il s'est passé quelque chose ? lui demandai-je avant de m'asseoir sur mon lit.

Le soleil n'était pas encore complètement couché, et sa lueur rougeâtre filtrait par une ouverture entre mes rideaux. Jack s'était levé tôt, du moins pour lui. Quelque chose avait dû le réveiller, et il souhaitait que je me rende chez eux. J'échafaudai toutes sortes d'hypothèses.

Peter. C'était forcément ça. Peter était revenu.

Comme Jack tardait à répondre, je sortis de mon lit et fouillai ma chambre à la recherche d'une tenue. J'avais envie d'être à mon avantage si Peter était de retour. Techniquement, il était mon promis. En quelque sorte. Je crois.

J'avais vraiment beaucoup de mal à comprendre la biologie des vampires, et je ne comprenais pas réellement Peter non plus.

Alors que j'avais jeté trois tee-shirts qui ne me convenaient pas par terre, mon téléphone sonna. Ce n'était pas un texto, mais un appel, et mon rythme cardiaque s'accéléra.

— Jack ? Qu'est-ce qu'il y a ? demandai-je en décrochant, le souffle court.

— Tu flippes carrément, gloussa-t-il.

J'étais sur le point de faire une crise cardiaque, et il rigolait.

— En quoi est-ce drôle ? lançai-je, mais je me détendis en l'entendant rire.

— Tu es tellement parano ! s'esclaffa-t-il. Milo m'a dit que tu réagirais comme ça si je t'envoyais ce SMS sans autre explication. (Je distinguai la voix de mon frère en arrière-plan, et Jack rit de plus belle.) Oui, elle l'est, c'est clair. Mais, là, je pense que ça l'énerve.

— Bien vu, rétorquai-je.

— Désolé, dit-il en étouffant son rire. C'est juste qu'on a prévu une folle nuit à s'éclater, et je voulais que tu viennes chez nous pour te préparer.

— Une folle nuit ?

— Oui. On sort, m'annonça-t-il malicieusement.

— On sort ? répétai-je.

La dernière fois que j'étais allée quelque part en compagnie de Jack, c'était dans un parc d'attractions à Shakopee, un mois auparavant. Même si nous étions arrivés vers 22 heures, l'endroit était bondé.

Pourtant, nous n'avions presque pas eu à faire la queue pour aucun manège. Tous les gens proposaient à Jack de passer devant eux et, par ricochet, à moi aussi.

Sur le papier, ça semble génial mais, lorsqu'une fille à peine vêtue d'un haut de bikini et d'un microshort avait essayé de me voler ma place à côté de lui sur le grand huit, j'avais piqué une crise et déclaré que je ne sortirais plus dans un lieu public avec lui.

— Pas de quoi angoisser. Ça ne sera pas comme dans le parc d'attractions. Je te le promets, dit-il.

— OK, acceptai-je d'un ton hésitant, parce que je n'avais pas d'autre choix.

— Super. Je viens te chercher dans une dizaine de minutes.

— Non, attends ! Je suis encore en pyjama !

Je portais seulement un boxer et un débardeur, ce qui n'était un bon look pour nulle part.

— Mae a des vêtements pour toi. Tu te prépareras à la maison. Fais-moi confiance, insista Jack, taquin. C'est mieux ainsi.

— Qu'est-ce qui se passe ? demandai-je, perplexe.

— Sois devant chez toi dans dix minutes.

— Jack ! criai-je, mais il avait raccroché.

Et si je n'étais pas en bas onze minutes plus tard, il allait certainement monter.

Je me brossai rapidement les cheveux, sans parvenir à les coiffer correctement, alors je les attachai en un chignon flou. J'enfilai des tongs et me précipitai dehors, au moment même où Jack s'arrêtait devant mon immeuble.

— Tu sais, je crois que les habits de Mae te seront inutiles, dit-il, le sourire aux lèvres, avant de baisser le volume des Beastie Boys quand je montai dans la voiture. Tu es super sexy comme ça. Est-ce que c'est considéré comme un short ? ou juste des sous-vêtements un peu plus longs que la normale ?

— C'est un pyjama !

Je rougis et m'efforçai de tirer sur l'ourlet pour que le tissu couvre davantage mes cuisses.

— Tu as souvent dormi chez moi, et tu n'as jamais mis ce short !

Il redémarra et fit semblant de se concentrer sur la route, mais il m'examinait du coin de l'œil.

— Il fait froid dans ta maison. Je suis obligée de porter des pyjamas chauds. Dans mon appartement, on étouffe. Et je voulais enfiler de vrais vêtements, mais tu ne m'as pas laissé assez de temps, donc, tout ça, c'est ta faute.

— Hé, je ne me plains pas ! (Il rit.) Et la prochaine fois que tu restes pour la nuit, je ne manquerai pas de monter le thermostat.

— Oh, je t'en prie, cesse de me regarder comme ça ! m'écriai-je en roulant des yeux. Tu m'as déjà vue en deux-pièces. Remets-t'en ! C'est un pyjama !

— Pardon, s'excusa-t-il avec un petit sourire. Tu as raison. Tu es jolie, c'est tout.

Je tentai de changer de sujet.

— Bon, on sort où ?

— Chez moi.

— Après !

— Oh, tu verras bien !

Son sourire était sans conteste malicieux, et je me demandai ce qu'il me réservait.

Lorsque nous arrivâmes, il ne m'avait toujours donné aucun indice. Matilda se précipita pour nous accueillir, Jack cria que nous étions rentrés, donc Mae suivit la chienne.

— Oh, Jack, tu ne l'as même pas laissée s'habiller ? le réprimanda-t-elle en me prenant dans ses bras pour me protéger du froid qui régnait à l'intérieur.

— De toute façon, elle va se changer, rétorqua-t-il en haussant les épaules.

— D'ici là, elle n'est pas forcée de geler sur place !

Elle me conduisit vers sa chambre, où je supposai que j'allais me préparer. Milo arriva du salon en courant pour nous saluer. J'avais l'impression qu'il était encore plus beau que la dernière fois que je l'avais vu, et aussi plus grand. Sa métamorphose n'avait pas encore atteint son plein effet.

— Est-ce qu'il t'a dit où nous allons ? me demanda mon frère.

— Non, répondis-je en interrogeant Mae du regard.

— Vous allez en boîte, me révéla-t-elle avec un léger sourire.

Jack poussa un cri de protestation derrière nous.

— C'était censé être une surprise !

— Oh, arrête, ça en reste une, rétorqua Mae en secouant la tête.

— Une discothèque ?

D'après ce que je savais, Jack n'appréciait pas trop ce genre d'endroits et, même si je ne les détestais pas de mon côté, cette perspective ne me réjouissait pas plus que ça.

— J'ignore si j'approuve cette idée, mais comme Ezra n'est pas là pour l'en dissuader, voilà, dit Mae d'un ton las avant de m'éloigner des garçons. Et si tu filais prendre une douche ? Et, quand tu auras terminé, nous choisirons ta tenue.

J'étais perplexe, mais je m'exécutai. Je me rendis dans la grande chambre pour me laver. Ils avaient des tonnes de shampooings et de gels douche qui sublimaient toujours mes cheveux et ma peau.

Je m'enveloppai dans un peignoir moelleux puis ouvris la porte de la salle de bains. Mae m'attendait. Des vêtements couvraient son lit. En y regardant de plus près, je constatai que beaucoup d'entre eux portaient encore l'étiquette du magasin d'où ils provenaient, et qu'ils semblaient tous à ma taille, soit au moins deux de plus que Mae.

— Est-ce que certains te plaisent vraiment ?

Elle avait l'air sérieuse et perplexe, comme si elle avait des difficultés à prendre une décision cruciale.

— Eh bien… ils sont tous très jolis. (C'était un euphémisme.) Pour quelle circonstance est-ce que je dois m'habiller au juste ? Ça pourrait faciliter mon choix.

— En fait…

— Oh, super, tu es sortie de la douche ! s'écria Milo en faisant irruption dans la chambre sans que Mae puisse terminer sa phrase.

Chaque fois que je sortais pour une occasion particulière, il m'aidait à me préparer. C'était comme d'habitude, et cela me rassurait de faire quelque chose de relativement normal avec lui.

— Oui, acquiesçai-je en les dévisageant tous les deux. Où est-ce que je vais ce soir ?

— En boîte, répondit Milo avant d'échanger un regard avec Mae. Un club de vampires ! s'exclama-t-il d'une voix perçante d'excitation qui lui donna l'air bien plus gay que dans toute sa vie de mortel.

— Quoi ?

Je contemplai Mae, croyant que j'avais mal compris.

— Qu'est-ce qu'il raconte ?

— Une discothèque de vampires, expliqua-t-elle avec un sourire qui trahissait que l'idée l'enthousiasmait moins que Milo. Nous t'en avons déjà un peu parlé. C'est comme un bar ou une boîte traditionnelle, sauf sur certains points évidents. Jack en fréquente une près de Hennepin Avenue, et j'y suis allée aussi une ou deux fois.

— Quelles sont les différences ? l'interrogeai-je. De quel genre ? Ils ont du sang à la pression à la place de la bière ?

Mae partit d'un rire nerveux et détourna les yeux.

— Non, non. Enfin, pas exactement. Ils ont du sang frais à… disposition.

Si c'était censé me rassurer, c'était raté.

— Mais les humains s'y rendent tout le temps, et ils ont des videurs. Personne n'est… (Elle soupira tandis qu'elle cherchait ses mots.) Ils ne font de mal à personne là-bas.

— C'est là que va Jack pour s'alimenter, pas vrai ? demandai-je, la gorge serrée.

— Oui. Il y a des donneurs. Et la plupart d'entre eux sont parfaitement conscients de leur fonction. (Elle inclina la tête, l'air songeuse.) On les appelle des « accros aux morsures ». Mais, dans la plupart des cas, ce sont juste des vampires et des mortels qui se livrent aux mêmes activités que dans n'importe quelle boîte.

— Se mettre une mine et chercher un partenaire sexuel ? rétorquai-je en levant les sourcils.

— Pour certains, oui. (Elle rit.) Mais tout se déroule dans une bonne ambiance.

— Ça va être génial ! intervint Milo. J'ai hâte de sortir de cette maison pour enfin faire quelque chose. Surtout avec d'autres vampires ! Tu n'es pas impatiente ?

— Si, acquiesçai-je, même si je ne savais pas vraiment ce que je ressentais.

Je n'avais jamais rencontré d'autres vampires ou, du moins, pas à ma connaissance. J'étais curieuse de voir à quoi ils ressembleraient. De plus, sortir danser correspondait tout à fait à la façon dont je voulais passer mes derniers jours avant la rentrée.

D'un autre côté, j'allais me retrouver dans une pièce pleine de vampires, ce qui était tout de même terrifiant. Imaginer Jack en train de s'alimenter me donnait la nausée, et la perspective de voir le lieu où il se procurait sa « nourriture » ne m'enchantait pas non plus. Je pouvais tomber sur quelqu'un qu'il avait mordu, qui le connaissait sur un plan plus intime que moi, et cette pensée me nouait l'estomac.

— Ça va, ma puce ? s'enquit Mae.

— Oui, mentis-je.

— Tu es toute pâle, renchérit Milo, une lueur d'inquiétude dans les yeux. Tu es sûre que ça va ? Ça ne te dit pas d'y aller ? On n'est pas obligés. On a trouvé que ce serait sympa, c'est tout.

Il en avait terriblement envie et était prêt à y renoncer pour moi. Je secouai la tête.

—Si, j'ai envie. Je t'assure.

Je soupirai, puis décidai d'expliquer mes réticences.

—Je ne veux pas voir quelqu'un que Jack… a mordu.

—Oh! acquiesça Mae.

—Quoi? lança Milo en lui décochant un regard interloqué.

—Tu ne comprends pas parce que personne ne t'a jamais mordu, lui annonça Mae avant de s'adresser à moi. Jack ne ressent pas la même chose que toi. Être mordu, c'est différent de mordre, et ce n'est pas pareil quand on le fait par nécessité plutôt que pour le plaisir.

—Je ne pige pas, répliquai-je en secouant la tête.

Milo s'assit sur les piles de vêtements qui jonchaient le lit pour écouter. Manifestement, il s'agissait de nouvelles informations pour lui aussi.

—C'est une sensation fabuleuse, précisa Mae. Peu de choses dans la vie sont plus agréables que boire le sang de quelqu'un. Mais pour que cette relation proie-prédateur fonctionne, les humains s'abandonnent volontairement à nous, et ce parce qu'ils développent un attachement émotionnel que nous n'éprouvons pas. Pour nous, c'est purement physique.

—On dirait les arguments d'un type qui vient de tromper sa copine, fis-je remarquer d'un ton sec.

—Je suppose que oui, déclara-t-elle avec un sourire. Mais c'est la vérité. Tu te fais une fausse impression. Ta seule expérience a été avec Peter et, tous les deux, vous êtes liés. Lorsque l'on s'aime, c'est intime et intense. Mais juste s'alimenter, ça n'a pas d'importance à nos yeux.

—Mouais, marmonnai-je, sceptique.

—Je te dirai simplement ceci: Ezra mord d'autres personnes. Et ça m'arrive également. Ça ne me dérange pas, et ça ne le dérange pas non plus quand ça se produit pour moi. S'il laissait quelqu'un le mordre, j'en serais perturbée. Ce serait comme s'il me trompait.

— Je crois que je vois.

La force de ce que j'avais partagé avec Peter provenait du lien qui nous unissait et du fait que j'étais du côté de la victime. Si quelqu'un d'autre me mordait, je ressentirais la même chose mais, si je mordais une autre personne, ce serait agréable, sans toutefois aucune implication émotionnelle.

— Tu comprendras mieux quand tu seras une vampire, me promit-elle, ce qui ne fit que toucher un autre point sensible.

Lorsqu'elle s'en rendit compte, elle sourit et balaya sa phrase d'un geste.

— Bref, enchaîna-t-elle, on t'habille ?

Milo descendit du lit pour examiner les affaires.

— Je sais que tu adores les jeans, mais je te verrais bien en jupe.

Tandis qu'ils passaient les tenues au crible, je me contentais d'approuver tous leurs commentaires. Milo parlait avec animation. Sa nouvelle identité de vampire lui seyait à merveille. Je ne l'avais jamais vu aussi bien dans sa peau. L'aide de Jack devait jouer, parce qu'il y avait déjà des améliorations par rapport à quelques jours auparavant.

Mae me maquilla, puisque cela dépassait les compétences de mon frère. Il partit finir de se préparer, et Mae me coiffa, m'assurant que j'allais m'amuser. Je lui demandai pourquoi elle ne nous accompagnait pas, mais elle haussa les épaules en me disant qu'elle avait passé l'âge.

Lorsqu'elle eut terminé, elle me fit défiler dans la cuisine pour montrer le résultat aux garçons. Jack était appuyé contre l'îlot, plutôt en beauté. Il avait troqué son habituel bermuda pour un jean foncé délavé et un tee-shirt moulant.

Dès qu'il m'aperçut, un sourire illumina son visage et il siffla longuement, déclenchant les aboiements de Matilda.

— La classe ! s'exclama-t-il en se redressant pour me détailler.

Son regard s'attarda sur l'ourlet de ma jupe, et je me tortillai, mal à l'aise.

— Je crois que j'aime encore plus cette jupe que ce petit short que tu portais tout à l'heure.

— Jack ! le gronda Mae.

— C'est toi qui l'as habillée, protesta-t-il.

— Tiens-toi bien, c'est tout, l'avertit-elle.

— C'est toujours le cas, marmonna-t-il.

— Tu es magnifique, me complimenta Milo.

— Toi aussi, affirmai-je.

Il avait changé de tee-shirt et à peine retouché ses cheveux, mais il était réellement superbe.

— Je veux que vous passiez une bonne soirée, mais soyez prudents, nous prévint Mae avec sérieux. Je m'adresse à toi, Jack. Tu dois les surveiller tous les deux. Milo est très jeune, et Alice est… Bref, tu dois faire attention à eux deux.

— Je sais. (Jack leva les yeux au ciel.) J'ai pigé, vu que tu me l'as déjà répété vingt fois ce matin.

Il se dirigea doucement vers la porte, et je lui emboîtai le pas.

— Tu restes près de Jack, et tu ne pars avec personne d'autre, d'accord ? me dit Mae en me dévisageant. Et, rappelle-toi : les vampires sont comme les hommes. Ils n'ont qu'une chose en tête.

— Alors c'est vrai que les vampires de sexe masculin ne pensent qu'à un seul truc ? demanda Milo, une lueur vicieuse dans les yeux.

— Et toi ? lançai-je à Jack pour le taquiner.

— Je songe à une seule chose en ce moment.

Sa voix plaisantait, mais pas son regard. Je le sentais dangereusement proche de moi, et mon cœur s'emballa.

— Jack ! s'écria Mae.

— Je suis sage !

Il se détourna de moi.

— Tu as intérêt, le menaça-t-elle. Je te fais confiance. Ils sont tous les deux sous ta responsabilité, et je m'attends à ce qu'ils reviennent indemnes. C'est clair ?

— Ça l'a été toute la journée.

Jack marchait vers la porte à reculons pour organiser sa fuite, et je le suivais avec Milo.

— Tu sais, j'ai la quarantaine, Mae. J'aurais cru que, depuis le temps, tu m'aurais accordé ta confiance.

— Ce serait le cas si, pour une fois, tu agissais conformément à ton âge ! s'exclama-t-elle, mais il s'esquivait déjà vers le garage.

Je saluai Mae d'un signe de main avant de partir. Elle pinça les lèvres et croisa les bras. Elle regrettait déjà sa décision de nous laisser sortir.

Je n'appréhendais pas tant que ça. Après tout, j'étais avec deux vampires capables de tuer quiconque m'embêterait. Quel était le pire truc qui pouvait arriver ?

Chapitre 13

Nous nous garâmes près de First Avenue, mais ce ne fut qu'une fois hors de la voiture que je me rendis compte qu'il s'agissait du garage où j'avais rencontré Jack. Il m'avait dit qu'il venait alors de finir de manger quand il était tombé sur moi, avant de me sauver des griffes des voyous qui allaient m'agresser.

C'était très étrange de penser que, sans ce hasard, ma vie aurait pris une tournure très différente.

— Tu viens ? suggéra Jack en m'adressant un regard curieux.

Milo et lui avaient quelques pas d'avance sur moi, puisque j'étais restée figée à côté du véhicule.

Je fis « oui » de la tête et les suivis lentement.

Des gens occupaient tout le trottoir, se livrant plus ou moins à la même chose que nous. L'été touchait à sa fin, et les filles commençaient à tirer un trait sur les minijupes et les tops dos nu. Les gratte-ciel de Minneapolis nous dominaient. La musique des discothèques et les voix résonnaient contre les immeubles.

Je jetai un coup d'œil dans la rue aux auvents très éclairés signalant des clubs, des restaurants ou des pièces de théâtre, et je me demandai ce qu'indiquerait celui de l'endroit où nous allions.

— C'est quoi le nom de la boîte, d'ailleurs ? m'enquis-je.

— Elle n'en a pas vraiment, m'avoua Jack. C'est un peu underground.

— Bon, comment les gens l'appellent ? Ceux qui ignorent que c'est une discothèque de vampires, par exemple ? ou même ceux qui sont au courant ?

On pouvait certainement nous entendre, mais je n'avais pas baissé la voix ni évité d'employer le terme « vampires ». Tout le monde était soûl, au téléphone, ou trop absorbé par sa propre vie pour me remarquer. La plupart des personnes se contentaient d'un regard fugace à Jack et Milo.

— Je n'en sais rien, répondit Jack en haussant les épaules. Je crois qu'ils disent « *V* ».

— Pas très original, grimaçai-je.

— Oui, je m'attendais à un truc plus sexy, affirma Milo.

— C'est un club confidentiel de vampires, railla Jack. Pas besoin d'un nom accrocheur pour attirer les gens.

— Il a raison, souligna mon frère.

— Quand même, j'aurais pensé qu'ils feraient preuve de plus de créativité, précisai-je.

Guidés par Jack, nous quittâmes Hennepin Avenue, laissant derrière nous les enseignes étincelantes d'une boîte gay qui clignotaient dans la rue. Il y avait encore du monde, mais beaucoup moins qu'auparavant. Sans toutes les lumières vives qui annonçaient divers événements, la rue paraissait bien plus sombre sous la lueur jaune des lampadaires. Même la circulation était moins dense.

— Nous y sommes presque, dit Jack en ralentissant l'allure.

Il me tendit la main. Sans comprendre, je l'interrogeai du regard.

— Donne-moi la main. Tu es avec moi, et je veux qu'ils soient tous au courant.

— OK.

Je le laissai faire et jetai un coup d'œil à Milo pour m'assurer qu'il n'allait pas me grogner après ou m'attaquer parce que je touchais Jack.

— Il se maîtrise maintenant, m'informa Jack.

Il se mit à marcher encore moins vite, si bien que nous faisions presque du sur place. Milo était quelques mètres devant nous. Lorsque Jack parla de nouveau, sa voix était à peine plus audible qu'un murmure :

— Reste près de moi. Et essaie de ne pas t'énerver ni de penser à Peter. Mais, si ça t'arrive, tu viens me voir. Si quelqu'un doit te mordre, ce sera moi.

— C'est une menace ou une promesse ? demandai-je en souriant.

— Les deux, s'esclaffa-t-il. Non. Désolé. Ni l'une ni l'autre. Je suis sage. Mais ne t'éloigne pas de moi.

— À t'écouter, ça a l'air dangereux.

Mon estomac se noua, et je me remémorai l'expression inquiète sur le visage de Mae.

— Pourquoi on y va si c'est risqué ?

— Ça l'est un peu plus que quand tu as commencé à nous côtoyer, expliqua-t-il. Mais tu avais besoin de sortir t'amuser. Et je ne laisserai rien t'arriver. Donc… (Il haussa les épaules.) Milo ! Stop !

Jack s'immobilisa à côté d'une porte quelconque au milieu de la rue. Le réverbère le plus proche ne fonctionnait plus. L'endroit était plongé dans l'obscurité, ce qui était étrange en centre-ville. Jack me pressa brièvement la main, et je sentis sa température corporelle s'élever légèrement, sans s'emballer.

Milo revint sur ses pas pour nous rejoindre, et Jack désigna d'un signe de tête une grande porte noire. Mon frère leva les sourcils, puis la poussa.

Elle s'ouvrit sur une entrée étroite baignée d'une lumière rougeoyante. Deux impressionnants videurs se tenaient là, nous bloquant presque complètement le passage. Ils adressèrent un hochement de tête à Jack et à Milo, mais la façon dont ils me regardèrent quand j'avançai m'assura qu'ils étaient des vampires, et je me hâtai de les dépasser.

Au bout de l'étroit couloir, des marches raides en ciment descendaient vers un trou noir. La seule lumière venait de l'ampoule rouge de l'entrée.

Nous nous enfonçâmes dans l'obscurité totale, ce qui ne posait pas de problème à la plupart des gens présents. Pour ma faible vision de mortelle, c'était déconcertant. Je me cramponnais à Jack, et il ne me lâchait pas.

J'entendais une sorte de musique électronique vibrer. Jack me chuchota à l'oreille que nous avions atteint le niveau principal, mais je ne distinguais toujours rien. Nous avançâmes un peu plus, et Jack ouvrit la porte. Une froide lumière bleue nous entoura soudain et de la musique se répercutait sur les murs.

Pour un sous-sol, je trouvais le plafond de la pièce très haut au-dessus de la piste de danse. Quelque cinq cents individus s'ébattaient, serrés comme des sardines. Leurs bras graciles ondulaient en l'air, et ils se mouvaient avec fluidité, suivant à la perfection le rythme de la musique. Je n'avais jamais vu de gestes aussi élégants.

Un long bar en métal occupait le mur du fond et, compte tenu des bouteilles alignées au-dessus, je présumai qu'il s'agissait d'un vrai bar, proposant des boissons alcoolisées pour les humains. Plusieurs hommes et femmes sexy s'occupaient du service. Tous les tabourets étaient pris, et de nombreux mortels en sueur faisaient la queue pour commander leur boisson.

Je me tournai pour chercher Milo, mais il avait déjà disparu sur la piste. Jack me sourit et m'entraîna dans la foule.

Tous ceux qui évoluaient autour de nous étaient incroyablement beaux. Une fille aux courts cheveux platine me sourit, et je remarquai des traces de morsure sur son cou.

Jack dansait avec grâce, et j'essayai de le suivre. Il ne rompit pas une seule fois le contact avec moi et me garda près de lui, ce qui me plaisait. La lumière bleue faisait briller ses yeux, et sa joie était contagieuse. À force de me trémousser si vite et d'être proche de lui, mon cœur s'emballa.

Je sentais d'autres corps se presser contre moi. J'avais presque l'impression qu'ils tentaient de me saisir, mais je devais me faire des idées. Soudain, je perçus comme une piqûre dans la nuque, et Jack cessa de danser.

Heureusement, c'était une égratignure et je ne saignais pas. Jack m'entoura de son bras et, lorsque je regardai autour de moi, je constatai que nous étions encerclés.

Jack commença à m'éloigner de la piste en direction d'une porte. Quelqu'un me toucha, promenant délicatement les doigts le long de mon bras, comme une caresse. Je jetai un coup d'œil par-dessus mon épaule, m'attendant à ce que la personne se soit fondue dans la foule, mais il se tenait derrière moi. Il ne bougeait pas, ne dansait pas et se contentait de me contempler.

Il était magnifique. Ses cheveux épais étaient gominés, peignés en arrière. Son regard, d'un noir hypnotique, me transperça. Il m'adressa un sourire à la fois séduisant et maléfique.

Jack m'arracha de mon admiration transie en me tirant par la main. Quand je le remarquai, je parvins à détourner les yeux, et la brûlure dans mes poumons fut le signal qui me rappela de respirer.

La foule disparut, et la lumière passa du bleu à un rouge terne. J'empruntai avec Jack une porte pour me faufiler dans la pièce voisine, plus petite, dont les murs étouffaient le volume de la musique.

L'endroit ressemblait davantage à un bar ou à un café qu'à une boîte de nuit. De nombreuses portes et autant de vestibules sombres permettaient d'en sortir. Des canapés confortables étaient disséminés dans toute la pièce.

Dans un coin obscur se trouvait un petit bar tenu par un homme. Peu de bouteilles cette fois-ci, ce qui me laissa supposer qu'il s'agissait d'une autre sorte de bar.

Sur le divan le plus proche de nous, je vis une femme superbe, allongée, la tête renversée en arrière. Elle était vêtue de cuir noir, et sa tenue était si moulante que je me demandai comment elle arrivait à respirer. Une jolie jeune fille était blottie sur ses genoux, les yeux fermés. Un mince filet de sang ruisselait le long de son cou. La vampire qui la tenait me regarda et sourit tout en léchant le sang sur ses lèvres.

— Stop, me chuchota Jack à l'oreille.

— Quoi ? rétorquai-je en reportant mon attention sur le reste de la pièce.

Des scènes semblables à celle dont je venais d'être témoin se répétaient partout. Certaines personnes (ou vampires) étaient simplement assises à bavarder, et d'autres se pelotaient. Mais d'autres encore s'abreuvaient ouvertement à des humains.

Dès notre entrée dans ce lieu, on aurait dit que tous s'étaient tournés vers nous pour nous observer. Les vampires braquaient leurs yeux superbes et envoûtants sur moi, et j'en oubliais de respirer.

— Arrête ça, m'ordonna Jack en me secouant la main pour que je me concentre sur lui.

— Qu'est-ce qu'il y a ?

Je levai le regard vers lui, le détournant des autres.

— Ne dévisage personne, m'intima-t-il.

— Pourquoi ?

— Tu te laisses sans cesse… subjuguer par eux. Ne fais pas ça.

Il regarda par-dessus ma tête. Visiblement, il commençait à penser que cette sortie était une mauvaise idée.

— Désolée, répliquai-je, même si je ne savais pas vraiment comment remédier au problème.

— Ne t'excuse pas. Tu n'as qu'à… (Il secoua la tête.) Viens, dit-il en m'attirant un peu à l'écart, sur un canapé pratiquement inoccupé.

Lorsqu'il prit place, je m'installai tout près de lui. De l'autre côté, j'aperçus une fille aux cheveux violets, qui portait du rouge à lèvres noir. Elle se tourna vers nous et cessa de siroter le contenu d'un grand verre de vin.

Elle sourit, surtout à moi. Ses crocs étaient plus visibles que ceux de Jack, à un point tel que c'était presque grotesque. Je me demandai si c'était naturel ou si elle avait fait quelque chose pour leur donner cet aspect.

— Tu es nouvelle ici, roucoula-t-elle.

Sa voix était à la fois mielleuse et comme déformée par de l'hélium.

— En effet, lui répondis-je tandis que Jack baissait le bras qui m'entourait.

— En revanche, toi, je t'ai déjà vu dans le coin, lui affirma-t-elle, les sourcils froncés.

Son maquillage au niveau des yeux était si prononcé qu'on aurait dit une sorte de masque. Elle se mordit la lèvre avec prudence pour ne pas se blesser avec ses canines, et essaya de le situer.

— Est-ce qu'on a baisé ?

— Je suis certain que non, se hâta de répliquer Jack.

Je me crispai, ce qui, j'en étais consciente, était une mauvaise idée, dans la mesure où je devais contrôler mon rythme cardiaque.

Je n'avais jamais envisagé que Jack puisse avoir des relations sexuelles. Je me doutais que les vampires en avaient, par exemple Mae et Ezra et, sans nul doute, j'avais déjà espéré faire l'amour avec Jack, mais je n'avais jamais songé à l'acte en lui-même. Non seulement il avait très probablement mordu des filles dans cette boîte, mais aussi couché avec quelques-unes.

— Dommage, poursuivit la créature avant de reporter son attention sur moi.

Elle esquissa un sourire en coin et remarqua que les battements de mon cœur s'étaient accélérés.

— Donc, tu es ce genre de fille, déclara-t-elle.

— Quel genre ? rétorquai-je d'un ton sec.

— J'en oublie les bonnes manières !

Elle éclata d'un rire fragile, qui tinta comme du verre qui se brise.

— Je ne me suis même pas présentée. Je m'appelle Violette.

Elle me tendit la main, à moi exclusivement, et je la lui serrai. Elle portait des mitaines en dentelle, comme Madonna à une époque.

— Alice, articulai-je avant de lâcher sa main tiède. Et voici Jack, ajoutai-je en levant les yeux sur lui.

— Jack, répéta-t-elle.

Elle fit claquer sa langue et le dévisagea.

— Nous n'avons jamais…

— Non, lui assura-t-il d'une voix crispée.

— Tu es sûr ? insista-t-elle, sceptique. Parce que j'ai une excellente mémoire, et je jurerais qu'on a partagé une partie de jambes en l'air.

Elle me décocha un clin d'œil et donna un coup de coude espiègle dans les côtes de Jack.

— Certain, persista-t-il, glacial.

— Mais si ! Tu m'as fait ce truc avec…

— Arrête, l'interrompit-il sans hausser le ton. J'ai compris ce que tu essaies de faire, et je veux que tu te calmes.

Elle cligna des paupières d'un air innocent, et Jack se tourna vers moi.

— Quand elle a évoqué ça au départ, ton cœur s'est emballé, et maintenant elle cherche à en rajouter pour qu'il batte plus vite. C'est ce qu'elle tente de déclencher.

— Il tambourine comme un papillon de nuit coincé dans un bocal, dit Violette, puis elle m'adressa un sourire mélancolique. Je ne peux pas m'en empêcher. Ce son est tellement beau.

— Je suis désolée.

— Tu n'as rien à te reprocher, me réconforta Jack doucement.

Je rougis et me blottis tout contre lui. Malgré l'obscurité des lieux, je percevais la lueur assoiffée dans les yeux de Violette lorsqu'elle me regardait. Jack ne laisserait rien m'arriver, et je ne crois pas qu'elle avait envie de me tuer. Mais elle voulait goûter mon sang, et c'était bizarre de le savoir.

— Est-ce que vous allez vous retirer dans l'une des pièces ?

Elle désigna d'un signe de tête les portes, et je me demandai où elles menaient.

— Je tuerais pour avoir ne serait-ce que la chance de mater, reprit-elle.

— Non, on reste ici, merci, répliqua Jack.

Violette garda les yeux braqués sur moi et se glissa près de Jack, jusqu'à plaquer son corps contre le sien. Il essaya de reculer, mais je me trouvais au bout du canapé et il avait peur de m'écraser.

— Tu es juste un petit bonbon, je me trompe ? me lança-t-elle avec un clin d'œil.

— OK, ça suffit, la plaisanterie, dit Jack.

Il se leva et m'entraîna à l'imiter.

— On n'a rien fait ensemble, sinon tu ne me rejetterais pas, lui annonça Violette avec un petit rire. Je suis capable de vous faire des choses, à tous les deux, dont vous osez à peine rêver.

— Oui, je rate une super occasion, rétorqua Jack.

Il me guida vers le bar, et j'entendis Violette ricaner dans notre dos.

— Excuse-moi. C'était une très mauvaise idée. Je ne suis jamais venu ici accompagné d'une humaine, et je ne savais pas vraiment à quoi m'attendre.

— Ce n'est pas catastrophique, affirmai-je.

Une fois que nous fûmes arrivés au bar, Jack me plaça devant lui, mon ventre plaqué contre le bois. Il se tint derrière moi, un bras de part et d'autre de mon corps. Les vampires l'avaient fait flipper. Il voulait m'entourer pour me protéger.

De façon étrange, je ne ressentais aucune angoisse, pourtant mes émotions avaient tendance à refléter les siennes. Cette pièce avait sur moi comme un effet tranquillisant.

Le barman vint prendre notre commande et lança un regard déconcerté à Jack.

— N'importe quelle boisson, la première qui te tombe sous la main, lui demanda Jack, ce qui ne fit qu'accentuer sa perplexité. Est-ce que tu as de la vodka ?

— Toutes les boissons légères sont là-bas, répondit le barman en indiquant la piste de danse. (Il me scruta, puis considéra de nouveau Jack.) Tu es vraiment certain de vouloir un verre ?

— Oui.

Comme le type ne me lâchait pas du regard, Jack ajouta :

— Elle n'est là que pour le plaisir des yeux.

— Si ça te chante, mon pote.

Le barman secoua la tête et s'éloigna pour aller chercher la boisson.

— Tu sais quoi ? Laisse tomber la commande, décréta Jack.

Il glissa un bras derrière moi et recula du bar.

— Qu'est-ce qu'il y a ? demandai-je.

— C'était stupide. On sort d'ici. (Il balaya la pièce des yeux, mal à l'aise, tandis qu'il m'entraînait ailleurs.) Tout le monde te dévisage comme si... je n'en sais rien.

Nous étions presque sortis et, une fois de retour vers la piste de danse, la musique couvrirait mes paroles. Je me figeai.

— Et Milo ?

— Je lui enverrai un message quand nous serons dehors, expliqua Jack.

— Il ne l'entendra pas. Le son est trop fort. Et même, il ne répondrait pas. Il s'éclate.

— Dans ce cas, il reste ici, et il téléphonera quand il sera prêt à partir.

— On ne peut pas le laisser ! insistai-je.

Milo avait beau être vampire, il demeurait mon petit frère et, pour moi, il était hors de question de l'abandonner lors de sa première virée nocturne.

Jack tenta de me raisonner, mais je lui lâchai brusquement la main et croisai les bras. Derrière nous, témoin de mon geste, la vampire vêtue de cuir noir avec la fille sur les genoux émit un sifflement sonore qui nous fit nous retourner.

— Sacré tempérament ! s'écria-t-elle avec un rire lent et décontracté, typique de ceux qui planent. Tu as du pain sur la planche avec elle, pas vrai ?

— Je me débrouille, répliqua Jack avant de me fusiller du regard. Alice...

— Je ne pars pas sans Milo, persistai-je.

— Eh bien, je ne te traîne pas sur la piste pour le chercher, dit-il en observant l'endroit bondé, les lèvres pincées.

Ce n'était pas si difficile de traverser la pièce, mais se frayer un chemin parmi la foule pendant un certain temps serait une autre paire de manches, avec tous ceux qui essaieraient de m'attraper.

— Si tu veux, je peux la surveiller, suggéra la vampire. Crois-moi, je sais à quel point c'est dur d'éloigner les mouches de la nourriture, précisa-t-elle en donnant une petite tape à la fille sur ses genoux.

— Garde-la à l'œil, et rien de plus, l'avertit Jack.

— Croix de bois, croix de fer, si je mens, je vais en enfer, dit-elle en se signant de son long index manucuré en noir.

— Je reviens tout de suite.

Il hésita avant de partir, puis posa les mains sur mes joues et m'embrassa brièvement sur la bouche. Le visage près du mien, il me murmura :

— Ne laisse personne te toucher.

— Je te le promets.

— Bien.

À contrecœur, il tourna les talons et disparut au milieu des corps qui se contorsionnaient sur la piste.

— Comment t'appelles-tu ? me demanda ma baby-sitter aux canines pointues.

— Alice.

Je m'efforçai de me concentrer sur elle et la fille plutôt que sur la pièce remplie de vampires qui me reluquaient.

— Moi, c'est Olivia, et voici Hannah, ajouta-t-elle avec un geste en direction de la fille sur ses genoux. Elle m'appartient.

— Félicitations, répondis-je sans conviction, ignorant les usages dans ce genre de situation.

— Merci, s'esclaffa Olivia. La situation est délicate entre lui et toi, dit-elle avec un signe de tête vers la porte que Jack venait de franchir. Pourquoi il ne t'a pas transformée ?

— C'est compliqué.

Je me frottai les bras. La fille bougea, et Olivia lui caressa les cheveux pour l'apaiser.

— Pourquoi tu n'as pas transformé Hannah ? demandai-je.

— Sinon, je n'aurai plus aucune raison de la garder, rétorqua Olivia en accordant tout de même un coup d'œil affectueux à la fille. Tu connais le dicton : « Pourquoi acheter la vache quand on peut obtenir le lait gratuitement ? » Eh bien, si j'achetais la vache, je n'aurais plus du tout de lait.

Elle ne voulait Hannah que pour son sang, rien d'autre.

— Alors pourquoi tu penses qu'il devrait me changer en vampire ?

— Il t'aime, répliqua-t-elle, visiblement surprise. Tu dois être au courant. (Je me tortillai, mal à l'aise, mais restai muette.) Et je parie qu'il ne boit pas de lait non plus.

Elle plissa ses yeux bouffis, me jaugeant réellement pour la première fois.

— À coup sûr, tu es vierge dans tous les sens du terme.

— Pas complètement, la défiai-je, le menton relevé, comme si je le lui avais prouvé d'une certaine manière.

— Il ne t'a jamais mordue ?

— Il m'a goûtée.

Cette révélation lui fit écarquiller les yeux.

— Et il ne t'a pas mordue ensuite ? (Elle était à la fois stupéfaite et sceptique.) Waouh ! il sait se contrôler. Mais ce n'est qu'une question de temps avant qu'il commette un faux pas et, après s'être autant contenu, il ira bien trop loin.

— Nous maîtrisons les choses, affirmai-je sans grande conviction.

— Salut, ma jolie, résonna une voix grave dans mon dos.

Je fis volte-face et me retrouvai nez à nez avec le vampire qui m'avait touché le bras sur la piste de danse. Il me dévisagea de ses yeux noirs étincelants. Une mèche de ses cheveux noirs retomba sur ses épaules, et il la repoussa. Je fus désagréablement surprise par ses ongles trop longs, du moins pour un homme.

— C'est Alice! l'informa Violette en accompagnant sa présentation de son rire haut perché et pétillant.

D'un bond, elle quitta le canapé et sauta vers nous, s'arrêtant si près de lui qu'ils se frôlaient presque.

— Elle est adorable, n'est-ce pas?

— Mignonne comme tout, roucoula-t-il avec un accent traînant du Sud qu'il exagéra.

Son intonation me rappela la façon dont Hannibal Lecter se moque de Clarice Starling dans *Le Silence des agneaux*. Il inspira profondément en se penchant plus près de moi, mais, incapable de penser, je n'eus pas le réflexe de reculer.

— Respire, ma belle, m'ordonna-t-il.

À ces mots, j'ouvris la bouche et remplis mes poumons d'un oxygène précieux. Ce qu'il m'avait fait était bien pire que ce que provoquait Peter chez moi. Mon esprit était moins embrumé, mais mon corps semblait paralysé, et je me retrouvai dans l'impossibilité de respirer, de ciller ou de bouger.

— Tu es trop mignonne! s'écria-t-il avec un sourire vorace, et Violette pouffa à côté de lui.

— Oh, laisse-la tranquille! le menaça Olivia.

Sa voix avait gagné en force et perdu son côté lascif tandis qu'elle me défendait.

— C'est une gamine, poursuivit-elle, et son petit ami est dans la pièce voisine.

— De quoi je me mêle? demanda-t-il en la regardant par-dessus mon épaule, une lueur de rage primitive dans les yeux.

— Il l'a chargée de la surveiller, l'informa Violette avec un sourire en coin. Il l'a laissée toute seule, ajouta-t-elle en se penchant vers lui.

— Qu'est-ce que tu veux ? lançai-je lorsque j'eus retrouvé ma voix.

— Tu as tellement peur !

Cette réalité l'amusait beaucoup trop, et semblait quelque peu l'émoustiller.

— J'aimerais qu'on soit amis. Violette, toi et moi, précisa-t-il en ouvrant les bras, comme s'il s'attendait à ce que je m'y précipite. Pour te mettre à l'aise, je vais me présenter. Je m'appelle Lucian.

— Ce n'est pas son vrai nom, confessa Violette. En fait, c'est Hector, mais c'est beaucoup moins décadent.

Il la foudroya du regard. Elle recula, mais se força à me sourire.

— Fais-moi confiance, ma douce, plus vampire que lui, tu meurs, souligna-t-elle.

— Moi aussi, l'interrompit Olivia. Pourquoi n'iriez-vous pas tous les deux vous attaquer à quelqu'un avec qui vous aurez vos chances ? Cette fille n'ira nulle part avec vous.

— La vieillesse t'a rendue sénile, Olivia, aboya Lucian. Parce que je n'ai jamais mentionné qu'on voulait bouger. On veut seulement avoir une petite discussion amicale. N'est-ce pas, Alice ?

— Ça ne me dit pas trop, répondis-je.

Mon cœur battait de manière irrégulière et bien trop rapide. D'après la façon dont Violette et Lucian me contemplaient en clignant des yeux, je compris qu'ils y étaient sensibles.

— Mon Dieu ! c'est superbe, chuchota Lucian d'une voix presque inaudible. C'est si délicat et si effréné. Comme une mouche piégée dans une toile d'araignée, battant éperdument ses minuscules ailes... mais qui ne peut s'échapper.

— Vous êtes doués pour les métaphores liées aux insectes, murmurai-je.

— D'ailleurs, bienvenue sur ma toile, comme dirait l'araignée.

Lucian sourit et me dévoila sciemment ses crocs. Comme chez Violette, ils étaient plus pointus et plus grands que ceux de Jack, et d'autant plus effrayants.

— Mon petit copain est juste à côté, et il va vous tuer, les menaçai-je, le souffle court. Il a chargé Olivia de veiller sur moi, et elle prend cette responsabilité très au sérieux.

— Cette vieille sorcière droguée ? s'esclaffa Lucian avant de se pencher vers moi. Elle ne fera rien du tout. Si ton petit ami tenait vraiment à toi, il ne t'aurait jamais amenée ici. À mon avis, il voulait que cela se produise.

— C'est faux, répliquai-je.

Je le vis poser le regard sur ma gorge tandis qu'il s'approchait encore plus près de moi.

— Oh, Alice, on est bien loin du pays des merveilles, cette fois-ci, susurra-t-il.

Je fermai les yeux.

— Lucian ! cria Olivia. Oh, Hannah, bouge, veux-tu ?

Un instant après, elle apparut près de moi.

— Je vous ai demandé de dégager !

— Olivia, Olivia, dit Violette, qui s'écarta de nous pour s'occuper d'elle.

Lucian se redressa, mais ne s'éloigna pas de moi.

— N'es-tu pas lassée de cette vieille poche de sang que tu trimballes partout en permanence ?

— Violette, pas maintenant, rétorqua Olivia, manifestement dégoûtée. J'essaie d'empêcher cette fille de tomber dans vos filets. Elle ne vous appartient pas. Il y a plein d'autres filles ici sur lesquelles vous pouvez vous acharner.

Violette la regarda en battant des cils et frotta lascivement son bras contre le sien.

—Je suis là moi aussi, Olivia. Je sais que tu te balades toujours avec tes petites poupées. C'était quand, la dernière fois que tu as été avec une vraie femme ?

Violette réussit à distraire brièvement Olivia. Il n'en fallut pas plus à Lucian, qui m'enveloppa de ses bras puissants, me serrant si fort que je n'arrivais plus à respirer, bouger, ou même hurler.

Il m'emporta si vite que cela me donna la nausée. Le vent me fouetta les cheveux. Il me maintenait le visage plaqué contre les muscles fermes de son torse. S'il ne me lâchait pas rapidement, j'allais étouffer.

Chapitre 14

Le vampire me relâcha et, dès que je pus respirer, je me mis à crier.

Lucian venait de me faire lourdement tomber sur le sol en ciment d'un couloir étroit et mal éclairé. Il s'étala par terre à un mètre de moi, et je vis Jack dressé entre nous. De l'autre côté du corps, Milo bloquait la porte qui débouchait sur l'intérieur de la boîte, d'où nous venions et, derrière lui, Olivia grognait.

— Lève-toi, ordonna Jack.

Sa voix tremblait à cause de ses efforts pour se contenir. Lucian bondit sur ses pieds.

— Décampe avant que je t'arrache la gorge, ajouta Jack.

— Tu n'aurais jamais dû l'amener si tu n'avais pas envie de la partager ! s'écria Lucian d'un ton presque plaintif.

Milo commença à avancer vers lui, mais Olivia le saisit par les bras pour le retenir. Lucian se faufila devant eux et s'éloigna à toute vitesse.

L'espace d'une seconde, Jack le suivit d'un regard furieux mais, tandis qu'Olivia maîtrisait encore Milo, il se retourna et s'agenouilla près de moi. Il me toucha le front et souffla difficilement. Péniblement, il détacha ses yeux des miens pour m'inspecter des pieds à la tête. Sa respiration était saccadée, et il émanait de lui une panique assortie d'une soif que je ne comprenais pas.

— Ça va ? s'enquit-il.

— Oui, acquiesçai-je. Et toi ? Qu'est-ce qui se passe ?

— Je vais bien.

Sa main trembla lorsqu'il l'ôta de mon front, et je remarquai une tache sombre sur ses doigts.

— Tu saignes.

— Oh non ! murmurai-je.

— Alice… tu me fais confiance ? me demanda-t-il, les yeux plongés dans les miens.

Je hochai la tête.

— Bien.

Il se pencha sur moi et, délicatement, me déposa un baiser sur le front.

Milo poussa un cri de protestation, mais Olivia le maintenait. Je sentis les douces lèvres de Jack sur ma plaie, et ce simple contact me donna des frissons de plaisir. Il me désirait à un tel point que c'en était presque insupportable. Je gémis, et Jack recula dans un sursaut, haletant, le souffle rauque.

— Qu'est-ce que tu as fait ? s'écria Milo.

— Il fallait qu'elle cesse de saigner !

Jack se lécha les lèvres en me lançant un regard avide.

— Ma salive va accélérer la cicatrisation, précisa-t-il.

— Faites-la sortir par la porte de derrière, ce sera plus facile que de repasser par le club, leur conseilla Olivia d'une voix très soucieuse.

Quant à moi, je n'éprouvais aucune inquiétude ni aucune peur. La soif de Jack occultait toutes mes autres émotions et, de façon irréfléchie, je voulais lui rendre la pareille.

Je m'assis, appuyée au mur, vaguement consciente d'un mal de tête lancinant. Jack s'accroupit en face de moi, le dos plaqué contre la paroi opposée. Il ne me quittait pas des yeux. Il employait toute sa volonté à ne pas bouger, et je souhaitais qu'il cède.

— Jack ! s'exclama Milo.

Mon frère m'agrippa le bras pour m'obliger à me lever, déclenchant chez moi une douleur horrible. Il ne mesurait pas encore toute l'ampleur de sa nouvelle force, et il avait bien failli me casser le bras en deux.

— Pardon, bredouilla Jack en se mettant debout.

Milo était parvenu à nous sortir de notre état de transe, mais nous étions encore tous les deux plutôt sonnés.

— On doit filer d'ici, annonça Milo en jetant un coup d'œil par-dessus son épaule.

— Oui, tu as raison, c'est vrai, acquiesça Jack, qui resta toutefois immobile.

Il se contentait de me regarder fixement, l'air hagard, et secoua la tête pour retrouver ses esprits.

— Je, euh… je ne sais pas où est la porte de derrière.

— Bon Dieu ! lança Olivia en levant les yeux au ciel.

Elle se faufila entre nous, et ses longs cheveux soyeux frôlèrent ma peau.

— Relève la fille. Il n'y a pas de temps à perdre.

Elle était déjà devant nous, évoluant d'un pas léger malgré ses cuissardes.

Je n'arriverais pas à suivre son rythme, et je m'apprêtais à le dire lorsque Milo tenta de passer ses bras autour de moi. Au même moment, Jack voulut faire la même chose, et ils se percutèrent.

— Je m'en occupe.

Jack me ramassa avant que Milo puisse l'en empêcher.

— Fais attention, le prévint mon frère.

Dès qu'il me porta dans ses bras, Jack fonça à toute allure derrière Olivia. Nous traversâmes en courant des corridors tortueux qui semblaient former un labyrinthe compliqué en sous-sol. Du moins était-ce ce que j'en déduisais car, la plupart du temps, nous étions plongés dans l'obscurité la plus totale.

Soudain, nous franchîmes violemment plusieurs lourdes portes. Nous étions dehors, devant quelques marches en béton qui montaient vers le trottoir.

Une fois en haut, Jack me reposa et je regardai autour de moi. Je distinguai l'auvent et l'enseigne lumineuse du *Bar Fly*, mais nous étions cachés dans une ruelle, près d'une cage d'escalier que je n'avais jamais remarquée auparavant.

Olivia nous attendait, les bras croisés, ce qui faisait ressortir sa poitrine plantureuse. Son visage était éclairé par la lumière de la pleine lune entre les immeubles. Elle était encore plus belle que je l'avais cru.

— Merci, lui dit Jack.

Il s'écarta un peu de moi, parce qu'il n'était pas sûr de pouvoir se contenir.

— Tu dois te montrer plus prudent, le réprimanda-t-elle. Qu'est-ce qui t'a pris de l'amener ici ?

— Je l'ignore. (Il se gratta le crâne et baissa les yeux au sol.) Je ne suis jamais venu accompagné, et les filles que j'ai rencontrées ici ne m'ont jamais semblé en danger.

Olivia regarda Jack comme s'il était stupide.

— C'est parce que ce sont des prostituées.

Pour toute réaction, il donna un coup de pied dans une bouteille vide.

— Elles se laissent mordre ! précisa-t-elle. Si tu avais accepté de la partager, tu n'aurais sûrement eu aucun problème.

— Qu'est-ce qui s'est passé à l'intérieur ? demanda Milo.

— Je ne sais pas exactement, répliquai-je en secouant la tête. Ce sont ces deux vampires, Violette et Lucian... Ils étaient attirés par moi et, quand Jack est parti te chercher, ils m'ont sauté dessus.

— Qu'est-ce que tu fichais ? s'enquit Jack en levant le regard vers Milo. Tu avais disparu.

— Je dansais. Je ne me doutais pas qu'on allait devoir s'enfuir en courant au bout de dix minutes parce que tu ne t'étais pas rendu compte que venir avec une humaine dans un bar de vampires était une idée débile !

— Vous réglerez vos comptes plus tard, les interrompit Olivia. Vous feriez mieux de partir.

— Oui, tu as raison, confirma Jack. Merci. Je te suis plus que reconnaissant pour ce que tu as fait ce soir.

— Ouais, eh bien, tu vois, j'ai connu ça, moi aussi, répondit-elle avec un haussement d'épaules, mais ses traits se durcirent. Tu dois te dépêcher de la transformer, sauf si tu es prêt à l'enterrer.

— C'est compliqué, rétorqua Jack d'un ton exaspéré.

Je savais que le sujet était aussi sensible pour lui que pour moi.

— Peut-être, mais la mort ne l'est pas. À présent, déguerpissez, ajouta-t-elle en nous indiquant le bout de la ruelle.

— Merci, répéta Jack.

— Merci, repris-je.

— Prends soin de toi, petite.

Olivia m'adressa un sourire, puis descendit les marches pour plonger dans les ténèbres et retourner dans le club secret.

Tandis que nous avancions vers la voiture, Jack me prit la main. L'heure de la fermeture approchait pour toutes les boîtes du centre-ville, et les rues étaient plus fréquentées. Milo et Jack m'encadraient. Mon frère balayait la foule des yeux, comme si un vampire allait nous attaquer dans cet endroit bondé.

Tous les deux gardèrent le silence jusqu'au véhicule.

— Bien, c'était sympa, soupira Milo en se calant sur son siège.

— Je suis sincèrement navré, s'excusa Jack en démarrant, évitant mon regard. J'aurais dû m'en douter.

— Ce n'est pas grave, le rassurai-je. Personne n'a rien. Et c'était une soirée très instructive. Vois le bon côté des choses.

— Il existe des moyens moins dangereux d'apprendre, souligna Jack.

— Je me suis carrément éclaté ! s'exclama Milo. Enfin, jusqu'au moment où Alice a failli se faire massacrer. Ça, ce n'était pas marrant. Mais, d'un autre côté, ça m'a plu de partir en courant. J'ai eu l'impression d'être dans la peau de Matt Damon.

— Qu'est-ce qu'il fuit, Matt Damon ? demandai-je en me retournant vers lui, mais il se contenta de me décocher un sourire stupide.

— Je n'en ai aucune idée, mais je me suis senti comme lui, dit-il en haussant les épaules.

Sa personnalité avait connu un revirement total. Avant, il avait peur ou s'angoissait au moindre de mes actes mais, là, j'avais frôlé la mort, et voilà qu'il en plaisantait sur le trajet du retour. Il avait conservé sa gentillesse et son côté geek, mais son sentiment d'insécurité et sa paranoïa s'étaient envolés.

— L'avantage, c'est que tu es venue en pyjama à la maison, fit remarquer Jack tandis qu'on s'en approchait.

— Pourquoi ?

— Parce que tu vas dormir chez nous cette nuit. (Il déglutit avec difficulté et me regarda du coin de l'œil.) Je veux que tu restes. D'accord ?

— OK, acquiesçai-je.

— Chouette, une soirée pyjama ! blagua Milo, mais Jack ne daigna pas sourire.

La nuit l'avait réellement éprouvé. Outre tout ce qui s'était produit, il n'avait pas hâte de fournir des explications à Mae. J'appréhendais aussi cet instant, alors que je n'avais rien à me reprocher. Jack non plus, d'ailleurs, mais ni lui ni Mae n'envisageraient la situation sous cet angle.

Elle le sermonna à propos de son imprudence, puis pleura à l'idée de ce qui aurait pu m'arriver. Elle me prit dans ses bras sur la musique d'Etta James. Jack se cachait, et Milo s'efforçait de détendre l'atmosphère.

Tout le monde finit par se doucher avant de se coucher. Je ne sais pas comment ils dormirent, mais mon sommeil fut agité, peut-être à cause de l'adrénaline de la soirée, ou de toutes les nouvelles questions qui se bousculaient dans mon esprit.

Après avoir vu autant de superbes vampires, j'étais persuadée que Jack avait forcément eu des rapports avec une ou deux d'entre elles, pour le sexe ou le sang.

Comme Mae l'avait souligné avant notre départ, les vampires et les hommes n'avaient qu'une chose en tête. Même si elle avait sous-entendu que les vampires ne voulaient que du sang, Jack ne pouvait pas complètement occulter sa part masculine.

Cela n'aurait pas dû m'atteindre puisque je ne sortais pas avec lui et, même si c'était le cas, de l'eau avait coulé sous les ponts depuis. Si c'était récent, cela avait eu lieu avant notre rencontre et, comme il n'était pas devin, je ne pouvais pas lui en tenir rigueur.

Mais j'étais vierge sur presque tous les plans, sauf la fois où Peter m'avait mordue et celle où Jordan m'avait pelotée. La perspective de fréquenter une personne beaucoup plus expérimentée que moi dans ce domaine m'intimidait.

De plus, Jack avait goûté mon sang au club et fait naître en moi un désir persistant qui me torturait. Je finis par céder et quitter mon lit.

Comme Milo occupait la chambre voisine, je pris soin de sortir de la mienne sur la pointe des pieds, même si ce n'était pas nécessaire. En effet, son ouïe s'était grandement développée, ce qui le gênait pour dormir : il avait donc un générateur de bruit blanc avec lui.

Il était plus de 7 heures, mais tous les stores de la maison étaient fermés, de sorte que la lumière naturelle ne filtrait pas. Toutes les pièces étaient plongées dans le noir le plus complet, sauf la chambre de Jack, dans laquelle ils avaient installé une veilleuse pour moi.

Je descendis l'escalier en silence, même si je me cognai les orteils à trois reprises. Comme je ne pouvais pas aller plus loin sans aide, j'appuyai sur l'interrupteur en bas des marches pour éclairer la cuisine et me rendis dans le salon.

La faible lueur n'eut aucun effet sur Jack. Il était allongé sur le canapé, pelotonné sous une couette de couleur sombre. Matilda, qui somnolait par terre à côté de lui, leva la tête lorsque j'entrai et butai sur sa queue.

—Jack? chuchotai-je. Jack?

—Quoi? marmonna-t-il en remuant la tête sur l'oreiller.

Il prit conscience que quelqu'un lui parlait, ouvrit les yeux et me dévisagea.

—Alice? Tout va bien?

—Oui, tout va bien. C'est juste que je n'arrive pas à dormir, expliquai-je en m'asseyant à l'extrémité du canapé, près de ses pieds.

—Ah bon? (Il changea de position pour pouvoir me regarder plus confortablement.) Pourquoi?

—Je ne sais pas, dis-je en me penchant en arrière et en remontant les genoux contre ma poitrine.

—C'est à cause de ce qui s'est passé cette nuit?

Je ne répondis pas immédiatement.

—Alice, tu n'as rien à craindre, poursuivit-il. Ils ne te feraient jamais de mal, pas en dehors de cette boîte en tout cas, et on n'y retournera jamais.

—Non, ce n'est pas ça. (Je secouai la tête.) Je n'ai pas peur. Enfin, pas de ça. Je suis sûre que Milo et toi ne laisserez rien m'arriver, et puis, de toute façon, ces vampires avaient l'air minables.

— Ils le sont, reconnut Jack avec sérieux. Qu'est-ce qui t'effraie alors ?

— Aucune idée, soupirai-je, m'efforçant d'organiser mes pensées. Peut-être que « peur » n'est pas le terme exact. Je... Est-ce que tu en connais ? Est-ce que tu avais déjà rencontré certains des vampires présents là-bas ?

— Non, je ne crois pas. J'en avais croisé quelques-uns, mais je ne suis proche d'aucun. Ce n'est pas vraiment le genre d'individus que je fréquente.

Il s'appuya davantage sur son coude. Malgré l'obscurité, je lus de l'inquiétude et de la perplexité sur son visage.

— Qu'est-ce que tu essaies de découvrir ?

— Je ne sais pas. Toutes ces vampires... elles étaient si... séduisantes. Olivia ressemble à une déesse, et même le maquillage grotesque de Violette ne masque pas sa beauté.

— Oh ! stop, dit-il en levant les yeux au ciel quand il comprit. Elles m'ont à peine regardé. En plus, c'est toi qui as attiré toute l'attention.

— Ça n'a rien à voir, rétorquai-je en balayant son argument d'un geste. Et je ne me plaignais pas du fait qu'elles te draguent. Je me demandais... si tu...

Mal à l'aise, j'ignorais comment exprimer mes sentiments.

— Quoi ? me pressa Jack. Je pense que Violette avait raison. Il se peut qu'on se soit déjà vus mais, tout ce qu'elle t'a raconté ensuite, c'était pour t'énerver. Il n'y a jamais rien eu entre nous.

— Je sais.

Je frissonnai légèrement. Finalement, porter ce boxer comme pyjama n'était peut-être pas très judicieux.

— Prends un peu de la couette, me suggéra-t-il.

Il la poussa dans ma direction avec ses pieds, et je me rapprochai de lui pour me blottir dessous. Lorsque je sentis sa jambe frôler ma cuisse, je décidai que j'étais suffisamment près.

— Voilà pourquoi je ne mets pas ce pyjama dans cette maison.

— D'où l'invention des couvertures, gloussa Jack.

— Pourquoi tu t'en sers, d'ailleurs ?

Il me dévisagea comme si j'étais débile.

— Non, je veux dire, vous préférez la fraîcheur. Pourquoi avez-vous besoin de vous couvrir ?

— Par habitude, j'imagine, m'expliqua-t-il en haussant les épaules. Je ne sais pas trop, je n'y ai jamais vraiment réfléchi. Je le fais machinalement quand je me couche. Pourquoi ? Ça te dérange ?

— Pourquoi ça m'embêterait ?

— Je l'ignore ! Comme pour tout ce qui te perturbe ! soupira-t-il.

— Si tu le dis. Au contraire, tu devines tout parfaitement.

Même si je n'avais presque plus froid, je ramenai la couette jusqu'à mon cou.

— Bon, très bien, dit-il en se frottant l'arête du nez. Qu'est-ce qui te tracasse à propos de cette soirée ? Où veux-tu en venir au juste ?

— Je ne...

Je me décidai à cracher le morceau.

— As-tu couché avec certaines de ces vampires ?

— C'est donc ça ?

— Oui, avouai-je, m'empourprant face à son air surpris.

Manifestement, il trouvait ma question stupide, mais je ne voyais pas en quoi.

— Je veux dire... tu as... tu es toujours... je ne sais pas. (Je me blottis davantage sous l'édredon. J'aurais voulu disparaître.) Est-ce que les vampires ont une vie sexuelle ?

Jack rit et se redressa un peu.

—Oui. Ils en ont une. Et moi aussi. J'ai eu des partenaires en tant qu'humain comme après ma transformation, mais certainement moins que ce que tu crois.

—Je n'ai pas fait d'estimations, en fait, avouai-je. À combien je pense, à ton avis ?

J'hésitais entre une fois et un million, mais aucun chiffre ne me paraissait approprié.

Il riva son regard franc au mien.

—Est-ce que tu as réellement envie d'avoir cette conversation avec moi ? Pas de souci de mon côté si c'est ce que tu souhaites, mais… tu es sûre de vouloir aborder le sujet ?

—J'ignore tout de ta vie sentimentale, et j'aimerais la connaître, répondis-je en le scrutant par-dessus le drap marron.

—Cependant, on dirait que ça te terrorise.

—Parce que je me demande ce que je vais apprendre.

Nos regards se croisèrent un instant, puis je baissai les yeux.

—Ce n'est pas dramatique, me rassura-t-il.

Pourtant, mon estomac se noua un peu plus. Cette discussion le rendait nerveux, ce qui ne m'aidait pas.

—Bon, est-ce que tu peux me donner une fourchette ? demandai-je.

—Oh, grommela-t-il. Je ne suis pas certain.

—Pourquoi ?

—Parce que ce serait trompeur.

—Comment ça ?

Je levai un sourcil interrogateur, et il s'affala sur le canapé.

—D'accord, céda-t-il.

Il poussa un soupir et se passa la main dans les cheveux.

—En fait, je suis sorti avec la même fille de quatorze à vingt ans. Je n'ai fréquenté qu'elle pendant tout le lycée. Après notre rupture, je me suis mis avec une autre pendant quatre mois, et c'est tout. Pour ma vie de mortel, je veux dire. J'avais une foule d'amies, mais c'était platonique. Je n'ai eu que deux relations en tant qu'humain.

— Et ensuite ? insistai-je, angoissée.

— Quand je suis devenu vampire… soudain, j'ai attiré des filles sexy, et même des vampires séduisantes. Tu es bien placée pour savoir qu'au début on a beaucoup de mal à résister à leur charme.

Il se gratta la tête et se tortilla, mal à l'aise.

— Tu te rappelles qu'on t'a expliqué qu'au départ la faim est exacerbée ? Par exemple, Milo croit qu'il a besoin de s'alimenter toutes les heures alors que c'est inutile ? Et comme on est à fleur de peau ? Eh bien…

Il laissa sa phrase en suspens.

— Non, je n'ai pas envie d'en parler, décréta-t-il en se frottant l'œil et en secouant la tête. Ce n'est pas énorme. Je te le jure. Mais je ne veux pas que tu me juges là-dessus. Parce que je ne suis pas comme ça. Et je ne l'ai jamais été. En tant qu'homme, j'ai toujours couché seulement avec mes petites amies et, depuis quatorze ans, je n'ai presque rien fait. Je refuse que tu te forges une opinion sur ma première année de vampire, alors que j'étais jeune et con. OK ?

— Ça me fait encore plus flipper que si tu me révèles la vérité. Est-ce que c'est un millier de filles ?

— Non, mon Dieu, pas du tout ! s'écria-t-il, les yeux écarquillés. Peut-être… une vingtaine. Je dirais quinze humaines et six vampires. À peu près. Je pense. Je suis désolé, bredouilla-t-il, les joues rouges de honte. Je suis navré. Je ne… je ne sais pas. (Il détourna le regard et fit « non » de la tête.) J'ai changé. C'était simplement ma façon d'endosser ma nature de vampire, et je me sentais cool et sexy comme jamais.

— Je vois, déclarai-je avant d'avaler péniblement ma salive.

Ce n'était pas catastrophique, mais j'avais espéré moins. Moins de cinq aurait été un chiffre acceptable selon moi.

— Je suis sincèrement désolé.

— Non, ça va. Tu n'as pas à t'excuser. Tu n'as rien fait de mal.

Je croisais les bras, incapable d'affronter son regard.

— Alors… est-ce que… tu as entretenu des relations sérieuses depuis que tu es un vampire ?

— Plus ou moins, une fois, répondit-il, visiblement plus à l'aise. Il y a deux ans. Mais à part ça, au cours des quatorze dernières années, je suis resté chaste. Je crois que ça doit entrer en ligne de compte.

— Hmmm. (Je me refusai à confirmer ou à démentir ses paroles, parce que j'étais indécise sur ce point.) Pourquoi as-tu arrêté ?

— Arrêté quoi ?

— Tu as couché avec plein de filles, puis tu as arrêté. Pour quelles raisons ?

Je m'efforçai de me rappeler que c'était longtemps auparavant, et qu'il s'était calmé. Il n'était plus ce genre de play-boy fortuné qui sortait et se tapait des filles superbes juste parce qu'il en avait la possibilité.

— Je me suis lassé. Cela ne me correspondait pas, et je culpabilisais, précisa-t-il en haussant les épaules. Et toi ? Quel est ton vécu ?

— Je n'en ai pas.

Il éclata de rire.

— Quoi ? rétorquai-je. Je t'assure !

— Vraiment ? (Il me lança un regard sévère.) Parce que l'autre soir, quand je suis venu te récupérer, tu étais en pleine séance de pelotage avec un mec.

— Eh bien, ça se résume à ça. Je n'ai rien de plus à raconter.

Je grimaçai à la simple évocation de ce moment. Cela me paraissait encore plus affreux d'en parler sans être soûle.

Malgré le caractère flou de ma relation avec Jack, j'avais l'impression de l'avoir trompé. C'était un acte stupide et absurde. Je me jurai de ne plus jamais boire d'alcool.

— Tu n'avais jamais embrassé un garçon avant ça ? Enfin, à part moi… ou Peter.

Il était sceptique, et mon hésitation le rendait nerveux, mais il ne comprenait pas qu'il n'y avait vraiment rien à ajouter.

— Non, j'en avais déjà embrassé plusieurs, reconnus-je. Mais c'est toujours le même topo : je vais à une fête avec Jane, et je tombe sur un type à qui je roule quelques pelles. Je n'ai jamais dépassé ce stade. J'ai embrassé deux ou trois mecs quand j'étais un peu ivre. Voilà.

— Vraiment ?

Jack était passé du doute à la stupéfaction.

— Pourquoi est-ce si difficile à croire ?

— Je ne sais pas. (Il se laissa aller sur le canapé en fronçant les sourcils.) Je suppose que je dois être objectif.

— Qu'est-ce que tu veux dire ?

Je me tournai un peu plus vers lui, pressant doucement mon genou contre sa jambe.

— Eh bien…

Il partit d'un petit rire nerveux qui résonna tout de même de manière parfaite et provoqua comme toujours des frissons de plaisir en moi.

— Par exemple, ce soir, quand tu es entrée dans ce club, tout le monde s'est retourné vers toi pour te contempler. Tu es irrésistible.

— Ça ne compte pas. C'est seulement à cause de mon sang.

Dès que ces mots franchirent mes lèvres, un douloureux éclair de vérité me frappa. Mon cœur se serra et mon visage blêmit.

— Quoi ?

Il s'approcha de moi, hésitant à me toucher pour me consoler, de peur d'empirer la situation.

— C'est mon sang. (Je me mordis l'intérieur de la joue tout en y réfléchissant.) C'est ça, hein ? C'est pour ça que tu…

Jack était attiré par moi pour la même raison que Peter l'était, mais à un tout autre degré. Et, contrairement à Peter, qui garderait un lien indéfectible avec moi, celui que Jack éprouvait disparaîtrait presque complètement lorsque je deviendrais vampire. Mon sang cesserait de sentir aussi bon, et je n'aurais plus aucun attrait pour lui.

— Tout est à cause de son parfum et de son goût, et de mes foutus battements de cœur !

Jack eut l'air blessé.

— Non ! Non ! Ça n'a aucun rapport avec mes sentiments pour toi !

— Je suis arrivée dans une pièce bondée de personnes superbes, et elles se sont toutes tournées dans ma direction, alors que je suis banale et ordinaire.

Une affreuse boule dans la gorge m'empêchait presque de parler.

— La seule chose qui les fait craquer chez moi, et c'est pareil pour toi, c'est mon sang.

— Alice !

Il s'assit et riva ses yeux aux miens.

— Bon, OK, tu veux la vérité ? Oui ! le vampire que je suis désire ton sang, plus que tu peux l'imaginer. Mais, si c'était tout, je t'aurais déjà mordue depuis longtemps, ou je t'aurais oubliée. J'ai déjà connu la faim et goûté à meilleur que toi, d'accord ? Tu es peut-être comme un bon vin dans le royaume des vampires, mais tu n'as rien d'unique et tu n'es certainement pas la plus exceptionnelle en rayon.

— C'est censé me réconforter ? Parce que, si oui, c'est raté, marmonnai-je.

Il fit « non » de la tête.

— Je t'explique simplement que ton sang n'est pas si fabuleux, affirma-t-il. Ce n'est pas le seul élément qui me lie à toi. Sinon, je ne voudrais pas que tu deviennes l'une des nôtres à ce point et, pourtant, j'ai hâte. C'est toi qui es extraordinaire, pas ton sang.

— Tu es réellement pressé que je me transforme ?

Je lui lançai un regard plein d'espoir en me mordillant la lèvre.

— Tu plaisantes ? (Il rit.) Je meurs d'envie de t'embrasser.

— Les humains sont aussi capables d'embrasser que vous.

Je me penchai vers lui. Il ne vint pas à ma rencontre, mais ne recula pas non plus. Sa respiration était plus profonde. Nos regards se croisèrent. Il guetta un signe de résistance de ma part.

Il posa la main sur ma joue et le pouce près de ma bouche, puis se pencha vers mes lèvres. Le baiser se voulait sûrement doux et bref mais, chaque fois qu'il me touchait, quelque chose d'incontrôlable s'enflammait en moi. J'entourai son cou de mes bras et l'embrassai avec avidité, savourant le mouvement effréné de sa langue contre la mienne.

De merveilleux picotements me parcoururent et des papillons me chatouillèrent l'estomac. Il s'assit de nouveau sur le canapé, et je vins m'installer à califourchon sur ses genoux. De ses mains brûlantes, il me caressa tout le corps.

Il m'embrassait avec passion, comme s'il avait peur que tout s'arrête. Je glissai la main dans ses cheveux, l'attirant le plus possible contre moi.

J'interrompis notre baiser juste le temps de lui enlever son tee-shirt. Il m'interrogea du regard, mais je plaquai mes lèvres sur les siennes avant que l'un de nous puisse réfléchir. Je me pressai contre lui, et ses doigts s'enfoncèrent avec avidité dans ma chair.

Malgré le brouillard de mon esprit et l'excitation, je me rendis compte que nous pouvions être encore plus proches, de deux manières différentes, qui me faisaient toutes les deux bien trop envie pour les refuser. D'après la façon dont il m'embrassait dans le cou, je savais laquelle était la plus forte pour lui mais, de mon côté, je préférais celle qui serait moins susceptible d'entraîner notre mort.

Je passai les doigts sous l'élastique de son caleçon, et il poussa un gémissement de surprise.

Chapitre 15

— Navré de vous déranger, mais je voulais vous prévenir que j'étais rentré.

La voix grave d'Ezra venait de résonner dans la pièce, et mon cœur faillit s'arrêter. Je jetai un coup d'œil par-dessus mon épaule et le vis sur le seuil du salon.

— Et merde ! grogna Jack.

Nous avions cessé de nous embrasser, et il me laissa descendre de ses genoux. Il nous enveloppa tous les deux sous les couvertures en gardant son bras autour de moi. Bien serrée contre lui, je m'enfouis la tête dans son épaule et tentai de me cacher sous la couette.

— Est-ce que tu cherches absolument à la faire tuer ? demanda Ezra d'un ton las.

En guise de réponse, Jack baissa les yeux au sol. Ezra éclaira la pièce, puis s'approcha et prit place dans le fauteuil en face de nous. Il se cala contre le dossier et croisa les jambes.

— Alors ? lança-t-il, le regard braqué sur nous.

— Quoi ? répliqua Jack.

Je me blottis encore plus serrée contre lui.

— J'attends que tu m'expliques ce qui te prend. (Ezra posa la main sur le menton, et scruta Jack avec gravité.) Où crois-tu que tout cela va vous mener ?

— Je… je n'en sais rien, bredouilla Jack en se frottant la nuque. Je n'y ai pas vraiment pensé. On s'amusait, rien de plus.

— C'est donc ton argument pour ça et pour l'avoir amenée au club ?

Jack hocha la tête.

— Je vois, reprit Ezra.

— Ce n'était… (Jack me désigna d'un geste, puis se mit à bafouiller.) Ce n'était rien. Je veux dire, je maîtrisais la situation.

— Jack, je suis désolé de te l'apprendre mais, dès qu'Alice est impliquée, tu ne contrôles plus rien, lui annonça sèchement son frère. Franchement, que penses-tu qu'il se serait produit si je n'étais pas arrivé ? Tu crois que tu aurais pu t'arrêter ?

Jack tressaillit et s'éloigna de moi.

— J'ai déconné, soupira-t-il. Je comprends. Je fais toujours tout foirer. Inutile de remuer le couteau dans la plaie.

— C'est ce que tu crois que je fais ? s'étonna Ezra, manifestement blessé. J'essaie de vous garder tous les deux en vie.

— Je la protège, se défendit Jack.

Ezra fronça les sourcils et secoua la tête.

— Dans une boîte de vampires ? Jack, sérieusement ? As-tu oublié ce que tu as vécu en tant qu'humain ? Tu as failli mourir. Les vampires ont beau tenter de vivre de manière civilisée, tu sais ce dont ils sont capables.

— Milo avait envie de voir à quoi ça ressemblait, et Alice voulait sortir s'amuser.

Jack changea de position. Désormais, il ne me touchait plus. Une désagréable distance de plusieurs centimètres nous séparait.

— J'y étais déjà allé, poursuivit-il, et les gens s'y rendent tout le temps et en ressortent indemnes.

— Il suffit de peu pour que tout bascule, affirma Ezra calmement. Elle est si fragile.

— Dans ce cas, pourquoi est-ce qu'on ne peut pas la transformer ? protesta Jack. Comme ça, plus personne ne s'inquiéterait que je la tue par mégarde.

— Tu sais très bien que, pour l'instant, c'est impossible.

Ezra se frotta les yeux, l'air fatigué.

— Pourquoi ? demanda Jack.

— Milo est trop jeune. Et les nouveaux vampires sont bien trop dangereux, soupira Ezra. Ils ont besoin d'une assistance convenable pour éviter de devenir des êtres effroyables. La morale et la retenue sont indispensables à notre survie. Nous avons la puissance et la force de tout détruire si nous ne menons pas une existence discrète et modérée.

— Mais nous sommes tous là ! insista Jack, de plus en plus énervé. On est trois, et ils seraient deux. Ça irait !

— Tu dis ça parce que c'est le contexte que tu as connu dès le début, annonça Ezra d'un ton à la fois affectueux et épuisé. Nous avons toujours été stables et calmes, à t'apporter un soutien. Tu ignores ce qui se passe quand les vampires sont trop nombreux face à trop peu de meneurs. Tu as toujours eu une vie privilégiée, mais tu la considères comme normale.

— Mais ça ne ferait que deux vampires de plus ! s'indigna Jack.

— Il suffit d'un seul, Jack !

Ezra avait haussé la voix, ce qui me fit grimacer.

— J'en ai été témoin, et ce n'est pas ce que je désire pour nous, continua-t-il.

— Mais…, intervins-je timidement en le regardant par-dessus les couvertures, ce n'est pas parce que c'est déjà arrivé que ça se produirait forcément ici.

— Je suis certain que Mae t'a expliqué la position unique que tu occupes, affirma Ezra en posant ses yeux bruns sur moi.

Tu es l'une des rares personnes qui peuvent choisir cette vie. Nous autres y avons été forcés.

— En effet, elle me l'a dit.

— Elle t'a également parlé de la famille qu'elle a abandonnée, et t'a révélé à quel point ce fut difficile.

Il posa le coude sur l'accoudoir du fauteuil et soutint sa tête.

— Mais elle ne t'a rien dit de mes origines et de ma famille. Je me trompe ?

— Juste que tu étais né en Angleterre, je crois.

Je me tournai vers Jack pour obtenir de l'aide, mais il observait attentivement Ezra. Lorsque ce dernier prenait la parole, il fascinait même ses semblables.

— Je suis né près de Londres, en 1674, commença Ezra. À quinze ans, j'avais déjà perdu mes parents et deux de mes frères. J'étais alors responsable de ma sœur de dix-sept ans et de l'exploitation familiale. On s'en est bien sortis, et j'ai pu entretenir une famille. Deux ans plus tard, je me suis marié et, ensuite, je suis devenu père quatre fois.

— Tu as eu des enfants ?

Cette idée ne m'avait jamais effleuré l'esprit.

— Deux garçons et deux filles, évoqua-t-il avec un sourire fugace. Nous menions une vie heureuse et tranquille mais, malheureusement, mes compétences, qui avaient permis à ma famille de prospérer, intéressaient d'autres personnes. J'étais fort, travailleur et appliqué.

» Un soir, un homme a frappé chez nous, proposant de nous donner de l'argent en échange du gîte et du couvert pour la nuit. À la campagne, ce n'était pas inhabituel que des voyageurs fatigués fassent étape à la ferme. Cela plaisait particulièrement à ma sœur. Elle était en âge de se marier et n'avait pas encore de prétendant.

» L'homme disait s'appeler Willem, et il semblait riche et

séduisant, alors j'ai demandé à ma sœur de s'occuper de lui, dans l'espoir qu'il la remarquerait.

Il baissa les yeux, se remémorant longuement ce moment, puis secoua la tête.

— Nous l'avons hébergé dans la chambre à l'arrière de la maison. Il m'a dit qu'il avait faim. Ma sœur s'y est rendue avec un bol de soupe et, ne la voyant pas revenir, j'y suis allé pour vérifier ce qu'elle faisait. (Il marqua une pause.) Willem était face à la fenêtre, contemplant la nuit noire, tandis que ma sœur gisait inanimée sur le sol. Il l'avait tuée en la vidant.

» J'ai voulu l'attaquer, mais il était beaucoup plus musclé que moi et m'a dominé. Il a loué mon courage et ma force, avant de m'obliger à boire son sang, grimaça Ezra.

» Avant même que je puisse comprendre ce qui m'arrivait, son sang a tout dévasté dans mon organisme, et il m'a traîné avec lui dans l'obscurité. Une fois transformé en vampire et ma force revenue, j'ai lutté contre lui pour tenter de le tuer ou d'exiger qu'il me libère. Il a refusé en disant qu'il avait besoin d'un compagnon doublé d'un ouvrier, et que je correspondais parfaitement à ce qu'il cherchait.

» J'ai continué à résister, mais ça l'a agacé. Il m'a enchaîné dans la cave de son château, sans nourriture, pendant trois semaines. Comme je venais de me transformer, la faim me rongeait. (Le visage d'Ezra était à présent un masque impassible.) Ensuite, il m'a amené chez moi et m'a relâché.

» Assoiffé comme jamais, j'ai mordu ma propre femme. Mes enfants ont réussi à s'échapper avant que je m'en prenne à eux, mais ils m'ont vu assassiner leur mère.

» Quand j'ai pris conscience de cet acte, je suis revenu vers Willem.

Son expression changea tandis qu'il bougeait dans son fauteuil, essayant de chasser ce souvenir.

— Je l'ai laissé m'asservir, à condition qu'il ne me libère jamais. Je ne faisais aucune confiance au monstre que j'étais devenu, et j'ignorais comment me détruire.

» Au fil du temps, Willem faisait venir d'autres vampires, engendrés de la même manière que moi, pour les mêmes motifs, à savoir m'aider dans mon travail. Il agrandissait sans cesse son château, et il voyageait beaucoup. Il aimait mener une vie d'oisiveté totale. Je faisais absolument tout pour lui, y compris des choses qu'on ne penserait pas qu'un homme ose demander.

Il réprima un frisson.

— Les autres vampires qu'il amenait étaient tous dans un état terrible, poursuivit Ezra. C'étaient des monstres enragés, et il fallait les éliminer tôt ou tard. Sans aucun conseil, ils reprenaient leur nature primitive, animés exclusivement par leur faim et leur instinct. Ils devaient demeurer entravés en permanence pour leur éviter de se blesser et de se faire mal entre eux.

» Visiblement, j'étais le seul doté d'humanité. Je suis resté avec Willem presque cent ans, à parcourir l'Europe et l'Asie. La plupart des vampires que nous avons rencontrés faisaient preuve de décence et d'une certaine retenue. Beaucoup avaient tendance à être froids et cruels comme Willem, mais ils ne ressemblaient pas aux animaux qu'il engendrait. Avec le temps, les autres vampires faisaient remarquer que c'était merveilleux et surprenant que Willem soit parvenu à créer un esclave aussi courtois que moi.

» C'est alors que je me suis enfin aperçu que j'étais différent d'eux. Ce que j'avais infligé à ma femme résultait directement de la manipulation de Willem. Je pouvais me contrôler, et j'avais ouvertement pleuré la perte de mon épouse et de mes enfants. Je n'étais pas un monstre, même si j'étais capable d'en devenir un si je m'y autorisais.

Il poussa un long soupir et garda les yeux rivés sur moi pendant un moment.

—Que s'est-il passé ? demandai-je lorsqu'il ne poursuivit pas son récit.

—Une nuit, j'ai simplement tué Willem, et je suis parti vivre ma vie. Grâce à lui, j'avais connu quelques individus que j'estimais compatissants. En leur compagnie, j'ai réussi à apprendre des choses sur moi-même et sur les autres vampires. Ils étaient impressionnés que j'aie pu faire ce que j'avais fait sans enseignement. Au début, on peut facilement laisser les émotions et l'instinct diriger son existence. C'est une bataille permanente, qui dure des années, et presque impossible à gagner sans un autre vampire pour vous guider.

—Je sais combien tout cela a été dur pour toi, dit Jack avec prudence, avant de secouer la tête. OK, non, je ne m'en rends pas compte. Je ne peux qu'imaginer tout ce que tu as traversé. Mais ce qui t'est arrivé n'est pas comparable à notre situation actuelle. Personne ne va jeter Milo ou Alice dans une cave et leur dire de se débrouiller par eux-mêmes.

—Je ne suis pas prêt à courir ce risque, répondit Ezra. J'ai vu des vampires ronger leurs propres bras après être restés des jours sans manger. Je les ai vus massacrer des enfants. Alice et Milo n'en viendront peut-être jamais à cette extrémité, mais ils pourraient finir comme Willem. Il se maîtrisait totalement, mais il était cruel et sans pitié.

—Tu ne penses pas qu'il l'était déjà avant de devenir un vampire ? lui demanda Jack. Je veux dire, Mae était très aimante et avait un instinct maternel très développé, et elle est restée ainsi. Et j'étais un idiot maladroit, et c'est toujours le cas. Milo et Alice ne sont ni tyranniques ni méchants.

—Si nous n'y avions pas veillé, la jalousie de Milo aurait pu déraper. Il aurait pu tuer sa sœur. Mais comme tu as pu lui consacrer tout ton temps, regarde ! (Il nous désigna d'un signe de tête.) Tu as toute la liberté de t'en charger tout seul !

— Ha, ha, dit Jack d'un ton sec.

— Vous aurez tout le temps, lui assura Ezra. Que représentent quelques années à patienter par rapport à l'éternité ? Je souhaite privilégier la prudence. Ne préférerais-tu pas attendre plutôt que les choses tournent très mal ?

— Mais je ne vois pas ce qui nécessite ces précautions ! s'écria Jack, de plus en plus irrité.

— Excusez-moi, mais le vol et cette conversation m'ont épuisé. (Il se leva et s'étira.) Je vais me coucher, et vous devriez en faire autant.

Après son départ, nous restâmes assis sans rien dire. Réfléchissant à son récit, je conclus qu'Ezra avait raison. Mais Jack aussi. Il paraissait très peu probable que Milo et moi devenions des démons enragés, mais patienter ne nuirait pas non plus réellement.

Jack finit par remettre son tee-shirt et je me retirai dans sa chambre pour passer le reste de la nuit toute seule.

Bien entendu, j'eus du mal à m'endormir après tous ces événements. Mon sommeil fut peuplé de rêves ininterrompus d'Ezra, de sa jolie femme et de petits enfants blondinets qui étaient le portrait craché de leur père. Je voyais ensuite leurs traits se déformer sous la peur tandis que le sang de leur mère les éclaboussait.

Ezra, qui me stupéfiait par sa maîtrise, avait perdu le contrôle au point de presque tuer ses propres enfants. Quel espoir cela nous laissait-il ?

Un peu après minuit, Jack me reconduisit chez moi, prétextant que j'avais besoin d'aller au lit à une heure raisonnable en prévision de la rentrée. Comme il me restait à peine moins d'une semaine pour récupérer un rythme normal, cela semblait impossible, mais ce n'était pas le véritable motif qui le poussa à me ramener.

Après notre baiser et le récit des malheurs d'Ezra, Jack m'avait paru étrangement distant. Il me parlait encore mais, par exemple, quand il mettait un film, il prenait soin de s'installer à l'autre bout de la pièce.

Auparavant, c'était Milo qui rangeait en permanence, et je passais désormais plus de temps à la maison. Résultat : l'appartement était plutôt en désordre. Pas au point que ma mère me le reproche en hurlant, mais assez pour que je m'en aperçoive et décide d'y remédier.

J'insérai un CD de Fall Out Boy dans la chaîne stéréo et ramassai les objets qui traînaient. Puis je pris une longue douche et me glissai dans mon lit. Il était encore beaucoup trop tôt pour dormir, alors je pris l'autobiographie prétendument écrite par Peter.

Après le passage où il racontait sa transformation ainsi que celles dont il avait été témoin, détaillées de manière vivante, le chapitre suivant avait pour titre « Les vampires et la Terre ». J'étais contente d'en avoir fini avec ses descriptions du processus. J'avais jugé l'une d'entre elles particulièrement troublante : il se rappelait un jeune homme dont le ventre bouillonnait et remuait tandis qu'il criait.

Le chapitre s'ouvrait sur la belle description d'un lever de soleil accompagnée d'un poème de Henry Wadsworth Longfellow sur le même thème qui, manifestement, avait obsédé Peter dans sa jeunesse.

Le soleil semblait l'unique point faible des vampires, et Peter s'efforçait de comprendre pourquoi. Il passait des heures dehors sous sa lumière, essayant de découvrir les effets qu'il provoquait sur lui.

« Je me prélassais au soleil, comme un chat, laissant ma peau la plus découverte possible, dans la limite de la pudeur. Les rayons me brûlaient la peau et mes muscles commençaient à s'épuiser. Mon énergie s'amenuisait, mes pensées s'embrouillaient, mais mon cœur battait plus fort et plus vite.

Quand je regagnais l'obscurité, je m'endormais et, à mon réveil, tous les effets avaient disparu. Mon teint restait toujours le même.

Alors que me faisait le soleil, au juste ? Lorsque j'interrogeais mes congénères, ils se posaient peu de questions sur le sujet. La réponse la plus fondée m'est venue de mon mentor, qui m'a affirmé : "La lumière réussit aux hommes, tandis que les vampires font mieux de s'en cacher." L'anatomie d'un vampire demeure si mystérieuse que la meilleure explication que nous pouvons apporter est que la lumière du soleil nous fatigue.

Et si nous devions rester en permanence au soleil ? Si je menais la même existence qu'un homme normal, dormant la nuit et vivant le jour, que m'arriverait-il ? Le soleil semble seulement émousser nos sens, et nous réduire presque au rang d'humains.

Cela signifie-t-il qu'une vie diurne pourrait nous redonner notre mortalité ? Commencerions-nous alors à vieillir pour ensuite périr ?

Ce qui me fait penser à une tout autre hypothèse. Est-ce qu'alors notre immortalité, notre étrange pouvoir, vient de la lune ? Les légendes concernant les lycanthropes sont-elles des récits enjolivés de vampires ? »

Ce livre soulevait plus de questions qu'il n'indiquait de réponses. Peter avait eu du mal à trouver des raisons scientifiques justifiant l'effet du soleil sur les vampires. Toutefois, il avait mené une expérience sur lui-même, destinée à savoir si le soleil pouvait le faire redevenir mortel ou au moins à le faire vieillir un peu.

Il avait passé un mois à vivre le jour et à dormir la nuit, mais avait seulement conclu qu'il était épuisé, faible et affamé. Par conséquent, il avait été obligé de s'alimenter quotidiennement et avait failli tuer trois personnes.

Au bout d'un mois, il avait décidé que ça suffisait et avait cessé cette étude, sans aucun véritable changement constaté sur lui-même.

Allongée sur mon lit, je me retournai et jetai un coup d'œil par les rideaux au ciel bleu. Le soleil n'était pas encore levé, mais ça n'allait pas tarder. Je n'étais donc pas parvenue à respecter l'heure de coucher que Jack m'avait conseillée. Je posai l'autobiographie, bien déterminée à essayer de dormir.

Je réussis à dormir toute la journée. Même la chaleur suffocante de l'après-midi ne me dérangea pas. Quand enfin je me levai, j'allumai la télévision. Le présentateur de la météo annonça que la température avait dépassé les trente-deux degrés. J'étais tentée de rester en sous-vêtements, mais ma mère était encore dans l'appartement. Elle se plaignait de la canicule et de la vie en général.

Après son départ, je contemplai mon portable dans l'espoir que quelqu'un m'appelle vite pour me sauver de cette chaleur démentielle, en vain.

Alors que le jour laissait place à la nuit, je me résignai à passer la soirée affalée sur le canapé devant un ventilateur, à regarder *Arsenic et Vieilles Dentelles* à la télé, jusqu'à mourir de chaud.

Chapitre 16

— Cet immeuble a besoin qu'on y installe la climatisation ! s'écria Milo en ouvrant la porte de l'appartement à la volée.

Je m'assis et le regardai par-dessus le dossier du canapé. Il avait les bras chargés de sacs d'épicerie et le visage rouge, sûrement à cause de la chaleur.

— Qu'est-ce que tu fais ici ? demandai-je, étonnée par son apparition surprise.

Je me levai pour aller l'aider avec les provisions, puis je me rendis compte que c'était ridicule. Auparavant, lorsqu'il portait des choses, c'était moi qui me retrouvais avec le plus de poids, parce que j'étais plus forte que lui. J'avais du mal à m'ôter de l'esprit cette image de petit frère même si, dorénavant, il était sans conteste beaucoup plus robuste que moi.

— Quoi ? Tu n'es pas contente de me voir ?

Il posa les sacs sur la table et m'adressa un sourire malicieux.

— Non, ce n'est pas ça. C'est juste que… (je marquai une pause et inspectai les sacs) qu'est-ce que c'est que tout ça ? Et que fais-tu ici ?

— Je me suis dit que tu n'avais pas mangé de bon repas depuis mon départ, et j'ai pensé que tu t'ennuyais et que tu crevais de chaud, m'expliqua-t-il en sortant les surgelés, dont des crèmes glacées et des sorbets, avant de les mettre dans le congélateur. Je sais que tu ne fais pas les courses, et maman non plus, et que, sans moi, vous maigririez à vue d'œil.

— Possible, reconnus-je en l'observant d'un air sceptique.

Il continua à fouiller dans les sacs pour ranger les aliments, tandis que je m'approchais du congélateur et m'emparais d'une glace à l'orange. Il avait visé dans le mille concernant le manque de nourriture et la chaleur.

— Tu n'as pas peur de tomber sur maman ?

— Elle est au boulot, dit-il en haussant les épaules. Et Jack aussi. La maison est très calme, et j'avais besoin de m'aérer.

— Jack bosse ? Je croyais qu'Ezra venait de rentrer, poursuivis-je en sautant sur le plan de travail pour le regarder ranger.

— C'est vrai et, d'ailleurs, il est encore à la maison.

Sans difficulté, il tendit le bras au-dessus de ma tête pour placer les céréales sur l'étagère du haut. Auparavant, il devait monter sur une chaise pour l'atteindre.

— Jack est parti tout seul. Il a fini par vraiment attraper le coup.

— Comment ça ? Il se charge de tout par lui-même ?

Je suçai bruyamment ma glace, essayant d'éviter que des gouttes à l'orange me dégoulinent sur les jambes, sans succès.

— Oui. Pourquoi ça te choque autant ? pouffa-t-il devant ma surprise manifeste.

— Ça ne me choque pas ! (J'essuyai la tache orange sur ma cuisse en haussant les épaules.) Simplement, je ne m'étais pas rendu compte qu'il se débrouillait aussi bien. D'ailleurs, je ne sais même pas ce qu'il fait en réalité.

— Moi non plus. Pour l'instant, ils me tiennent à l'écart, mais Jack m'a promis que, dès que je serai plus à l'aise, je pourrai m'en occuper facilement. Il m'a dit que c'était sympa une fois qu'on s'y habitue et, de toute façon, la majeure partie du travail est déjà faite. Ezra possède des tonnes de brevets et de marques déposées, et il doit procéder à de nombreux remaniements juridiques pour que les gens ne comprennent pas qu'il s'agit du même type qui perçoit de l'argent depuis environ un siècle.

Milo parlait d'un ton détaché, comme si je n'avais aucun mal à suivre son raisonnement.

— Qu'est-ce que ça veut dire ? Que tu seras bientôt millionnaire ?

Je croquai le dernier morceau de bâtonnet glacé, même si mes gencives n'appréciaient pas vraiment le froid.

— Alice, j'ai le regret de t'informer que je le suis déjà plus ou moins.

L'air penaud, il rangea les dernières provisions dans le frigo, puis se tourna vers moi.

— OK, ils sont super riches mais, toi, tu ne fais que vivre avec eux, c'est tout, soulignai-je.

— Oui, mais... (Mal à l'aise, il appréhendait ma réaction.) Je fais partie de la famille à présent. Donc, Ezra m'a ouvert un compte courant et donné des cartes bancaires l'autre jour, et il examine des documents pour modifier légalement mon nom en Milo Townsend. Ensuite, je pourrai passer mon permis de conduire, qui indiquera que j'ai dix-huit ans, puisque c'est plausible maintenant. Ainsi, il sera plus facile de faire avancer les choses.

Je le dévisageai, bouche bée.

— Arrête ! Tu disposes d'un compte en banque ?

— Oui, tu vois, comme ça, c'est plus pratique. Je peux m'acheter ce dont j'ai besoin. (Il haussa les épaules.) Et aussi de la nourriture pour vous. J'en fais profiter mon entourage.

— Mais..., commençai-je en grimaçant, mais c'est de l'argent. Ça ne te pose pas de problème de l'accepter ?

— Pas vraiment, confessa-t-il. Je n'ai jamais culpabilisé de me servir de celui de maman. Dès que possible, je me mettrai à travailler. J'apporterai ma contribution. Je suis comme un enfant qu'ils viendraient d'adopter.

— Ils t'adoptent pour de bon, n'est-ce pas ?

Un sentiment étrange m'envahit lorsque je me rendis compte que Milo n'était plus vraiment mon petit frère. Il l'était et le resterait toujours mais, en même temps, il m'échappait.

— Milo Townsend ?

— Oui, ça fait bizarre, hein ?

Il fronça les sourcils, et je me sentis rassurée de savoir que la situation n'était pas banale pour lui non plus.

— C'est le nom de qui, d'ailleurs ?

Je mâchonnai le bâton en bois de ma glace en m'efforçant d'afficher un air décontracté face à cette révélation.

— Je crois que c'est celui d'Ezra. Celui de Jack, c'est Hobbs, et Mae s'appelle Everly ; par contre, j'ignore celui de Peter. Ils ne parlent pas beaucoup de lui.

Milo s'appuya contre le réfrigérateur, me regardant balancer les pieds et mordre le bâtonnet.

— Ça ne m'étonne pas. (Le bois se fendit, alors je jetai le bâtonnet dans la poubelle et levai les yeux sur Milo.) Qu'est-ce qu'ils disent à propos de Peter ?

— Mae m'a expliqué que vous étiez liés tous les deux, et qu'il avait manqué de te tuer, m'avoua-t-il avec un frisson. Pourquoi tu m'as caché ça ?

— Je ne pouvais pas faire autrement ! Tu ne devais pas apprendre leur vraie nature. Ça aurait été bizarre de te dire : « Ah, au fait, Peter a tenté de boire tout mon sang. »

— Comment as-tu pu me dissimuler tout ça ? demanda-t-il, outré et blessé. Jack m'a révélé que tu devais devenir une vampire au printemps dernier, mais que tu avais changé d'avis à cause de moi. Et je t'en remercie, sincèrement, mais tu as failli le faire ! Et tu ne m'aurais rien dit ? Tu devais faire face à la décision la plus importante de ta vie, et tu ne m'en as pas touché un seul mot.

— J'étais coincée, soupirai-je. Ils me l'avaient ordonné, et j'avais soulevé le même argument que toi. Je ne voyais pas en quoi il valait mieux disparaître plutôt que de t'expliquer. Et ils ont avancé que tu aurais trop de mal à mener une vie normale en ayant connaissance de leur existence.

— Mais tu aurais pu inventer une histoire. (Il secoua la tête.) Tu aurais pu me raconter que tu étais déchirée entre Peter et Jack, et que tu songeais à t'enfuir avec l'un des deux. C'était proche de la vérité.

— Je n'en sais rien. Ça ne m'a pas traversé l'esprit, je suppose, soupirai-je. Écoute, excuse-moi de t'avoir dissimulé ça. Mais, au moins, je peux me confier à toi désormais, pas vrai ?

— À propos, intervint Milo avec un petit sourire en inclinant la tête, j'ai entendu dire que tu avais embrassé Jack la nuit dernière ?

— Les nouvelles vont vite.

J'évitai de croiser son regard et ce qu'il insinuait.

— Arrête. On n'est que quatre à la maison. Tu es notre seul sujet de discussion là-bas, s'esclaffa-t-il en secouant la tête. De quoi d'autre pourrions-nous parler ?

En baissant les yeux sur mes pieds, je m'aperçus que le vernis de mes orteils s'était beaucoup écaillé. Pour mieux l'atteindre, je ramenai le genou contre ma poitrine et me mis à gratter le violet foncé avec mes doigts.

— Très hygiénique, souligna Milo en désignant mon pied sur le plan de travail.

Je lui tirai la langue.

— Mais bon, tu t'en fiches, non ? Tu ne manges plus ici, rétorquai-je avant d'esquisser un sourire empreint de tristesse.

Mince, tu ne manges plus tout court ! Tu ne seras plus jamais malade. Je ne pense pas que ce soit un problème pour toi.

— Tu évites la principale question.

Il tira une chaise et s'assit, puis tapota le siège vide à côté de lui.

— Viens te poser, poursuivit-il, et me dévoiler tous les détails croustillants.

— Il n'y en a pas, marmonnai-je sans quitter ma place.

— Tu as embrassé Jack ! Tu as forcément des trucs à partager !

— Et ça ne te dérange pas d'aborder le sujet ?

Je le dévisageai, guettant les signes d'une jalousie sous-jacente.

— Non, j'ai carrément tourné la page.

Il se redressa, leva les yeux au ciel puis secoua la tête.

— Bon, d'accord, peut-être qu'il me plaît toujours, mais je ne suis plus aussi jaloux. Tu te rappelles, au club ? Je n'ai pas flippé, pourtant il a passé presque toute la nuit à te coller.

— C'est faux ! me défendis-je, mais je devins écarlate. Il m'a beaucoup protégée, donc il était obligé de me toucher. Ce n'était pas une séance de pelotage, ni rien.

— Non, ça, c'était plus tard, me taquina-t-il avec un clin d'œil appuyé.

— Pas du tout !

— Alice, tout le monde vous comprend. Jack et toi craquez vraiment l'un pour l'autre. Qu'est-ce que tu crois me dissimuler au juste ? me lança-t-il franchement.

Je me tortillai un peu, mal à l'aise.

— Je ne sais pas. (Les bras encore autour de ma jambe, je posai la tête sur mon genou.) J'imagine que je n'ai pas l'habitude de parler de ce genre de choses. Et, sans pouvoir expliquer pourquoi, c'est bizarre d'en discuter à cause de Peter.

— Peter ? Il n'est même pas là. Que vient-il faire dans l'histoire ?

Les yeux de mon frère exprimaient une grande perplexité.

— Rien. (Je secouai la tête.) Tout. Est-ce que Mae t'a appris ce qu'impliquait ce lien entre lui et moi ?

— Oui, enfin, elle a fait de son mieux mais, comme je n'ai même jamais eu de petit ami, c'est difficile de saisir ce que vous ressentez.

Avec sa nouvelle allure, j'étais persuadée qu'il ne resterait pas longtemps célibataire.

— C'est différent d'avoir un petit copain.

Je me rongeai les ongles en contemplant le carrelage usé du sol, réfléchissant à la façon de le formuler.

— De manière très abstraite, c'est comme être amoureux, mais c'est bien plus physique. D'après ce que j'ai compris, quand Jack a réellement soif de sang, c'est plus ou moins ce qu'il éprouve.

— De quoi tu parles ? demanda-t-il en plissant les yeux. Tu sais ce que Jack ressent quand il a faim ?

— En quelque sorte. La plupart du temps, je perçois ses émotions. Enfin, pas exactement, sauf si c'est vraiment intense, mais, en général, j'ai une idée de ce qu'il pense. Je crois qu'il s'alimente toujours avant de me voir, par précaution, mais j'ai ressenti ce qu'il ressent quand il a vraiment envie de goûter mon sang.

Lorsqu'il me désirait ainsi, Jack subissait un changement purement viscéral. C'était brut et fort. Cela revêtait un aspect terrifiant mais, en même temps, c'était enivrant et me donnait sans cesse plus envie de lui.

— Attends, attends, attends ! s'exclama Milo en levant la main pour m'arrêter. Tu ressens ses émotions ? Ce n'est pas normal, si ? Ça ne t'est jamais arrivé.

— Non. J'ignore si c'est normal. Mais bon, je ne sais pas vraiment ce qui l'est, ajoutai-je avec un petit sourire.

— Alors, est-ce que c'est son comportement ou le tien qui est étrange ? demanda-t-il en passant outre à ma tentative de plaisanterie, sans cesser de me regarder avec sévérité.

C'était typique de sa part. Il venait de découvrir un élément qu'il ne comprenait pas et s'était mis en tête de le résoudre.

— Est-ce que c'est lui qui t'envoie ses émotions, ou est-ce que c'est toi qui les absorbes ?

— Les deux ? répondis-je avec un haussement d'épaules désespéré. D'après ce que j'ai pigé, il n'y a rien de naturel dans ce que Jack et moi éprouvons. Tu sais, il n'est pas censé craquer pour moi. Je suis supposée désirer Peter, que je laisse indifférent.

Milo prit une profonde inspiration et hocha la tête.

— Hmm… il s'agit d'une opposition évidente entre l'inné et l'acquis.

On aurait dit un médecin qui posait un diagnostic et, si je n'avais pas été curieuse, je me serais moquée de lui. Je m'attendais à ce qu'il m'annonce, comme dans la chanson *Addicted to Love*, qu'il me fallait regarder les choses en face, et que j'étais accro à l'amour.

— Quoi ?

— Tu comprends la notion de nature et de culture, n'est-ce pas ?

Il me décocha le même regard exaspéré que lorsqu'il m'enseignait le calcul.

— C'est l'argument de base pour expliquer ce qui nous pousse à agir comme nous le faisons. Est-ce biologique, à cause de notre instinct animal, ou encore de notre éducation ? Les hommes trompent-ils leur partenaire par impératif biologique ou à cause d'un père absent ?

— Pour moi, ce sont deux réponses trop générales pour que l'une d'entre elles soit réellement correcte, répliquai-je. Même si l'on donnait à deux hommes les mêmes gènes et la même éducation, ils pourraient prendre deux décisions opposées.

— Tu ne comprends pas, dit Milo en balayant mon argument. Peter et toi, c'est entièrement biologique. C'est ce qui vous attire et, pour des raisons que je ne saisis pas tout à fait, Peter lutte contre sa nature. En même temps, Jack est amoureux de toi à cause de vos personnalités respectives. Il a fait éclore une relation entre vous deux. D'un point de vue scientifique, c'est fascinant.

— Contente de constater que mon dilemme sentimental te captive. Au moins, ça sert à quelque chose, grommelai-je sèchement.

Il se mit à faire tourner le bouchon d'une bouteille sur la table comme une toupie.

— Je ne vois pas où est le dilemme. Jack te plaît, c'est réciproque, et Peter est sur la touche. Le problème est résolu.

— Je suis sûre qu'on croisera Peter au cours du prochain millénaire.

— Qu'est-ce qui te fait croire que tu vivras mille ans ?

— L'immortalité, d'abord.

Je laissai mon pied retomber du plan de travail et m'étirai vers l'arrière pour soulager mes épaules nouées.

— Tu sais que l'immortalité n'est pas à prendre au sens littéral, m'indiqua Milo d'une voix calme. C'est seulement une très grande longévité.

— Donc tu es venu ici pour souligner que je suis un magnifique spécimen pour illustrer le débat nature versus culture, et ensuite pour me révéler que je vais mourir ? demandai-je en fronçant les sourcils.

— En fait, non.

Soudain, il se leva d'un bond, ce qui m'effraya. Il bougeait plus vite qu'avant, et ses mouvements perdaient le côté maladroit de ses débuts de vampire.

— Je suis venu te préparer à dîner.

— Tu sais encore cuisiner ?

La question m'avait paru beaucoup plus intelligente dans ma tête. Comme chaque trait de son caractère s'était amélioré, il aurait été idiot de croire que ses compétences culinaires avaient disparu comme par magie.

— Bien entendu ! Et j'ai prévu de te faire ton plat préféré !

Il se dirigea vers le frigo et fouilla à l'intérieur.

— Hé, est-ce que tu peux avaler de la nourriture ?

Là encore, ça semblait moins stupide dans mon esprit.

— Euh, oui, je peux. Mais je ne la digère pas. (Il se retourna vers moi, des aliments plein les bras.) La semaine dernière, Jack m'a mis au défi de goûter une orange, et c'était horrible, comme manger du sel acide. Je ne sais pas trop comment te l'expliquer. Mais je l'ai mangée et, au bout de cinq minutes, je me suis senti très mal et j'ai vomi. Donc je ne mange plus.

— Dégueu, commentai-je.

Je descendis de mon perchoir et m'emparai de quelques légumes pour les rincer.

— La nourriture ne me tente plus, poursuivit-il. En revanche, je suis toujours partant pour boire du sang. En plus, tu sais quoi ? Il n'a pas le même goût ! s'écria-t-il, enthousiaste, comme s'il venait de m'apporter un éclairage sur un point.

— Tu veux dire par rapport à quand tu étais humain ?

— Aussi, mais ce n'est pas ce que je voulais t'expliquer. Il existe plusieurs types de sang, et leur saveur est différente. C'est vraiment étrange, car je me surprends à avoir soif de certaines sortes. Celui des femmes est différent, celui des Asiatiques, et aussi selon les groupes, par exemple le O ou le AB positif ne se ressemblent pas, continua-t-il, parlant comme lorsqu'il évoquait les ingrédients d'une nouvelle recette qu'il venait d'apprendre. Il y a toute une palette de goûts dans la nature !

— C'est bon à savoir, répondis-je d'un ton hésitant.

— Je parie que le tien a un goût merveilleux.

Il plongea ses yeux dans les miens, suffisamment pour me rendre nerveuse, et je reculai un peu.

— Son odeur est douce et il a l'air… copieux, précisa-t-il.

— Merci. Et sans vouloir paraître malpolie, tu me fais un peu flipper, là.

— Pardon. (Il secoua la tête et commença à couper une tomate.) Je ne peux pas faire abstraction de son odeur, tu sais ?

— Eh bien, au moins, essaie de ne pas fantasmer en pensant que tu le bois, grimaçai-je.

Il parvint à ne pas m'attaquer pendant qu'il préparait le reste de mon repas. Il s'assit et me regarda manger, mais c'était toujours agréable, comme lorsque nous mangions ensemble avant. Même s'il ne ressemblait plus tout à fait à mon frère, et qu'il ne l'était plus réellement, nous étions encore une famille.

Mais une famille en pleine mutation.

Chapitre 17

Les vampires avaient besoin d'oxygène, mais pas autant que les humains. Respirer le moins possible était une compétence cruciale qui, une fois maîtrisée, venait s'ajouter à leur arsenal. C'était presque mot pour mot ce que m'avait dit Jack. En tout cas, j'étais certaine qu'il avait employé le terme « arsenal ». C'était ainsi qu'il m'avait justifié « l'exercice » du jour, un autre mot qui revenait souvent dans sa bouche.

Je n'avais pas mesuré à quel point Jack prenait tout au sérieux avec Milo. Lorsqu'il m'avait envoyé un texto, il m'avait indiqué que je pouvais venir chez eux, mais qu'il serait très occupé avec mon frère. Ezra était absent, donc Mae apprécierait ma compagnie.

Jack était passé me chercher en me donnant le minimum d'explications, puis Milo et lui avaient mis leur maillot de bain. Fascinée par la vue de Jack torse nu, j'avais d'autant plus de mal à décrypter la situation.

Sans compter que mon frère m'empêchait aussi de me concentrer. Pas parce qu'il m'attirait, bien évidemment, mais je l'avais aperçu tout l'été dans cette tenue, et il était complètement transformé à présent. Il était tout en muscles, et doté d'abdos bien dessinés.

Milo respirait plus que nécessaire, mais son corps n'avait pas encore compris que c'était inutile. Le meilleur moyen d'entraîner ses poumons consistait à le mettre dans un endroit où il ne pourrait pas respirer. L'idée de Jack était d'immerger mon frère, de la même façon dont Peter lui avait appris l'apnée.

Manifestement, l'expérience s'était révélée terrifiante les deux premières fois, puisque son esprit se refusait à admettre qu'il n'allait pas mourir. Pour cette raison, Jack m'avait conseillé de rester à l'intérieur tandis qu'il était dehors avec Milo, de peur que je panique.

Je me tenais derrière les portes-fenêtres, et contemplais l'eau noire du lac à l'arrière de la maison. C'était une nuit sans lune. Une étrange et inquiétante couverture nuageuse avait envahi le ciel, masquant toutes les étoiles.

Les lumières de la terrasse arrière étaient éteintes, ce qui me permettait de mieux voir le ponton et le lac. Toutefois, je ne distinguais pas grand-chose. L'eau était un abîme noir et, de temps en temps, j'apercevais un reflet, mais Jack et Milo se fondaient complètement dans l'obscurité.

Assise à côté de moi, Matilda gémissait. Jack l'avait laissée dans la maison, car, comme moi, elle avait l'habitude de perdre son calme et de s'angoisser. Je savais que Milo ne craignait absolument rien. Presque rien au monde ne pouvait le blesser, et certainement aucune créature de ce lac. Mais c'était l'endroit où il avait failli perdre la vie, où son sang tachait encore le bout du ponton. Mon cœur se serra à cette idée.

— Tout se passera bien, me rassura Mae pour la énième fois de la soirée.

Elle était debout derrière moi, appuyée contre le chambranle de la porte de la salle à manger, les bras nonchalamment croisés sur la poitrine. De la pièce voisine s'élevait la musique de Nina Simone, et je l'imaginais lovée sur le canapé, en train de lire un livre. C'était du moins ce qu'elle faisait quand elle ne venait pas vérifier comment j'allais.

—Je sais.

Je crus voir quelque chose, qui disparut avant même que je l'identifie.

—Tu vas rester plantée là toute la nuit ? me demanda-t-elle avec douceur, une note de déception dans la voix.

—Je l'ignore.

Je voulais m'éloigner de la vitre, mais j'étais incapable de chasser l'impression que, si je détournais le regard, un accident surviendrait. Comme si le lac avait une dent contre Milo, et qu'il attendait que je tourne le dos pour terminer ce qu'il avait commencé.

—Tu sais quoi ? Cela ne me suffit pas.

Sans me laisser le temps de protester, Mae me prit par le bras et m'écarta des portes-fenêtres.

—Allez, viens. Ça a assez duré pour aujourd'hui, décréta-t-elle.

J'essayai de me libérer. Même si elle me tenait de façon amicale et gentille, en réalité, elle me serrait d'une poigne de fer. Je pouvais résister de toutes mes forces, mais j'allais simplement récolter des bleus.

—Je me sens plus rassurée si je regarde.

—J'ai bien compris, ma puce, mais ça ne sert à rien. Franchement.

Elle me guida vers le salon, faiblement éclairé par des bougies et une lampe. Mais comme mes yeux s'étaient accoutumés à l'obscurité, c'était presque douloureux de regarder autour de moi. Un parfum de lilas et de lys régnait dans la pièce, provenant des bougies, et j'inspirai.

—Et qu'est-ce qu'on va faire ici ? demandai-je.

—Tu vas te détendre, dit-elle en m'entraînant d'un coup sec sur le canapé moelleux avec elle.

Matilda nous avait suivies. Elle trônait au milieu du salon et m'interrogeait du regard. Visiblement, elle se sentait elle aussi coupable d'avoir abandonné son poste.

— Je me relaxe en permanence. Je n'ai fait que ça tout l'été. Peut-être même toute ma vie, d'ailleurs.

Je remontai les genoux contre ma poitrine, et Mae partit d'un rire discret.

— Alice, si tu dois vivre éternellement, tu dois vraiment apprendre à te laisser aller ! me taquina-t-elle.

Elle passa les doigts dans mes cheveux et me fit pivoter de l'autre côté. J'entendis des bruits et, du coin de l'œil, je la vis prendre une brosse et des barrettes sur le bout du canapé près d'elle.

Suivant le mouvement, je tapotai les coussins, et Matilda sauta à côté de moi. Tandis que Mae jouait à me coiffer, je caressai l'épaisse et douce fourrure blanche de la chienne.

— Qu'est-ce que ça signifie, d'abord ? m'enquis-je alors que Mae démêlait ma tignasse.

— Hein ?

Elle avait déjà oublié ce qu'elle m'avait dit.

— Que je dois apprendre à vivre. Qu'est-ce qui cloche dans ma façon de vivre actuelle ?

— Rien, répondit-elle.

Puis elle poussa un long soupir et se ravisa.

— Eh bien, il faut que tu te fasses moins de souci.

— Moins ? répétai-je, perplexe. Je me trouve plutôt trop détendue, compte tenu de ma situation.

— Mais tu sais que tu n'as rien à craindre. Tu te préoccupes toujours de la manière dont les choses vont finir, alors qu'elles ne finiront pas avant un bon bout de temps. Il vaut bien mieux vivre l'instant présent.

— Ah bon ? (Je dus étouffer un rire et grattai l'oreille de Matilda.) Chaque fois que je me fais surprendre avec Jack en train de profiter du moment présent, on récolte un sermon. Je ne crois pas que c'est réellement ce que vous souhaitez que je fasse.

— Cela ne signifie pas céder à toutes tes envies, me réprimanda-t-elle.

— Je cède à bien peu de mes envies, marmonnai-je. Fais-moi confiance. J'en ai bien d'autres dont tu n'as aucune idée.

Cette réplique me valut un claquement de langue désapprobateur.

— Là, tu es vulgaire.

— Est-ce que vous avez eu des nouvelles de Peter ? m'enquis-je d'une voix calme.

C'était difficile de ne pas penser à lui et à ce qu'impliquerait son retour. Lorsque j'entendais son nom, mon cœur s'emballait et, même si j'en éprouvais encore de la honte, cela me dérangeait moins quand Jack n'était pas dans les parages.

Mae eut un petit hoquet de surprise quand je mentionnai Peter, et elle se mit à serrer davantage ma tresse, me faisant un peu mal.

— Il a appelé Ezra la semaine dernière, articula-t-elle non sans hésitation.

— Et ?

Je tentai de tourner la tête pour la regarder, mais elle m'en empêcha.

— Ezra est avec lui en ce moment même.

La voix de Mae n'était plus qu'un murmure à peine audible, et mon cœur s'arrêta. Elle lâcha mes cheveux, m'autorisant à lui faire face.

— Ils règlent quelques affaires ensemble. Jack l'ignore.

— Comment ça se fait qu'il ne le sache pas ? Pourquoi Ezra le lui a-t-il caché ?

J'avais eu l'intention de crier et en avais eu l'impression mais, en réalité, je m'étais exprimée d'une manière étonnamment douce. Le simple fait de parler de Peter semblait me priver d'oxygène.

— À coup sûr, Jack démissionnerait, déménagerait et s'enfuirait. Parfois, il dramatise tout, ajouta Mae en baissant les yeux.

— C'est à peu près ce qu'a fait Peter, non ? rétorquai-je.

— Il n'avait pas le choix. (Elle secoua la tête.) Tu sais que je ne suis pas d'accord avec la façon dont il t'a traitée. Surtout ce qu'il a fini par faire… C'est impardonnable. Mais tu dois comprendre. Peter et Ezra ont passé un siècle ensemble avant même ma naissance. Peter a rendu à Ezra une partie de son humanité et, sans lui, je ne suis pas certaine qu'Ezra serait resté sain d'esprit pendant toutes ces années.

— Ezra m'a parlé de son passé, renchéris-je, et Mae acquiesça.

— Ça va bien au-delà, Alice. Ils sont frères, et probablement plus proches que Milo et toi ne l'êtes. (Ses traits s'adoucirent, et elle prit ma main dans les siennes.) Ezra ne peut pas l'exclure. Mais il ne souhaite pas perdre Jack, ni toi non plus. Il accorde une importance primordiale à la famille.

— Moi non plus je ne veux pas que Peter soit mis à l'écart, dis-je avec prudence, surprise de constater à quel point c'était vrai.

Mon corps sembla se tendre, comme un fil soudain mis sous tension. Toutes mes veines et mes cellules me picotaient quand on parlait de lui, et cette douleur sourde que j'avais fait taire palpitait comme une entaille ouverte dans ma poitrine. Tout ce qui coulait en moi le désirait, et je le savais.

— Donc, tu es toujours amoureuse de lui ?

Mae écarquilla les yeux d'inquiétude et blêmit.

— Je ne peux pas m'en empêcher, répliquai-je d'un ton las. Je voudrais bien, parfois, mais c'est impossible. Et, d'ailleurs, je ne crois pas pouvoir refréner mes sentiments pour Jack non plus. Mais… Peter me manque encore, et Jack me manquerait. Je n'arrive vraiment pas à m'expliquer tout ça.

— C'est normal. Tu n'es pas censée éprouver tout cela. (Elle m'adressa un sourire triste et ramena une mèche de cheveux en arrière.) Mais je ne t'apprends rien.

— Où est Peter ?

— Il est loin, Alice, m'annonça-t-elle avec fermeté. Et les choses doivent rester ainsi. Cela vaut mieux. Du moins pour le moment, compte tenu de ce que vous ressentez.

— Je ne voulais pas le voir, lui assurai-je en secouant la tête, peut-être un peu trop énergiquement. Je n'ai aucune raison de le voir. Je me demandais, c'est tout. Par curiosité.

— Ezra travaille sur certains sujets, reprit Mae, passant outre mon déni un peu trop farouche. Cette histoire sera bientôt réglée. Cela peut te paraître long, mais c'est parce que tu es jeune. Mais je te promets que ça va s'arranger.

Je me laissai aller contre le dossier du canapé, m'efforçant de calmer mes nerfs à vif. Matilda appuya son énorme tête sur mes genoux. Mae recommença à me caresser les cheveux et à me persuader que, même dans les contes de fées, les personnages devaient résoudre des problèmes.

Je n'aimais pas ce que je ressentais encore pour Peter. Mon amour pour lui aurait dû s'estomper, surtout après ce qu'il m'avait fait. Tous ces sentiments auraient dû disparaître. Mais ce n'était pas le cas.

Jack n'était pas près de moi pour me rappeler ce qui comptait réellement, ce qui ne m'aidait pas. Il avait passé tout son temps à entraîner Milo dans le lac, soit bien trop longtemps à mon goût, de sorte que Mae décida enfin d'aller vérifier que tout se déroulait comme prévu.

Lorsqu'elle revint, elle me confirma que tout allait bien, puis mit *Diamants sur canapé* et se blottit près de moi. Je restai allongée avec elle, sans réussir à me concentrer sur le film, ni sur rien d'autre d'ailleurs.

À un moment dans la nuit, je m'endormis. Je ne m'en aperçus qu'une fois dans les bras de Jack, qui me portait jusqu'à la voiture. Quand je me réveillai, je m'agrippai à son cou puis me serrai un peu plus contre lui, savourant son parfum et cette sensation de sécurité absolue.

— Content de te voir aussi, dit-il en riant comme je me plaquai contre lui. Je ne voulais pas te réveiller.

— Non, ce n'est pas grave. (Lorsqu'il m'installa dans la voiture, je le lâchai à contrecœur.) Pourquoi tu me ramènes chez moi ?

— Mae pense que c'est mieux, après ce qui s'est produit la dernière fois.

Il haussa les épaules et contourna la voiture pour passer du côté conducteur.

— Comment ça a été avec Milo ?

Je bâillai, et il me sourit.

— Bien. Super bien.

— Je regrette de ne pas t'avoir vu davantage ce soir. Je crois que j'en avais besoin.

Je me laissai glisser sur mon siège pour me sentir plus à l'aise. Une intense fatigue physique m'avait envahie, comme si mon corps se réadaptait aux horaires scolaires qui m'attendaient.

— Oui, moi aussi, m'assura-t-il en me regardant lutter contre le sommeil. Tu devrais dormir. On pourra discuter demain.

Malgré tous mes efforts, je sombrai de nouveau, en me demandant vraiment quel était mon problème. Apparemment, penser autant à Peter m'avait épuisée.

Je ne me réveillai même pas quand nous arrivâmes devant mon immeuble. Après m'être assoupie dans la voiture de Jack, je n'avais rouvert les yeux qu'une fois dans mon propre lit.

Je fus rassurée de savoir qu'il m'avait montée chez moi, mais je me désolai de ne pas l'avoir vu plus. Pour une raison mystérieuse, je me rendormis en pleurant.

C'était la dernière soirée où je pouvais veiller aussi tard que je le souhaitais. Le lendemain serait l'ultime journée complète avant le début de ma dernière année de lycée, et cette idée me nouait l'estomac.

Je n'avais même pas envie de me lever. D'un côté, j'étais consciente que je devais réagir en faisant la fête jusqu'à l'aube, mais j'étais trop déprimée pour quitter mon lit.

Je m'enfonçai plus profondément sous la couette, sans tenir compte des messages de Jane. En résumé, ils avaient tous le même contenu : « Hé, meuf ! On va se cuiter ? » C'était ce que proposait l'un d'entre eux, mot pour mot. J'ignorais où elle était allée chercher ce « Hé, meuf », mais j'espérais qu'elle y renoncerait rapidement.

Même Milo m'avait envoyé des SMS, mais je ne lui avais pas répondu non plus. Pour l'essentiel, il m'informait qu'il s'ennuyait, vu que Jack était parti rejoindre Ezra quelque part pour une transaction commerciale.

Je fermai les yeux face à la nuit qui était tombée dehors, et m'interrogeai sur la façon dont Jack se coiffait quand il accompagnait Ezra dans ses voyages d'affaires. Est-ce qu'il aplatissait ses cheveux, ou est-ce qu'il mettait du gel et les ébouriffait comme d'habitude ? Est-ce qu'il portait un costume et une cravate ? Je ne pouvais pas m'empêcher de l'imaginer en réunion, dans le coin d'une salle, en train de jouer à Pac-Man sur son mobile, avec des mèches hirsutes, inacceptables dans ce contexte.

C'était ma dernière nuit entière de liberté, et il n'était pas là. Cela me contrariait énormément, et c'était en partie ma faute. Si je ne m'étais pas moquée de son manque d'intérêt à choisir une carrière ou à endosser une responsabilité financière, il n'aurait peut-être pas jugé nécessaire de participer à l'entreprise familiale.

— Alice !

Milo venait de crier depuis une pièce de l'appartement, et je n'avais même pas entendu la porte d'entrée s'ouvrir. Il m'appelait, et je me contentai de me cacher la tête sous les couvertures. Il faisait trop chaud pour se mettre dessous, mais j'avais simplement envie de m'enterrer et de me faire oublier.

— Alice, me dit-il d'un ton réprobateur après que j'eus perçu le grincement de la porte de ma chambre. Qu'est-ce que tu fiches ? Tu veux te provoquer un coup de chaleur ?

— Peut-être bien.

— Qu'est-ce que tu as ? Je t'ai envoyé au moins dix messages.

Comme je gardais le silence, il me découvrit, et j'essayai de masquer mon soulagement d'avoir le visage à l'air.

— C'est à cause de la rentrée ? Ce n'est rien. Ce n'est pas la fin du monde.

— À ton avis, qu'est-ce que les gens vont dire quand ce sera vraiment la fin du monde ? demandai-je sèchement. C'est la fin du monde mais, au moins, ce n'est pas le lycée. Ou la prison. Ou une fusillade. Ou tous les autres événements qui ne sont pas la fin du monde.

— La méditation ne te réussit pas, souligna Milo. On dirait toujours une caricature ratée d'un philosophe, comme ces biscuits chinois contenant des citations de Confucius ou comme les clichés que débite le personnage du Sphinx dans *Mystery Men*, du genre : « Quand tu doutes de tes pouvoirs, tu donnes du pouvoir à tes doutes. »

— C'est censé me remonter le moral ?

Je me tournai pour le dévisager, m'efforçant de lui adresser un coup d'œil furieux et dubitatif dans la lumière qui entrait à flots à cause du lampadaire près de ma fenêtre, mais il ne regardait même pas dans ma direction. Le dos tourné, il était assis sur mon lit et, visiblement, se limait les ongles.

— Pas vraiment. C'est ma façon de m'amuser.

Il laissa tomber la lime à ongles et posa enfin les yeux sur moi.

— Jack est parti, et je m'ennuie avec un grand « N ».

— Pourquoi un grand « N » ? Ça commence par un « E ». Ça ne veut rien dire.

— Pourquoi il faut toujours que ce soit la première lettre qui hérite d'une majuscule ? Je préfère le « N » au « E ».

— Du point de vue grammatical, il est faux de mettre une capitale à la deuxième lettre d'un mot. C'est l'usage, c'est tout.

— Eh bien, peut-être que je vais changer les règles syntaxiques. Je suis un vampire à présent. Je peux faire tout ce qui me chante.

Il me décocha un sourire radieux et se jeta sur le lit en s'étalant sur mes jambes. Il appuya la tête sur son coude puis me tapota le ventre.

— Tu dois sortir de ce lit. On doit se bouger.

— Il n'y a rien à faire, marmonnai-je.

Le samedi soir, les activités possibles ne manquaient pas à Minneapolis et Saint Paul, mais aucune ne m'attirait. Traîner au lit était le truc le plus palpitant que je pouvais supporter.

Je n'avais même pas repris ma lecture du livre de Peter, car cela me semblait nécessiter trop d'efforts. Sans compter qu'il valait mieux tenter de l'oublier. J'ignorais comment et même si c'était possible, mais ça ne me coûtait rien d'essayer.

— Oh, Alice, dit Milo en penchant la tête, qu'est-ce que je vais faire de toi ?

— Rien. Je reste là. Et je glande.

Je venais d'achever ma phrase quand mon portable sonna. Avant même que mon cerveau m'ordonne de tendre le bras, mon frère bondit et le récupéra sur la table de chevet. Ses réflexes, foudroyants, témoignaient de l'efficacité de l'entraînement de Jack. Même si je ne comprenais pas totalement pourquoi Milo en avait besoin. Après tout, ce n'était pas comme s'il avait rejoint l'armée.

— C'est Jane ! s'écria-t-il en faisant défiler le SMS pour le lire. Et elle a une super idée !

— Je ne veux même pas la connaître.

Je commençai à remettre les couvertures sur ma tête, mais Milo s'en empara pour m'en empêcher.

— Dépêche-toi de te préparer. (Il finit de taper un texto de réponse et referma le clapet de mon téléphone.) Elle arrive dans vingt minutes.

— Pour quoi faire, bon sang ? grommelai-je.

— On sort. En boîte. Mais sans vampires, s'empressa-t-il d'ajouter. On sait tous qu'ils ne te conviennent pas.

— On ne réussira pas à entrer, dis-je en secouant la tête. Comme on est trop jeunes, on se fait toujours refouler.

— Tu n'y es encore jamais allée avec moi, souligna-t-il avec un clin d'œil. Je suis un vrai petit porte-bonheur.

— Depuis que tu es là, c'est plutôt la poisse qui s'est abattue sur moi.

Je tentai de me retourner, mais il posa doucement la main sur mon bras.

— Allez, Alice ! on va s'amuser. Je te le promets. Et ce n'est pas comme si tu avais quelque chose de plus intéressant à faire.

— Qu'est-ce que j'y gagne ? lançai-je en levant les yeux sur lui.

— Un bon moment ! s'exclama-t-il en me tirant du lit. Dépêche-toi. Hors de question que tu y ailles dégoulinante de sueur comme ça !

— Attends deux secondes ! protestai-je une fois debout. Tu es un vampire désormais. Tu ne crois pas que Jane va s'en apercevoir ?

— Elle ne me regarde jamais ou, quand ça lui arrive, elle ne fait pas attention à moi. Tu n'auras qu'à lui dire que j'ai eu une poussée de croissance.

— Une poussée de croissance ? raillai-je.

— C'est Jane ! Elle ne réfléchit pas à grand-chose, sauf à son look. Tout ira bien.

Je le laissai s'affairer dans ma chambre et jouer à la poupée avec moi. D'ordinaire, quand je me préparais, je me montrais un minimum intéressée par le choix de ma tenue mais, là, j'y étais contrainte. Donc, à part des vêtements confortables de type pyjama, rien ne me disait.

Lorsque Milo m'estima présentable, je m'inspectai dans le miroir de ma chambre. Il avait opté pour une robe légère agréable à porter malgré la chaleur, que je défroissai du plat de la main.

— Ne t'inquiète pas, tu es très jolie, affirma-t-il. Et je ne vois pas en quoi ça te préoccupe tant si tu n'as même pas envie de sortir.

— Si je sors avec Jane et toi, il me faut toute l'aide dont je peux disposer. (Je me souvins soudain de mon amie, et consultai mon réveil.) Elle a dix minutes de retard. Tu es sûr qu'elle passe ?

— Alice, c'est Jane. Elle n'est jamais à l'heure.

En plus de ma vague déprime, j'étais un peu nerveuse. J'avais réellement besoin de m'aérer et de m'amuser tant que j'en avais l'occasion, afin de me débarrasser de ce ridicule sentiment d'appréhension qui me tenaillait.

— C'est ça, le fameux livre ? demanda Milo. (Il se mit à feuilleter l'autobiographie de Peter qu'il avait trouvée sur ma table de nuit.) Oh oui ! pas de doute. Pff !

— Quoi ? Quel livre ?

Je me tournai vers lui, m'interrogeant sur le sens de ce petit « pff ».

— Celui-ci, dit-il en me le montrant.

— Je sais très bien de quel livre tu parles, mais qu'est-ce que tu sous-entendais par « le fameux livre » ? Comment étais-tu au courant de son existence ?

Je voulais m'approcher de lui et le lui arracher des mains, mais comme cela ne me semblait pas correct, je me contentai de tripoter l'ourlet de ma robe.

— C'est le livre de Peter. Jack m'en a parlé.

Il en parcourut une page, se désintéressant de la conversation. Quand j'insistai pour découvrir ce que lui avait raconté Jack, mon frère poursuivit sa lecture.

— Milo ? répétai-je plus fort.

Devant son absence de réaction, je marchai vers lui et récupérai l'ouvrage.

— Pourquoi tu as fait ça ? protesta-t-il.

— Tu faisais comme si je n'étais pas là !

Je reculai d'un pas, étrangement réconfortée de mettre de la distance entre le livre et lui. Je tentai de prendre un air désinvolte en ramenant une mèche derrière mon oreille.

— Je t'ai demandé ce que Jack t'avait dit à propos du livre.

— Que tu avais un bouquin écrit par Peter, sur les vampires, répondit-il avec un haussement d'épaules.

— C'est tout ?

Mon rythme cardiaque s'était accéléré et, quand Milo s'en aperçut, ses yeux étincelèrent brièvement. Je veillais jalousement sur cet objet parce que c'était le seul en ma possession qui appartenait à Peter et, sans savoir pourquoi, il était important pour moi de me sentir encore liée à lui.

Cette pensée me chamboula, et ma réaction fut de tourner les talons et de ranger rapidement le livre dans le premier tiroir de ma commode.

— Qu'est-ce que c'est que cette attitude ? s'enquit mon frère d'une voix tendue. Qu'est-ce qui se passe ?

— Rien, dis-je en claquant le tiroir.

Je pris une profonde inspiration et m'accordai un moment pour récupérer avant de croiser de nouveau le regard de Milo.

— C'est juste Peter.

— J'aurais bien aimé le rencontrer, m'affirma-t-il, moins sur la défensive. J'adorerais comprendre toute cette agitation.

— Il n'y a pas d'agitation. Si ?

Je n'avais pas l'impression d'en faire tout un plat ou, du moins, j'essayais d'éviter.

— Oh ! bien sûr qu'il y a une histoire, rétorqua Milo, les sourcils froncés. D'ailleurs, « l'entraînement » de Jack repose en grande partie là-dessus.

Il avait esquissé des guillemets en prononçant le mot « entraînement », ce qui aurait pu me faire sourire si je n'avais pas été aussi déstabilisée par les implications de ce qu'il m'expliquait.

Les termes que Jack avait employés la veille m'avaient troublée, mais je n'avais pas vraiment assemblé les pièces du puzzle. « Arsenal », « exercice », « entraînement ». Des choses que Milo devait « maîtriser », et je m'étais demandé : « Maîtriser dans quel but ? »

Mais je n'avais rien exprimé à voix haute et, désormais, je le regrettais. Parce que Jack entraînait Milo à combattre Peter, ce qui me vrillait l'estomac.

— Jack t'entraîne à te battre contre Peter ?

— Non, non, se ravisa-t-il. Pas pour ça. Je ne vais pas aller le chercher et le provoquer en duel ou un truc de ce genre. Jack s'inquiète de la manière dont Peter va me traiter s'il revient. Et, au cas où Peter tente de… te faire quelque chose. (Il hésita un instant, me rappelant le garçon complexé qu'il avait été.) Jack veut assurer notre protection à tous les deux. Ce n'est pas une mauvaise idée.

— En effet, concédai-je, mais ma boule au ventre persistait. Pourtant, ça ne me plaît pas.

— Rien ne te plaît ! rétorqua-t-il en se retournant et en descendant du lit. Jane en met du temps ! On devrait aller en ville et lui dire de nous rejoindre là-bas.

— Ça fait trop loin à pied.

— Comment tu crois que je suis arrivé ici ? Par téléportation ? (Il fit claquer ses doigts, insinuant qu'il était apparu comme par magie.) Mais non, j'ai emprunté la voiture de Mae.

— Tu ne sais pas conduire ! Tu n'as eu qu'une leçon et, en plus, tu n'as pas le permis !

— Du calme, ma grande ! dit-il en levant les mains. Jack m'a appris à conduire et maintenant, même si j'ai encore seize ans, tout est différent. Et bientôt j'aurai un permis qui spécifiera que j'ai dix-huit ans, alors reprends-toi !

— Mais, pour l'instant, tu n'en es pas titulaire !

— Alice ! C'est toi qui es censée être la plus rigolote !

— Je n'ai jamais été rigolote !

— Eh bien, la plus irresponsable en tout cas. (Il fit un geste en direction de la cuisine.) Enfin, depuis combien de temps tu n'as pas fait la vaisselle ? Tu ne te couches pas avant l'aube. Tu es une jeune rebelle. Tu peux bien rouler dans une Volkswagen sur quelques pâtés de maisons ! Vis un peu, mince !

— OK ! Tu as gagné !

J'attrapai mon téléphone puis suivis Milo hors de ma chambre en secouant la tête.

— Allons-y. J'enverrai un texto à Jane sur la route, précisai-je.

Chapitre 18

Milo voulait laisser son nouveau sex-appeal s'exprimer. Après avoir été sexuellement réprimé et maladroit toute sa vie, il voulait trouver les réponses aux questions qu'il s'était toujours posées. L'endroit le plus logique pour y parvenir était donc une boîte gay près d'Hennepin Avenue.

Je n'étais pas ravie de retourner en centre-ville, à proximité du club de vampires mais, comme cette fois l'établissement était fréquenté par des humains, je pensais que je ne craignais pas grand-chose. De plus, Milo m'accompagnait et pouvait me servir de garde du corps en cas de besoin.

Jane n'appréciait pas vraiment les boîtes gay. Elle s'y rendait parfois pour les boissons, la musique et parce que les homosexuels la trouvaient fabuleuse. Mais, par-dessus tout, elle aimait se faire draguer.

De mauvaise grâce, elle accepta de nous retrouver là-bas. Nous l'attendîmes devant la discothèque, puisqu'elle ne pourrait certainement pas rentrer sans Milo. Je n'avais pas de fausse carte d'identité sur moi mais, à mon avis, aucun physionomiste ne résisterait à mon frère. En fréquentant Jack, j'ai découvert que les gens très beaux peuvent tout se permettre.

Nous étions dans le parking à côté du club. Le stationnement coûtait 25 dollars, mais comme Milo possédait désormais un compte bancaire, il s'en fichait.

Plusieurs jeunes hommes séduisants (et beaucoup d'autres moins attirants) adressèrent un sourire admiratif à Milo en passant devant lui pour entrer. Il s'en aperçut et rougit.

Jack ne se rendait pas compte de ce genre de regards, ce qui m'agaçait. D'une certaine manière, j'aurais dû trouver le fait qu'il n'avait d'yeux que pour moi flatteur et romantique, mais ce n'était pas le cas. Parce que je remarquais toujours les autres, et j'aurais souhaité qu'il leur dise de dégager, parce qu'il était avec moi.

Jane arriva avec un quart d'heure de retard. J'étais assise sur la rambarde métallique, jouant mon rôle d'acolyte invisible de Milo. Je mâchais un chewing-gum et tentais de faire la plus grosse bulle possible. Sans le claquement des talons de Jane, je ne l'aurais pas vue.

— Milo ! s'écria-t-elle, le souffle court.

Je fis exploser ma bulle pour poser les yeux sur elle. Elle s'était littéralement arrêtée au milieu de la route et, bouche bée, elle observait mon frère. Elle secoua la tête et cilla. Milo éclata d'un rire gêné.

— Jane, bouge, tu es au milieu de la route, lançai-je en entendant un taxi vrombir dans sa direction.

Elle ne bougea que lorsque le chauffeur la klaxonna, puis elle donna une chiquenaude au véhicule avant de nous rejoindre d'un pas nonchalant.

— Milo Bonham, bonté divine ! s'écria-t-elle en lui souriant. (Je me demandai où elle avait déniché cette expression.) Doux Jésus, comme tu as grandi !

— Tu es en contact avec l'esprit d'une starlette des années 1950 ou quoi ? ironisai-je, surprise par sa nouvelle façon de flirter.

— Certainement pas !

Elle partit de son rire de vamp, et je levai les yeux au ciel.

— J'ai du mal à croire que c'est vraiment toi, poursuivit-elle.

— Je suis en pleine croissance, avança Milo d'une voix confuse.

En quelques semaines à peine, il avait pris dix centimètres, son teint ressemblait à de la porcelaine, et son physique de petit garçon aux joues rebondies s'était transformé en une silhouette digne d'un mannequin de chez Calvin Klein. Ce qui, bien évidemment, s'expliquait très bien par une poussée de croissance.

— Il a bien poussé, intervins-je tandis que Jane ne le quittait pas du regard.

— Hmm, ronronna-t-elle pour exprimer son accord. J'aurais juste voulu qu'on me prévienne.

— Il a toujours seize ans, Jane, lui rappelai-je.

Comme Milo me l'avait indiqué, c'était désormais différent mais, malgré toute cette superbe évolution, il restait mon petit frère, innocent et naïf, qui n'avait pas besoin que Jane le reluque comme ça. Ce n'était pas sa faute si elle se sentait à ce point attirée par lui, mais ça me foutait quand même les jetons. Et pas qu'un peu.

— Et surtout, il est homo, ajoutai-je en désignant du pouce la boîte derrière nous. D'où notre présence ici.

— Les meilleurs sont toujours gay, déplora Jane d'une voix fluette, comme si elle imitait de son mieux Marilyn Monroe.

Elle avait dû s'endormir devant un vieux film la veille au soir.

— Comment ça « les meilleurs » ? demandai-je en m'interposant entre eux.

— C'est une façon de parler, Alice.

Elle s'adressait à moi comme si je faisais exprès de dire des trucs idiots pour l'agacer.

Nous tournâmes au coin de la rue pour atteindre l'entrée. Je pris Milo par le bras pour éviter qu'il s'éloigne de moi. Jane ne put se retenir de le dévisager à plusieurs reprises, mais elle faisait de gros efforts pour prétendre qu'elle s'en était remise.

Milo sourit au portier, qui nous autorisa l'accès sans nous faire payer. Je me demandai combien de choses je ratais dans la vie simplement parce que j'étais ordinaire.

Je n'eus cependant pas beaucoup de temps pour y réfléchir, puisqu'un remix dance de Lady Gaga m'emplit les oreilles et l'esprit. Je suivis mon frère de près dans le couloir d'entrée qui menait à la première salle du club.

L'endroit, baigné de lumières bleutées et de stroboscopes, résonnait de rythmes enivrants. Au milieu trônaient trois plates-formes carrées sur lesquelles dansaient des groupes d'hommes, torse nu. À l'autre bout de la pièce étaient installés un bar scintillant et quelques canapés. Si j'avais envie de boire un coup, je doutais de réussir à traîner mon frère devant le comptoir dans l'immédiat.

Quelques instants après notre arrivée sur la piste de danse bondée, un type sexy m'arracha Milo, qui m'adressa un sourire d'excuse. Je lui fis signe d'y aller. Après tout, c'était le but d'une boîte de nuit, non ?

Comme les garçons ne s'intéressaient pas à elle, Jane jeta son dévolu sur deux très jolies lesbiennes, qui formèrent un sandwich, avec mon amie en guise de garniture. Je commençai vraiment à m'interroger sur les raisons qui m'avaient poussée à me lier d'amitié avec elle. N'avais-je pas fini par me lasser d'elle à cause de toutes mes aventures palpitantes avec des vampires ?

Puis je me rendis compte que j'étais seule au milieu d'une piste de danse et que, si j'avais peur que tous les autres m'abandonnent, Jane, dans son désir narcissique d'avoir un faire-valoir, ne le ferait jamais.

Je me rendis au bar et tentai de commander à boire, mais je me fis rembarrer. On ne pouvait pas me donner vingt et un ans, et le barman jugea bon de prévenir les videurs que j'étais entrée en douce. Je me sauvai dans un recoin obscur de la boîte pour éviter qu'ils me retrouvent.

Ainsi tapie, je tombai sur plusieurs couples dont les actions auraient eu leur place dans un film porno. Grâce à l'absence d'éclairage, je ne parvins pas à distinguer grand-chose, mais je mis tout de même mes mains en œillères pour m'épargner ce spectacle le plus possible.

Milo se trémoussait torse nu sur une des plates-formes. Il était sans conteste l'homme le plus splendide dans la salle. Tout le monde se disputait son attention, et j'espérais qu'il saurait faire le bon choix.

Je ne lui avais pas encore raconté l'histoire de la petite graine. Peut-être que Jack s'en était chargé, au détour d'une conversation sur le fait de s'abreuver du sang d'une autre personne. Ces sujets ne tarderaient sûrement pas à se présenter, et je ne pouvais que souhaiter qu'il fût bien informé.

Malgré le volume de la musique et les gémissements forts des hommes qui me dérangeaient, j'entendis un bruit s'élever, doux et fragile, comme une clochette qui tintait… sous hélium.

Dès que je perçus ce rire, mon sang ne fit qu'un tour. Je balayai frénétiquement la foule des yeux. Les lumières des stroboscopes révélèrent brièvement une chevelure violette, puis je vis son visage.

Violette, la vampire trop maquillée rencontrée quand j'étais sortie avec Jack, plongea son regard dans le mien et gloussa étrangement. Ses lèvres étaient noires, et ses yeux étaient soulignés d'un épais trait d'eye-liner assorti et d'une ombre à paupières argentée avec des paillettes. Elle sortit sa langue d'une façon qu'elle voulait à la fois suggestive et intimidante, mais son air méchant l'emportait.

Elle avait un côté Harley Quinn, la compagne du Joker dans *Batman*. Soudain, je compris pourquoi cette image me taraudait. Elle était la petite copine, l'acolyte, celle qui détournait l'attention lorsque les vrais problèmes s'approchaient.

Je fonçai pour récupérer Jane et Milo afin de tenter une échappée, mais je me trouvai bloquée par un modèle de perfection aux cheveux foncés : Lucian. Son sourire était bien plus menaçant que ce que Violette pouvait espérer atteindre un jour, mais c'était parce qu'il était tenaillé par la faim. Il me dévorait de ses yeux noirs.

— Tu danses ? me demanda-t-il d'une voix suave, et mon cœur se mit à battre la chamade.

— C'est vraiment bête ce que tu dis là ! criai-je afin qu'il m'entende malgré la musique, ce qui contribua à me faire conserver une voix stable. C'est rebattu comme cliché ! Tu aurais plutôt dû essayer une réplique du style : « Qu'est-ce qu'une fille comme toi fait dans un endroit pareil ? » ou « Toi ici ? »

Les bras ballants, je serrai les poings. J'avais envie de chercher Milo du regard, mais j'avais trop peur pour quitter Lucian des yeux.

— Je sais que tu parles, mais tout ce que je perçois, c'est un beuglement.

Son sourire s'élargit, et je déglutis avec difficulté. J'ignorais s'il impliquait que mon sang était comme du lait ou s'il me considérait comme un bout de viande mais, dans les deux cas, ce n'était pas flatteur.

Dans mon dos, Violette éclata de rire. Elle s'était rapprochée de moi. Toutefois, la salle était pleine à craquer. Même si tout le monde tombait sous leur charme, on remarquerait forcément mes coups de pied et mes hurlements.

Et Lucian n'oserait pas me mordre, pas devant autant de témoins. Les vampires ne dissimulaient pas leur nature, mais ne souhaitaient pas pour autant souhaiter passer au journal télévisé du soir.

C'était mon unique atout et, si je me défendais assez longtemps, quelqu'un me verrait.

— Tu mijotes une évasion, dit Lucian d'un ton amusé. J'ai hâte de voir comment ça va tourner.

— Je ne suis pas venue seule, déclarai-je et, derrière moi, Violette gloussa.

Lucian l'arrêta net en la fusillant du regard.

— Peut-être bien, mais ton chevalier servant n'est pas là pour te protéger, décréta-t-il avec une assurance déconcertante.

— Qu'est-ce que tu en sais ?

— Parce que, sinon, il serait déjà ici !

Il tendit la main pour me toucher, faisant glisser l'un de ses ongles à la longueur repoussante le long de ma joue.

Je reculai brusquement la tête, terrifiée de ce qui se produirait s'il me faisait saigner.

— On est nerveuse ?

Il voulait me mordre, ce que je refusais en bloc. Il était beaucoup plus fort, plus rapide et probablement plus intelligent que moi. Mes seuls avantages étaient une salle bondée et Milo. Il fallait m'en servir avant qu'il soit trop tard.

Je me précipitai sur la piste de danse. Je sentis quelqu'un tirer sur ma robe, et je supposai qu'il s'agissait de Violette, dans la mesure où Lucian était trop malin pour provoquer une telle scène. Le tissu se déchira dans mon dos et un courant d'air s'engouffra dans ma culotte. Si je n'avais pas été en train de prendre mes jambes à mon cou, j'aurais été morte de honte.

Grâce à un bond extraordinaire, je parvins à sauter sur la plateforme la plus proche. Elle se trouvait à soixante petits centimètres du sol seulement. Ce n'était donc pas si impressionnant que ça, sauf qu'à ce moment-là je n'étais qu'une fille d'un mètre cinquante-huit en train de courir dans un club gay plein à craquer avec une robe déchirée et un vampire aux trousses.

Milo était sur le cube d'à côté, et je hurlai son nom dans l'espoir d'attirer son attention, mais il dansait avec un mec mignon qui n'avait pas froid aux yeux.

Je sautai sur sa plate-forme, et Lucian siffla dans mon dos. Après un atterrissage brutal, je trébuchai sur un type, mais Milo me rattrapa d'un geste étonnamment fluide et gracieux.

— Qu'est-ce qu'il y a ? me demanda-t-il en m'agrippant le bras.

— Il est là ! criai-je.

— Qui ?

Milo scruta la piste de danse.

Avant que je puisse répondre, il se mit à gronder, et je sus qu'il avait repéré Lucian et Violette. Il plissa les yeux et ses pupilles se dilatèrent. Il prit une position d'attaque. Cette transformation primale était tout simplement terrifiante.

— Milo ! hurlai-je quand la pression qu'il exerçait sur mon bras devint pénible.

Déconcentré, il baissa brusquement le regard vers moi.

— Il faut qu'on parte d'ici, ordonna-t-il.

Sous sa nouvelle confiance et sa force récemment acquise, je distinguai une peur réelle.

Sans me lâcher, il sauta de la plate-forme, suscitant quelques huées de déception parmi la foule. Nous avions presque atteint la porte quand je vis Jane en train d'embrasser une des filles de son sandwich lesbien. Dans la panique, j'avais failli l'oublier.

J'envisageai de la laisser derrière nous pour sa propre sécurité, puisque nous étions poursuivis par des vampires. Mais ces derniers l'avaient peut-être vue arriver avec nous, alors je lui saisis la main. Je crus qu'elle allait me taper dessus pour s'en défaire, mais Milo nous entraînait et, quand elle constata qu'il était torse nu, elle suivit le mouvement.

Milo nous mena dehors. Je perdis l'équilibre, et j'eus envie de lâcher Jane afin de pouvoir m'accrocher à lui et de me concentrer sur mes pas, mais Lucian l'avait remarquée, c'était sûr.

— Pourquoi on court comme ça ? Je vais me fouler la cheville si ça continue ! s'exclama Jane.

— Dépêche-toi ! insista Milo.

Il faisait de longues foulées, si rapides que je ne parvenais pas à tenir le rythme. Je finis par tomber. J'eus à peine le temps de m'écorcher le genou : il me releva en me faisant craquer le bras.

— Milo ! Tu vas me déboîter l'épaule ! grimaçai-je.

— Ça peut se remettre en place. (Il grogna, puis je le vis gonfler les narines.) Merde, Alice ! Tu saignes.

— C'est ta faute.

De petites gouttes de sang tachetaient mon genou. J'avais mal à la jambe, ce qui me gênait pour marcher, alors que je n'allais déjà pas très vite au départ. Je jetai un coup d'œil en arrière, m'attendant à ce que Lucian soit à quelques pas de nous, mais le trottoir n'était fréquenté que par d'autres fêtards.

— Ils ne sont pas derrière nous, informai-je Milo.

— Alors ils sont devant.

Il s'arrêta net et je manquai de m'étaler de nouveau. Je ne les voyais pas devant nous, et ne comprenais pas de quoi mon frère parlait.

— Nom de Dieu, qu'est-ce qui se passe ? s'enquit Jane d'une voix teintée de panique.

— On doit rejoindre la voiture.

Milo me souleva et me jeta sur son épaule comme un sac de pommes de terre. Je poussai un cri de surprise, mais ne protestai pas.

— Jane, il faut que tu me suives, annonça-t-il. Si tu n'y arrives pas, je serai obligé de t'abandonner.

— De quoi tu…

Sans lui laisser le temps d'achever sa phrase, il se remit en route, encore plus vite. Il l'avait attrapée par la main et la tirait vers l'avant.

D'un bond, Milo passa par-dessus la rambarde métallique du parking, que Jane escalada beaucoup moins prestement après lui. Il balaya les environs du regard, guettant des indices de leur présence, et je percevais sa respiration saccadée. Il n'allait pas vite au point de se retrouver essoufflé, alors je présumai que c'était parce qu'il tentait de se maîtriser à cause de l'odeur de mon sang.

Même si Milo m'avait sauvée des griffes de Lucian, il ne saurait pas me protéger de lui-même.

Nous étions presque arrivés à la Jetta, et j'étais persuadée que nous leur avions échappé. Soudain, surgi de nulle part, Lucian était là, appuyé contre la portière conducteur de la voiture de Mae. Il nous adressa un sourire, et je sentis Milo resserrer sa prise sur moi au point de me faire mal, mais j'étais trop effrayée pour m'en plaindre.

— Qui c'est ? demanda Jane.

Si cela avait été à elle de choisir, elle n'aurait pas fui Lucian.

— Dégage ! intima Milo au vampire.

— Tu as seulement réussi à parfumer l'air, lui dit Lucian. C'est ce que font les chasseurs de requins. Ils les appâtent en mettant du sang dans l'eau, et les prédateurs deviennent fous. Tu étais au courant ?

— S'il te plaît, va-t'en, déclara mon frère entre ses dents.

— Comment te sens-tu en ce moment ? Un peu excité, toi aussi ?

Lucian fit un pas vers nous, et Milo se crispa davantage.

— Dès que je te pose par terre, tu rentres dans la voiture.

Il se mit à fouiller sa poche pour récupérer les clés et je m'accrochai à lui, peu disposée à ce qu'il me lâche.

— Violette rôde dans le coin, soulignai-je.

— Il faut que tu ailles à l'intérieur, répéta Milo en tendant les clés à mon amie. Jane, occupe-toi de mettre Alice dans la voiture. C'est tout ce que tu as à faire.

— OK, répondit-elle d'un ton hésitant.

— Milo ! hurlai-je, ce qui déclencha l'hilarité de Lucian.

— Tu devrais peut-être l'écouter, décréta ce dernier, mais mon frère me fit glisser de son épaule.

Lorsque mes pieds touchèrent le sol, mon genou menaça de céder, mais Milo garda une main sur mon épaule, comme s'il était réticent à me laisser y aller. L'espace d'un instant, il se tint ainsi, les yeux rivés sur Lucian, et personne ne bougea. Puis j'entendis que Jane avait déverrouillé les portières.

Comme si cela avait été un signal, tout le monde s'anima en même temps. Jane me prit par la main et se précipita vers le véhicule, et Milo fonça sur Lucian. Je perçus des grondements et des grincements de dents, mais je m'efforçai de ne pas regarder dans leur direction.

Je sentis des mains acérées comme des griffes qui essayaient de me saisir les bras et les jambes, puis je reconnus le rire perçant de Violette qui tentait de s'emparer de moi. Je continuai ma course, laissant la panique et l'adrénaline se propager dans mes jambes tandis que Jane m'entraînait vers la Jetta.

Elle tira la portière d'un coup sec et me poussa à l'intérieur avant de monter à son tour. Elle me grimpa dessus, mais réussit à claquer la portière au nez de Violette, qui lâcha un cri de déception.

Chapitre 19

Jane verrouilla la portière. Je glissai à l'autre bout de la banquette puis plaquai le dos contre la vitre opposée à celle par laquelle Violette nous fusillait du regard. Jane m'imita et, lorsque la vampire tapa le verre de ses paumes, je hurlai, et mon amie aussi.

L'hystérie était sur le point de s'emparer de nous, et si Violette continuait à tambouriner de la sorte, grâce à sa force surnaturelle, elle ne tarderait pas à entrer.

Milo l'envoya valser et, derrière lui, je remarquai un trou dans le véhicule à côté du nôtre. Je ne voyais pas Lucian, mais mon frère avait des griffures sur tout le torse. Il frappa à la vitre pour nous signaler de lui ouvrir, et Jane se pencha pour le faire.

Milo tira la portière et Violette bondit sur son dos, puis enfonça ses incisives aiguisées dans le cou de mon frère. Il la repoussa, et elle s'effondra au sol. Il s'assit sur le siège conducteur et verrouilla derrière lui. Un filet de sang coulait le long de son cou, mais il n'en semblait même pas conscient.

— Tu es blessé ! s'exclama Jane, le souffle court.

— Passe-moi les clés, dit-il en tendant la main.

Violette se jeta sur le pare-brise et le martela de ses poings. Elle me regarda fixement de ses yeux violets complètement fous, et me montra les crocs.

— Sors-nous d'ici ! hurla Jane en donnant les clés à Milo.

Il démarra en trombe. Violette s'envola du pare-brise pour atterrir en dehors de mon champ de vision. Milo sortit du parking en faisant crisser les pneus, sans se préoccuper de la circulation, mais tous les autres véhicules le laissèrent passer tandis qu'il s'éloignait dans la nuit.

Il n'allait ni en direction de l'appartement, ni de la maison mais, à en juger par les coups d'œil qu'il ne cessait de jeter dans le rétroviseur, ce n'était pas innocent.

Tandis qu'il roulait à toute allure, Jane se sentit suffisamment rassurée pour s'écarter de moi. Elle regarda ma robe en lambeaux et, sans même me demander la permission, en déchira une bande. Elle forma une boule avec le tissu puis la pressa contre la plaie de Milo, mais il eut un mouvement de recul lorsqu'elle le toucha.

— J'essaie d'arrêter l'hémorragie pour éviter que tu te vides de ton sang, lui expliqua-t-elle, manifestement vexée.

— Je vais bien, répliqua-t-il sèchement avant de vérifier de nouveau le rétroviseur.

— Est-ce qu'ils nous suivent ? demandai-je.

— Je ne sais pas. En tout cas, je ne l'ai pas vu. Mais je ne vois pas pourquoi ils renonceraient.

À mon grand regret, ses paroles paraissaient tout à fait sensées, et je dus déglutir pour m'empêcher de vomir.

— Qu'est-ce qui se passe ? s'enquit Jane.

Penchée entre les deux sièges, elle maintenait le chiffon plaqué contre le cou de Milo.

— C'est compliqué à expliquer, dis-je.

Je m'enfonçai dans la banquette arrière pour rester dissimulée des occupants des autres voitures, même si j'étais persuadée que Lucian avait bien observé la nôtre. Et, même si ce n'était pas le cas, il verrait Milo au volant.

Je déchirai un autre bout de robe pour le presser contre mon genou blessé et mes jambes griffées par Violette, afin que l'odeur de mon sang n'envahisse pas l'habitacle. J'avais envie d'entrouvrir la vitre, mais j'étais terrifiée à l'idée de laisser la nuit s'infiltrer.

— Ils ressemblaient à des vampires ! s'écria Jane.

Mon cœur s'emballa. Je croisai le regard de Milo dans le rétroviseur. Comme moi, il ignorait comment résoudre ce problème.

— Vous avez vu les crocs de cette fille ? Et ses yeux déments ? Elle avait dû prendre de la drogue.

— Oui, sûrement, m'empressai-je de confirmer.

— Mais qu'est-ce qu'ils vous voulaient ? On aurait dit qu'ils étaient obsédés par vous !

Jane se retourna vers moi dans l'espoir que je lui fournisse des réponses, mais je secouai la tête sans lever les yeux.

— Je ne sais pas vraiment.

Je ravalai ma salive avec difficulté, car il ne s'agissait pas d'un mensonge total.

— Vous devriez prévenir la police, nous conseilla-t-elle, ou au moins aller à l'hôpital. Tu es couvert de…

Elle observait le torse de Milo, et je compris qu'elle éprouvait le même trouble et la même perplexité que moi lorsque j'avais vu les plaies de Jack disparaître. Il restait du sang séché à l'endroit de la blessure, mais l'entaille s'était refermée.

Elle ôta le tissu de son cou et eut un hoquet de surprise. Là où aurait dû se trouver un affreux trou, il n'y avait qu'une petite bande de chair rose légèrement saillante, comme une cicatrice récente.

— Comment tu as fait ça ? Comment est-ce possible ?

Elle avait blêmi et tremblait de tous ses membres.

— Jane, regarde-moi, lui ordonnai-je. Laisse tomber.

— Je veux une réponse ! insista-t-elle, visiblement sur le point de pleurer.

— Pas maintenant, d'accord ? Pas après tout ce qui vient de se passer. On peut attendre un peu ? la suppliai-je.

— Est-ce que ça va, vous deux ? Est-ce que vous êtes… normaux ? s'enquit Jane.

Je soulevai le tissu de mon genou pour lui dévoiler mon écorchure ensanglantée.

— Je suis toujours la même, OK ? Je n'ai pas changé du tout, dis-je pour tenter de l'apaiser.

Elle hocha la tête et se cala contre le dossier de la banquette, à côté de moi.

Je l'avais assez rassurée pour le moment. Du moins le croyais-je.

Elle se retourna vers moi, les yeux remplis de larmes. D'une main tremblante, elle écarta une mèche de son visage et d'une voix chevrotante murmura :

— Ce sont des vampires, n'est-ce pas ?

— Il vaut mieux que tu ignores certaines choses, répliquai-je.

Elle se mordit la lèvre en acquiesçant, mais je me demandai si elle avait interprété cela comme un « oui ».

— J'aimerais que Jack soit là, affirma Milo en se passant la main dans les cheveux.

— Tu n'es pas le seul, lui assurai-je.

— Tu vois, je peux me gérer. Mais vous protéger toutes les deux… je ne sais pas, ajouta-t-il après un moment. Je ne crois pas être prêt.

Assise à l'arrière d'une voiture verrouillée qui filait sur l'autoroute, je me sentais plutôt en sécurité. Mais Milo avait raison. Jane prit ma main entre les siennes et la serra très fort. Ce n'était pas pour rien qu'elle était ma meilleure amie.

Malgré tous ses défauts, elle m'avait sauvé la vie ce soir, et me laissait préserver mes secrets quand j'en avais le plus besoin. Il fallait le lui reconnaître.

— Bon. Voilà le plan : je vais conduire pendant un moment. Quand j'estimerai qu'il n'y a plus de danger ou quand on sera presque à court d'essence, on ira chez moi. Et Mae saura quoi faire, décréta-t-il.

Je tremblais de tout mon corps tandis que l'adrénaline redescendait de manière désagréable. Milo gardait les yeux braqués sur la route et sur le rétroviseur et, de façon étonnante, Jane parvint à s'assoupir au bout d'un certain temps. Elle avait la tête posée sur mon épaule, et je regardai par la vitre en songeant qu'à bord de la voiture d'à côté se trouvaient peut-être des vampires assoiffés.

Lorsque je sentis la fatigue l'emporter, mon insécurité resurgit. J'étais sur le point de sombrer dans le sommeil, et j'ignorais ce qui se produirait si je dormais. Je sortis mon téléphone que j'avais glissé dans mon soutien-gorge, le seul endroit où je pouvais le loger quand j'allais en boîte vêtue d'une robe.

Il faut que tu rentres. Tout de suite. Je crois que nous sommes en danger, tapai-je à Jack.

Il ne me restait ensuite plus qu'à attendre.

Milo finit par s'arrêter pour faire le plein, ce qui réveilla Jane. Avant de sortir de l'habitacle, il nous ordonna de ne pas bouger et de laisser les portières fermées en toutes circonstances.

Il se rendit vers l'arrière du véhicule et ouvrit le coffre pour y prendre un tee-shirt, un peu trop grand et doté de motifs de dinosaures mal dessinés. Je supposai donc qu'il appartenait à Jack.

Après avoir vu mon petit frère s'attaquer à un vampire et le projeter contre une voiture si violemment que la carrosserie portait l'empreinte d'un corps, je me faisais moins de souci pour lui qu'auparavant. Il était fort, et assez intelligent pour avoir conscience que cela ne suffisait pas.

Les vives lumières blanches de la station-service ne me permettaient pas de savoir si le ciel s'était éclairci et, juste avant cette pause, j'avais somnolé. Les rues étaient désertes. Comme la station était encore fermée, Milo paya à la pompe.

Un semi-remorque tournait au ralenti sur le parking, et un 4x4 avec un seul phare roula devant nous. Un jeune vêtu d'un immense sweat à capuche en dépit de la chaleur nous dépassa en marchant. Sinon, nous étions seuls.

Je lâchai la main de Jane et regardai tout autour de moi. Personne n'aurait pu encore nous suivre, pas même un vampire. Nous avions roulé à travers la zone métropolitaine à toute vitesse, donc ils n'avaient pas pu nous filer à pied, et j'aurais vu une voiture s'ils en avaient emprunté une.

Milo frappa contre la vitre pour qu'on lui ouvre, et Jane sursauta. Sous la lumière crue, je remarquai à quel point il était pâle. Il ouvrit la portière, les mains tremblantes et, dans le rétroviseur, je constatai que son regard était affolé. Des gouttes de transpiration lui couvraient le cou alors qu'il avait mis la climatisation à pleine puissance dans la Jetta et que j'étais frigorifiée.

— Je pense qu'on est tirés d'affaire, lui dis-je.

Il ne répondit pas, mais serra les dents, la mâchoire crispée. J'observai la façon dont ses yeux papillonnaient avec nervosité et sa respiration semblait superficielle. Il démarra trop vite, et le moteur émit un couinement de protestation.

La veine de son cou ressortit quand il banda ses muscles. Il m'évoqua un junkie en manque.

— Milo, ça va ? lui demandai-je tandis qu'il s'efforçait de se ressaisir.

J'ignorais comment il avait réussi à tenir jusque-là. Peut-être qu'en sortant du véhicule il s'était aperçu que nous étions hors de danger et qu'il avait alors laissé ses autres sens prendre le dessus. Désormais, il se rendait compte qu'il était réellement affamé.

— J'ai perdu du sang, Alice, et l'adrénaline a eu de drôles d'effets sur moi, m'expliqua-t-il entre ses dents. Si je m'abstiens encore longtemps, ça va être dangereux.

— De quoi il parle ? intervint Jane en croisant son regard dans le rétroviseur. Ça va ?

Il garda les yeux rivés sur ceux de Jane, dont la respiration devint plus profonde et plus sensuelle.

— Non, Milo, rentrons à la maison, suggérai-je en agrippant l'appuie-tête du siège passager si fort que j'en eus mal aux doigts.

Sans tenir compte de ma remarque, il démarra mais, au lieu de regagner la route, il se dirigea derrière la station-service, où tout était plongé dans l'obscurité. Il allait dans un endroit isolé, et j'eus la chair de poule quand il se gara.

— Milo, arrête, il y a d'autres solutions, le suppliai-je.

Mais il avait déjà pris sa décision. La faim le tenaillait trop pour qu'il puisse en faire abstraction.

— Alice, tais-toi, me dit-il doucement.

Il posa brièvement les yeux sur moi, et je n'y lus que cette soif primitive.

— Ferme les yeux, poursuivit-il, ou sors si tu préfères. Ça ne prendra qu'une minute.

Puis il riva son regard sur Jane, qui le contemplait, béate d'admiration.

— Jane, est-ce que tu me fais confiance ?

— Oui, acquiesça-t-elle comme un zombie victime d'un lavage de cerveau.

Il se tourna vers elle et posa une main sur son cou, frottant sa veine du bout du pouce pendant une seconde. Brusquement, il l'attira vers lui. Il était à demi penché entre les deux sièges. Avec une rapidité phénoménale, il enfonça ses crocs dans sa chair.

Elle eut un hoquet de surprise, et j'entendis le son subtil de la peau qui se déchire. Je fermai les yeux et plaquai le plus possible mon dos contre la portière. Jane gémit doucement et j'hésitai entre vomir, pleurer, crier ou rire.

L'instant sembla s'éterniser, même si c'était subjectif. Je restai à l'intérieur pour m'assurer que Milo ne se laissait pas emporter. J'ouvris les yeux et me rendis compte que mon instinct de survie m'avait poussée à monter sur la banquette arrière. J'étais accroupie, les genoux fléchis, le dos contre la vitre, et ma tête touchait le plafond.

Jane avait les yeux révulsés, mais ses petits gémissements m'indiquaient qu'elle était toujours vivante.

Milo avait entortillé ses doigts dans les cheveux de mon amie, dont le cou était plaqué contre sa bouche. Je ne distinguais pas le visage de mon frère, mais remarquai la façon dont ses lèvres étaient sur elle et le sang qui ruisselait de la blessure.

Je n'arrivais pas à m'ôter de l'esprit la fois où j'avais vu un chien affamé dévorer le cadavre d'un raton laveur sur le bord de la route. La manière dont l'animal tenait la patte du raton dans sa bouche était exactement la même que celle dont Milo tenait le cou de Jane.

— OK, Milo, ça suffit, dis-je d'une voix fluette que je ne reconnus pas.

J'avais déjà été mordue, mais voir un vampire mordre quelqu'un d'autre était complètement différent. C'était un spectacle terrifiant et écœurant.

Cette scène me fit prendre conscience pour la première fois que les vampires n'étaient pas humains. Ils possédaient peut-être une apparence de mortels et un semblant d'humanité, mais cette créature, mon frère, qui s'abreuvait du sang de mon amie, avait un comportement purement bestial.

— Milo ! Stop ! répétai-je.

Jane battit des paupières, et sa respiration devint chaotique. Elle s'évanouissait, et la mort n'était pas très loin.

— Milo ! Tu es en train de la tuer ! Non !

Lorsqu'il continua, je compris que je devais agir, mais j'étais terrorisée. D'un geste hésitant et presque gentil, je lui donnai une claque sur l'épaule. Je m'imaginais que Milo, tel un loup, allait se retourner et m'aboyer dessus avant de m'arracher la main.

Mais il ne sembla pas le remarquer, alors je tapai plus fort. Je recommençai plusieurs fois, jusqu'à ce qu'enfin il lâche Jane et s'effondre sur le siège conducteur.

Elle retomba lourdement sur la banquette en se cognant la tête contre la portière, et poussa un petit gémissement. Milo, les yeux fermés, avait l'air de quelqu'un qui planait, extatique.

Distraitement, du revers de la main, il essuya le sang sur son menton et marmonna des propos incohérents. Tous ses traits s'étaient adoucis, et il paraissait incroyablement jeune. Il avait appuyé sa tête contre son siège, dans ma direction, mais il était à peine conscient.

— Jane ?

Je me penchai vers elle et la giflai doucement pour tenter de la réveiller. Sur son cou, la morsure était déjà rose et boursouflée, premier pas vers la cicatrisation. Je lui donnai une nouvelle claque, mais elle se contenta de tourner la tête de l'autre côté.

— Jane ? Ça va ? Tu m'entends ? Jane ?

Elle essaya de repousser ma main d'un geste faible.

Je m'écroulai sur la banquette, le dos plaqué contre la vitre froide. Je laissai enfin mes larmes couler. Deux vampires avaient manqué de me tuer. Jane et moi portions les griffures qui témoignaient que Violette avait bien failli nous enlever dans la nuit.

J'avais survécu à tout ça, puis mon frère avait envisagé de nous tuer toutes les deux mais, finalement, il avait juste mordu Jane. Ils étaient à présent tous les deux endormis. J'étais la seule personne réveillée dans une voiture fermée à clé, dans le noir, derrière une station-service.

En attendant, on ignorait ce qu'étaient devenus les vampires qui nous poursuivaient.

—Alice, Alice, bredouilla Milo sans ouvrir les yeux. Ne pleure pas. On…

Sans achever sa phrase, il tendit la main vers moi mais, avant qu'elle m'atteigne, il la laissa retomber.

Chapitre 20

Lorsque mon portable vibra, j'étais en train de sangloter. Milo et Jane étaient toujours inconscients et ne remarquèrent rien. Le moteur tournait encore, et je recevais le souffle glacial de la climatisation. J'avais perdu du sang et j'étais morte de soif. J'avais l'impression de tomber en état de choc.

Je tremblais tellement que je m'aperçus à peine que mon téléphone vibrait. Quand je m'en rendis compte, je m'empressai de décrocher.

—Allô ? dis-je en m'efforçant de ne pas paraître à la limite de l'hystérie.

—Alice ?

Jack semblait lui-même un peu paniqué. Il se trouvait manifestement dans un endroit bruyant, avec des gens qui parlaient et une voix qui me fit penser à celle d'un animateur radio.

—Ça va ? demanda-t-il. Qu'y a-t-il ? Qu'est-ce qui s'est passé ? Je t'ai appelée. Pourquoi tu n'as pas répondu ?

—Je vais bien, reniflai-je. Je n'ai pas entendu mon portable sonner. Tu rentres ?

—Oui, je suis à l'aéroport en ce moment même.

D'où les sons qui l'entouraient. Je perçus aussi la voix d'Ezra qui lui posait une question.

— Qu'est-ce qui s'est passé ? Est-ce que tout le monde va bien ? Quand je ne suis pas arrivé à te joindre, Ezra a téléphoné à Mae, qui lui a dit que Milo était chez toi. Est-ce qu'il va bien ? Il a fait une bêtise ?

— Non, il n'a rien. (Je ravalai ma salive pour éviter de me remettre à pleurer.) Il est passé et m'a expliqué qu'il avait besoin de sortir, puis Jane m'a envoyé un texto…

— Jane ? reprit Jack d'un ton moqueur. J'aurais dû me douter qu'elle avait un truc à voir dans cette histoire.

— Elle m'a sauvé la vie, ce soir, Jack ! protestai-je, agressive.

En toute honnêteté, je ne m'étais jamais sentie aussi proche d'elle qu'à présent. En la regardant, endormie sur la banquette avec ses deux petites traces de morsure sur le cou, je savais désormais qu'elle tenait à moi. Elle avait risqué sa vie pour moi.

— Elle a quoi ? (Sa voix se transforma en grondement affolé.) Nom de Dieu, que s'est-il passé, Alice ?

— On est allés en boîte, juste un club gay normal, précisai-je. On était en train de danser, tout allait bien, mais ensuite les vampires de l'autre soir, Violette et Lucian, ont surgi de je ne sais où. Ils nous ont poursuivis, et Milo s'est battu contre eux, puis on est montés dans la voiture et on a roulé toute la nuit.

— Attends. Ils vous ont couru après ?

— Oui. Mais j'ignore à quel moment on les a semés. Peut-être après la raclée que leur a infligée Milo.

Je jetai un coup d'œil autour de moi, craignant soudain qu'ils soient tapis quelque part dans l'obscurité, mais le ciel commençait à s'éclaircir.

— En revanche, Milo est blessé. Et il a perdu du sang.

— Il ne t'a pas mordu, si ?

Jack avait l'air écœuré et apeuré, et la voix tonitruante d'Ezra résonna derrière lui, lui demandant ce qui se passait, mais Jack ne lui répondit pas. Il était trop soucieux pour cesser de me parler, même l'espace d'une seconde.

— Non, il ne m'a pas mordue.

Les larmes me montèrent de nouveau aux yeux, et je tâchai de chasser de mon esprit l'image de mon frère en train de ronger le cou de mon amie comme un chien enragé.

— Mais il a mordu Jane.

— Oh ! soupira-t-il. Est-ce qu'elle… va bien ?

— Oui. Ils vont bien tous les deux. Ils sont inconscients dans la Jetta.

J'essuyai mes larmes avec la paume de ma main. J'aurais souhaité me sentir moins perturbée. J'avais passé beaucoup de temps en compagnie de vampires, et je voulais devenir l'une d'entre eux, alors leur comportement n'aurait pas dû me gêner.

— Vous êtes encore dans la voiture ? demanda Jack. Il est presque… il est plus de 5 heures là-bas. Tu dois réveiller Milo et le ramener à la maison avant le lever du soleil. Sinon, il sera trop fatigué pour pouvoir faire quoi que ce soit.

— Mais il n'y a pas moyen ! pleurnichai-je.

Jane changea de position, mais garda les yeux fermés.

— Réveille-les. Frappe Milo s'il le faut. Vous devez absolument rentrer, soupira Jack. Si des vampires sont encore sur vos traces, vous ne pouvez pas rester dans la voiture jusqu'à ce qu'ils vous trouvent. Débrouille-toi pour réveiller Milo et rentrez !

— OK.

En observant le visage endormi de Milo et le filet de bave teinté de rouge qui s'échappait de sa bouche, je songeai que c'était plus facile à dire qu'à faire.

— Nous allons embarquer. Je rentre le plus vite possible. Retournez à la maison et n'en bougez pas. Mae s'occupera de tout jusqu'à mon arrivée, m'assura-t-il d'un ton ferme. Et dépose Jane chez elle.

— Et comment elle va réagir ? demandai-je. Par rapport aux vampires… et au fait que Milo l'a mordue ?

— Elle se sentira fatiguée quand elle se lèvera, mais rien de plus. Et ils n'en ont pas après elle, je me trompe ? Elle sera plus en sécurité en s'éloignant de toi. Alors tu la laisses chez elle et, demain, tu pourras lui téléphoner et lui raconter ce que tu veux. D'accord ?

— Compris. Maintenant, je vais essayer de réveiller Milo.

— Bien. Appelle-moi en cas de besoin. Ou Mae. Ou même le Samu. Ce sera mieux que rien. (Manifestement, Jack avait peur de me quitter.) Alice ? Prends soin de toi, OK ? Cours. D'accord ? Cours sans te poser de questions.

Je raccrochai et entrepris de réveiller mon frère. Je ne l'avais jamais vu aussi profondément assoupi, même quand il était petit. Je tendis la main vers lui et le secouai. Il me repoussa, comme Jane, mais avec plus de force.

— Milo ? criai-je, déclenchant un gémissement de Jane près de moi. Milo ?

— Qu…

Il remua la tête mais garda les yeux fermés.

— Milo, tu dois émerger ! m'exclamai-je avant de lui donner une claque.

— Quoi ?

Il leva brusquement la tête et me fusilla de ses yeux surpris et injectés de sang.

— Tu dois te réveiller et nous conduire à la maison. Le soleil va bientôt se lever.

Les larmes sur mes joues séchaient mais plus il retrouvait ses esprits, plus il s'apercevait à quel point j'étais bouleversée.

— Ça va ? s'inquiéta-t-il.

— Oui. Il faut qu'on parte. D'abord, on doit déposer Jane chez elle.

Il se retourna et l'observa respirer pendant un moment, puis me dévisagea. Désormais, il était complètement réveillé, ses yeux avaient repris leur lueur habituelle et n'étaient même plus injectés de sang. Il guettait ma réaction vis-à-vis de lui.

— Je t'ai fait peur, déclara-t-il d'une voix égale, sans laisser paraître ses émotions.

— On pourrait en discuter plus tard ? J'ai juste envie de rentrer.

Il acquiesça, puis sortit du parking à toute allure en direction de l'appartement de Jane. Elle avait garé sa voiture en ville, mais nous jugeâmes plus prudent de la ramener chez elle.

Lorsque nous arrivâmes devant son immeuble, elle était toujours inconsciente, mais ce n'était pas la première fois qu'elle rentrait dans cet état. Milo se leva et la porta jusqu'au hall d'entrée en prétendant qu'il avait plus de mal à la soutenir qu'en réalité, et le gardien se chargea de la monter chez elle.

Pendant le trajet de retour, je restai muette, et Milo également. J'appuyai ma tête contre la vitre froide, remarquant à quel point le ciel était couvert malgré le jour qui pointait. J'envisageai de révéler à Milo que j'avais eu Jack au téléphone, mais je n'avais aucune envie de parler de ce qui s'était passé durant la nuit.

J'entrai avec Milo dans la maison de Jack et, dès que Mae m'aperçut, ses yeux se remplirent de larmes de détresse. Elle se précipita vers moi et m'étreignit.

— Oh ! ma puce, tu n'as rien, sanglota-t-elle contre mon épaule tout en me caressant les cheveux. Tout va s'arranger. Tu es en sécurité.

Elle s'écarta de moi juste assez pour s'adresser à mon frère, qui m'avait suivie, l'air contrit.

— Ça va ?

— J'ai connu mieux, répondit-il.

— Tout ira bien pour toi aussi, dit-elle, le touchant d'un geste tendre.

— J'ai besoin de prendre une douche, répliqua-t-il en s'éloignant d'elle, puis il quitta la pièce.

— Laisse-moi te regarder, déclara Mae en me tenant à bout de bras pour m'inspecter.

Elle me fit doucement pivoter afin de répertorier toutes mes plaies.

— On ferait bien de te nettoyer avant que Jack voie ça, sinon il va tuer ton frère.

— Ce n'était pas la faute de Milo, balbutiai-je entre deux sanglots.

— Je sais, ma puce, me réconforta-t-elle en essuyant les larmes de mon visage. Tu te sentiras mieux une fois lavée.

Je hochai la tête, puisque je pleurais trop pour décocher un mot. Elle fit couler un bain parfumé au lilas dans la baignoire Jacuzzi, et je m'y prélassai si longtemps que je faillis m'y endormir.

Elle resta avec moi pendant un moment et m'expliqua qu'Ezra l'avait appelée pour tout lui raconter. Jack et lui devaient rentrer deux heures plus tard mais, d'ici là, je ne craignais absolument rien et devais prendre le temps de récupérer.

Une fois sortie du bain, j'examinai un instant l'étendue des dégâts. Plusieurs vilaines griffures marquaient mon dos et mes chevilles. Un gros bleu violacé se formait sur mon bras à l'endroit où Milo m'avait saisie, mais je ne pouvais pas le lui reprocher. Cependant, j'avais mal partout.

J'enfilai une culotte propre et un peignoir douillet. Je me séchai les cheveux jusqu'à ce qu'ils ne soient plus qu'humides, puis je quittai la chaleur de la salle de bains pour retrouver la fraîcheur qui régnait dans toutes les autres pièces de la maison.

Mae était dans la cuisine, occupée à me préparer de la soupe et du thé qui, selon elle, soulageaient tous les maux. Elle finit par m'avouer que c'était Milo qui avait tout fait avant de se retirer à l'étage parce qu'il avait trop honte pour me voir.

Je m'attablai à l'îlot pour boire consciencieusement la soupe et le thé. Mae me contempla avec une fascination perturbante, dont je choisis de ne pas tenir compte. Même si je n'avais pas faim, la chaleur des boissons me réchauffa. Après cette nuit atrocement longue, j'avais hâte de me pelotonner sous les couvertures et de dormir.

Je me levais dans ce but lorsque Jack fit irruption dans la pièce. Ses cheveux étaient ébouriffés et, cette fois, ce n'était pas voulu. Il portait un pantalon de survêtement marron, un tee-shirt fauve et un blazer rayé... une tenue improbable.

Quand je le vis, je constatai la peur et le soulagement qui se lisaient dans son doux regard bleu ainsi que la merveilleuse chaleur qui se dégageait de lui. Sa simple présence éclipsa tout le reste. En quelques secondes, il me rejoignit et me souleva de terre en me serrant dans ses bras.

— Dieu merci ! tu vas bien, murmura-t-il contre mes cheveux humides.

Il se résolut à me reposer. Il me prit le visage entre les mains et examina mes yeux, cherchant un signe de traumatisme, puis passa mon corps en revue autant que le peignoir le permettait. Quand il remarqua les entailles sur mes jambes et mon genou écorché, ses yeux se durcirent brièvement mais, lorsqu'il les plongea de nouveau dans les miens, ils avaient retrouvé leur douceur.

— Comment tu te sens ? me demanda-t-il en balayant une mèche de mon front.

— Bien, acquiesçai-je. Vraiment. Je suis heureuse que tu sois rentré.

— J'aurais voulu que l'avion vole plus vite, m'assura-t-il avec un sourire en se passant la main dans les cheveux.

— J'ai bien cru qu'il allait prendre la place du pilote, renchérit Ezra pour essayer de détendre l'atmosphère.

Lorsque je le regardai, il m'adressa un sourire, soulagé lui aussi.

— Je suis content de voir que tu vas bien, Alice.

— Merci.

— Mais je devrais aller vérifier comment va Milo. Où est-il ? s'enquit-il en se tournant vers sa femme.

— Il est cloîtré dans sa chambre depuis qu'ils sont revenus.

D'un regard, Mae signifia à Ezra que mon frère non plus n'avait pas très bien vécu ce qui s'était passé.

Jack ne me quittait pas des yeux, comme s'il avait peur que je disparaisse. Du coin de l'œil, je vis Ezra sortir de la cuisine. De son côté, Mae avait commencé à laver la vaisselle et ne pouvait pas nous voir.

— Pourquoi tu as mis un jogging avec un blazer ? demandai-je à Jack lorsqu'il me sembla qu'il allait rester planté là à me dévisager.

Je touchai la poche de sa veste, et il éclata de rire.

— Quand j'ai reçu ton message, on était en train de dormir, expliqua-t-il avec un sourire timide. Nous avions des réunions très tôt ce matin mais comme j'ai eu ton texto on a annulé nos rendez-vous et on a changé notre vol. Du coup, je suis resté en pyjama. J'ai enfilé ma veste parce qu'il faisait froid et qu'il pleuvait. C'est mon costume de travail. Ça te plaît ?

— Oui, dis-je en caressant l'un des boutons en platine qui lui conféraient une allure superbe. Je me demandais justement ce que tu portais en déplacement professionnel.

— Eh bien voilà. Enfin, avec le pantalon assorti.

Ses yeux brillaient. Il commençait à se faire à l'idée que j'étais indemne.

— Tu as l'air fatiguée, poursuivit-il.

— Toi aussi, répliquai-je.

Il était plus de 8 heures, soit bien trop tôt pour être debout, pour lui comme pour moi.

— On va se coucher ? proposa-t-il en me prenant par la main, s'apprêtant à m'entraîner dans une autre pièce.

— Jack.

Près de l'évier, Mae lui lança un regard sévère.

— Si tu crois que je vais la laisser hors de ma vue, tu te trompes, lui affirma-t-il d'une voix sereine.

— Autant l'enterrer tout de suite, souligna-t-elle en me désignant du doigt sans cesser de le fusiller des yeux, mais elle ne pouvait pas nous en empêcher.

— Merci pour l'avertissement, marmonna-t-il sèchement.

Il m'entraîna à l'étage, ses doigts toujours mêlés aux miens. Il marchait très doucement et ne cessait pas de me regarder pour s'assurer de ma présence. Une fois dans sa chambre, il alluma la lumière et referma la porte. Il me lâcha alors la main, quitta son blazer et le laissa tomber par terre, puis se retourna vers moi.

— Je... je n'ai pas de pyjama, avouai-je, mal à l'aise.

Je ne portais qu'une culotte en coton sous le peignoir moelleux, parce qu'après le bain c'était ce qui m'avait semblé le plus confortable.

— Ce n'est pas grave.

Il m'adressa un sourire, mais pas coquin.

Il s'avança vers moi et, très lentement, défit la ceinture de mon peignoir. Il m'interrogea du regard pour voir si cela ne me dérangeait pas. D'un côté, je voulais l'arrêter. Pas par envie, mais parce que j'allais me retrouver presque entièrement nue devant lui.

Je rougis, et le sourire de Jack s'élargit. Il glissa les mains à l'intérieur du peignoir ouvert et les posa avec douceur juste au-dessus de mes hanches. Ses mains me parurent anormalement chaudes contre ma peau frémissante.

Il me souleva délicatement et me posa sur son lit. Comme j'étais allongée sur le dos, les côtés du peignoir retombèrent. J'étais nue face à lui. Je déglutis péniblement tandis qu'il me contemplait.

Il baissa la tête et déposa un baiser entre mes seins, puis tourna le visage et appuya la joue contre ma poitrine, au-dessus de mon cœur. Il l'écouta battre, sa peau en contact avec la mienne, les mains sur mes hanches.

C'était la façon dont les gens auscultaient le ventre d'une femme enceinte pour écouter le bébé. Ce geste revêtait quelque chose d'étrangement intime et de doux. J'entremêlai mes doigts dans ses cheveux.

Lorsqu'il releva la tête, il plongea son regard dans le mien, et ses yeux bleus devinrent translucides. Il repoussa une mèche de mon front, et son épiderme me parut brûlant contre le mien.

— Est-ce que tu te rends compte que la musique de ton cœur est magnifique ? me demanda-t-il doucement. (Je secouai la tête.) Tu ne sais pas à quel point tu es belle et extraordinaire, sur tous les plans.

Il plaqua ses lèvres sur les miennes. Il était encore tout habillé, mais je sentais sa chaleur à travers son tee-shirt. Il pressait timidement son corps contre moi. D'instinct, j'allai à sa rencontre avec le mien, et je resserrai mes doigts dans ses cheveux.

Il m'embrassa, et je me mis à trembler d'excitation. Une vague de plaisir me submergea, comme un courant électrique. Une chaleur intense me parcourut. J'avais des papillons dans l'estomac, et mon cœur battait la chamade. Chaque partie de mon être le réclamait.

Le souffle court et rauque, il promenait les mains avec avidité sur ma peau. Il accompagnait mes mouvements avec son corps, mais ce fichu tissu nous séparait. J'avais envie de lui arracher ses vêtements, mais je savais que, même nu, il ne serait pas assez proche de moi. Je voulais sentir son cœur battre à l'unisson avec le mien, et il n'y avait qu'une façon d'y parvenir.

— Fais-le, lui chuchotai-je à l'oreille, puis je renversai la tête en arrière, dévoilant ma gorge.

Il pressa doucement les lèvres contre ma veine et cessa de bouger tandis que je me plaquai contre lui. Il essaya de résister, mais son désir constant pour moi l'emporta.

La douleur intense ne dura qu'une seconde, puis une onde d'extase se propagea dans mon corps à partir de mon cou. Son cœur cognait dans sa poitrine, et je sentais aussi ce bruit sourd dans la mienne, juste au-dessus de mon cœur. Je n'avais jamais connu une sensation aussi merveilleuse que celle de ce double battement.

Je le sentais dans ma bouche, ainsi que le goût de miel acidulé de son sang, même si en réalité je ne l'avais jamais bu. Je percevais la façon dont son sang parcourait ses veines, et les miennes, comme de la soie liquide et chaude.

Et, plus que tout, je sentais combien il m'aimait, un amour pur et brut, qui semblait venir de l'intérieur et se diffuser dans tout mon être. C'était plus profond que tout le reste. Je n'aurais jamais cru que des émotions de cette force existaient.

Quelque part au fond de moi, j'avais honte parce que je comprenais qu'il pouvait mesurer l'ampleur de mes sentiments pour lui et, manifestement, mon amour n'était pas comparable à celui qu'il éprouvait pour moi.

Puis l'intensité commença à diminuer, à devenir plus floue. C'était encore spectaculaire, mais j'avais à présent davantage l'impression de rêver. Je perdais connaissance, et je songeai à prévenir Jack, mais la sensation était bien trop divine pour lui dire d'arrêter.

Chapitre 21

Une onde de choc me traversa, et j'eus le souffle coupé. Soudain, mon corps se sentit froid et seul. Jack avait cessé de me mordre et, même s'il était encore allongé sur moi, la séparation de nos sangs et de nos cœurs était brutale.

— Oh, mon Dieu ! dit-il, pantelant. Est-ce que ça va ?

Son visage enfoui dans mes cheveux, je le sentais frissonner et haleter.

— Oui, murmurai-je, encore abasourdie. Tu plaisantes ? C'était… fabuleux.

— Je n'en reviens pas d'avoir fait ça…

Il secoua la tête et roula sur le dos.

— Non, Jack, c'était…

Les mots me manquaient pour exprimer ce que j'avais éprouvé. Employant toute ma force, je me retournais et vins poser la tête sur son torse. D'un geste hésitant, il me prit dans ses bras et me serra contre lui.

— C'était une mauvaise idée. Pour l'instant, ça semble en valoir réellement le coup, mais je n'aurais pas dû, c'est certain, chuchota-t-il d'une voix rauque.

Pour la première fois, son cœur battait vite et fort. Pas autant que le mien, mais de manière beaucoup plus humaine.

— Non, non. Je voudrais que ça continue. Je n'ai jamais connu une telle sensation.

— Moi non plus, m'assura-t-il. Qu'est-ce qu'on va faire ?

— Je vais m'endormir… (Je ne m'étais jamais sentie aussi faible.) Et tu vas rester avec moi. Même si près de toi, j'ai l'impression d'être trop loin. Je crois que je ne supporterais pas une distance plus grande.

Il bougea et je sentis la couverture me recouvrir. Il s'était tourné sur le côté pour me faire face. Je me blottis contre son torse, et il m'enveloppa dans ses bras. Dans ce cocon rassurant, je m'assoupis.

Au lieu d'un sentiment de bien-être, ce moment fut suivi par des conséquences désastreuses.

J'étais plongée dans une inconscience béate inédite, et Jack se leva avant même que je puisse bouger. Soudain, le lit était vide sous mon bras et, lorsque je cherchai à me blottir tout contre lui, je ne trouvai que la douceur de l'oreiller.

Un épuisement intense me paralysait, comme si j'étais couchée sous une couverture trempée. J'entendais que quelqu'un se déplaçait dans la pièce, mais j'avais juste envie que Jack soit avec moi dans le lit.

La lumière était encore allumée. Je clignai des yeux pour m'y accoutumer. Je tentai de soulever la tête, mais ce geste nécessitait trop de force. Au prix d'un immense effort, je réussis à rouler sur le dos.

Jack faisait les cent pas mais, quand il remarqua que je me réveillais, il resta figé au bout du lit et m'observa. Il avait les bras croisés et ses yeux étaient humides.

— C'est pour ça que Peter a essayé de te chasser d'ici, murmura-t-il pour lui-même.

Je ravalai difficilement ma salive.

— Quoi ? demandai-je d'une voix à peine audible, qui avait pourtant nécessité toute mon énergie. Jack ? Qu'est-ce que tu fais ? Reviens te coucher…

Je tapotai la place à côté de moi dans l'espoir de le persuader de me rejoindre.

— Je ne peux pas ! insista-t-il avec véhémence. Je ne devrais même pas rester dans la même pièce que toi. De toute évidence, je ne peux plus te côtoyer.

— Non, Jack !

Quelque peu dynamisée par la peur, je m'efforçai de m'asseoir. Mon esprit était complètement embrumé, et je me rappelais encore la façon dont son cœur battait avec le mien.

— Jack, je t'en supplie, on pourrait dormir ? Et on en discutera tout à l'heure. Mais on ne peut pas… cesser de se voir.

— Il faut qu'on parle à Ezra. Je crois que je viens de te tuer.

— Tu vois bien que je ne suis pas morte, Jack.

Je secouai la tête, incapable de comprendre ce qu'il racontait.

— Ce n'est peut-être pas trop tard. Si ça se trouve, il y a une solution.

Il ne me regardait plus. Il réfléchissait intensément à la façon de se sortir de cette situation.

— Tu dois te lever. Il faut qu'on y aille maintenant.

— Mais je suis épuisée ! me plaignis-je avant de retomber sur le dos.

Je n'avais plus la force d'argumenter. Malgré la gravité de ses propos, mes yeux se refermaient déjà.

— Alice ! cria-t-il.

Je sursautai suffisamment pour ouvrir les yeux.

— Tu dois te lever !

— Non ! dis-je en roulant avant d'enfouir le visage dans l'oreiller. Reviens dans le lit. C'est ce qu'on va faire, un compromis.

— Ça n'a rien d'un compromis, soupira-t-il.

Je sentis le matelas s'affaisser tandis qu'il s'asseyait à côté de moi puis, d'un geste timide, il me toucha le dos.

— Alice. S'il te plaît. Il faut que tu m'écoutes. On doit lui parler. Il pourra peut-être faire quelque chose. La morsure sur ton cou n'est pas tout à fait cicatrisée.

— Je m'en fiche ! Je suis tellement fatiguée, Jack ! Comme jamais !

J'essayais de crier, mais si Jack n'avait pas eu une ouïe extrêmement fine, il n'aurait pas été capable de m'entendre.

— Tu viens de perdre environ un litre de sang, et au départ tu n'en avais que cinq, donc tu es très affaiblie en ce moment. Mais c'est aussi pour cela que tu dois te lever, pour que je vérifie que tu vas bien.

Il me secoua, et je tentai de m'écarter de lui, mais sans grand succès.

— Alice. Debout.

Puis il cessa d'argumenter. S'il insistait autant, c'était en partie parce que mon état le rendait nerveux, et il voulait qu'Ezra et Mae m'examinent pour s'assurer que je n'étais pas sur le point de perdre connaissance. Il se leva, puis, gentiment, mais avec fermeté, me tira hors du lit.

— Je n'ai pas de vêtements, protestai-je de ma voix geignarde.

J'étais encore en peignoir, et ne me considérais pas comme habillée. La station verticale me donna des vertiges, mais il me maintint jusqu'à ce que je cesse de chanceler.

— Je vais te chercher une tenue. Mais il faut que tu restes debout. Essaie de te réveiller un peu plus.

Il me lâcha prudemment. Quand il constata que je ne m'effondrais pas, il se dépêcha de me prendre des vêtements.

— Je ne vois pas pourquoi ça ne peut pas attendre que je fasse un petit somme. Quelle heure il est ? demandai-je en bâillant.

— Euh… un peu plus de 9 heures, répondit-il tandis qu'il fouillait dans son dressing.

Au bout d'une seconde, il en sortit avec un tee-shirt et un pantalon de survêtement.

— Tiens.

— Comment tu fais pour être aussi en forme ? Après avoir mordu Jane, Milo était comme… parti.

Je frissonnai en me remémorant cet épisode puis saisis les vêtements qu'il me tendait.

— Il est encore jeune. Ça l'affecte bien plus que moi, expliqua-t-il d'un air absent. Enfile ça.

— Je n'ai pas envie.

J'essayai de m'asseoir, mais il m'attrapa le bras pour m'en empêcher. Je me contentai alors de rester plantée là, luttant pour garder les yeux ouverts. De toute évidence, puisque le simple fait de lutter avec mes paupières était une véritable corvée, je n'avais pas assez de force pour m'habiller, donc Jack s'en chargea. Plus tard, j'en aurais honte mais, à ce moment-là, je lui fus juste reconnaissante de le faire à ma place.

Il m'ôta le peignoir et me fit enfiler le tee-shirt. Je tentai de lui faciliter la tâche en passant les bras dans les manches, mais je m'emmêlai les pinceaux. Il m'autorisa à m'asseoir pour mettre le pantalon, mais je m'écroulai en arrière. En dix secondes, le temps qu'il lui avait fallu pour m'enfiler le survêtement et me relever, j'avais de nouveau sombré dans le sommeil.

— Alice ! m'encouragea-t-il pour que je tienne debout, en vain.

Il renonça. Au moins, je n'étais plus nue. Il me souleva dans ses bras, et ma tête roula contre son épaule. Le reste de mon corps pendait mollement.

Je sentis qu'il se déplaçait et, tout à coup, nous étions en bas. Il essayait encore de me faire tenir sur mes pieds. Le parquet me semblait trop froid et trop glissant pour que j'y arrive.

—Alice, fais un effort.

Il m'entourait de son bras, mais mes jambes se dérobaient, de sorte que Jack supportait tout mon poids.

—Alice ! Allez !

—Laisse-moi m'asseoir un instant.

Pour une raison mystérieuse, je pensai que cela allait tout résoudre. Je m'efforçais de le repousser pour me laisser tomber là où je me trouvais.

—On est dans la salle à manger. Tu devrais attendre que je t'amène dans le salon, suggéra Jack, mais je continuai à le pousser.

Il était bien plus fort que moi, encore plus compte tenu de mon extrême faiblesse, mais il finit vraisemblablement par comprendre qu'il était inutile d'insister. Il m'aida à descendre. Une fois au sol, je restai assise une seconde, puis basculai vers l'arrière. Il me rattrapa juste avant que je me fêle le crâne, puis m'allongea avec délicatesse.

—Tu vas dormir au milieu de la salle à manger ?

Il était accroupi au-dessus de moi et, de ma vision trouble, je l'observai un petit moment.

—Je suppose. Vu que tu ne m'as pas permis de dormir en haut comme une personne normale. Pourquoi je ne peux jamais être normale ? J'aimerais bien… pour une fois. Je veux juste dormir parce que je suis fatiguée. Je ne vois pas où est le mal.

Mes paupières s'alourdirent et, dès que je les fermai, je cessai de parler.

—Alice ! Je veux seulement que tu restes éveillée le temps de discuter avec Mae.

Il me secoua et, même si je ne dormais pas, je n'avais plus l'énergie pour ouvrir la bouche ou bouger.

— Alice ! répéta Jack.

La voix de Mae s'éleva quelque part derrière Jack, le faisant sursauter. J'aurais eu la même réaction si je n'avais pas été presque assoupie.

— Tu l'as mordue. Tu as fini par le faire. Est-ce qu'elle va bien ?

— C'est ce que j'essaie de savoir, dit-il, angoissé.

— Ça va, murmurai-je.

J'entendis les pas de Mae se rapprocher de moi et je sentis qu'elle écartait Jack du passage. Elle posa les mains sur mon front et mon cou, puis fit claquer sa langue.

— C'est arrivé il y a un bout de temps, Jack. Pourquoi tu ne l'as pas descendue avant ? lui reprocha-t-elle.

— Je n'en sais rien. Je me suis endormi. J'ignore ce qui m'a pris, s'excusa-t-il.

— Comment va-t-elle ? s'enquit Ezra.

Je ne parvenais pas à déterminer où il se trouvait. On aurait presque dit que sa voix provenait de mon esprit.

— Elle est pâle et affaiblie, son cœur bat vite, mais je crois qu'elle n'a rien. On pourrait la transfuser, mais je ne pense pas que ce soit nécessaire.

Mae me souleva et j'essayai de la repousser, les paupières battantes.

— Non ! Laisse-moi ici. Je n'ai plus envie de bouger, protestai-je mollement.

— Tu es allongée par terre, rétorqua-t-elle.

— Apparemment, elle aime bien le sol ces derniers temps, marmonna Jack.

— Laisse-la, si c'est ce qu'elle veut, dit Ezra.

Je tentai de le remercier, sans y parvenir.

Mae se releva et s'éloigna de moi. Jack demanda à Ezra ce qui allait se passer désormais, et j'entendis la voix grave de celui-ci résonner, sans pouvoir démêler sa réponse. C'était comme entendre le discours embrouillé des adultes dans *Peanuts* avec Charlie Brown.

Je décrochais, incapable de me concentrer assez pour écouter la conversation la plus cruciale de ma vie. Bercée par leurs voix, je m'assoupis.

Les cris de Milo me réveillèrent. Lorsque j'ouvris les yeux, j'avais des courbatures et des douleurs dans tout le corps. Ezra, les bras autour de mon frère, le retenait, et Mae, debout entre Jack et lui, essayait de raisonner mon frère.

Il ne cessait pas de hurler après Jack, exigeant de savoir ce qu'il m'avait fait et comment il pouvait affirmer que j'allais bien. Jack gardait le silence. Il restait derrière Mae, rongé par le remords.

— Pourquoi tu as pensé que ce n'était pas grave ? s'exclama Milo en se débattant sans succès dans les bras d'Ezra.

— Milo, elle n'a rien, lui assura Mae.

Elle avait la main posée sur le torse de Milo, plus pour l'apaiser que pour le contenir, puisqu'il ne pouvait pas se libérer de l'étreinte d'Ezra.

— Elle est juste affaiblie, et elle a voulu s'allonger ici, reprit-elle.

— Quand Peter va l'apprendre, cela la condamnera à mort, dit Milo, des larmes ruisselant sur ses joues. Tu prétends que tu tiens énormément à elle, et tu viens de la tuer !

Jack tressaillit et baissa les yeux.

— Cesse de crier, lui intimai-je en grimaçant.

Comme j'avais des difficultés à m'asseoir, je vis que Jack s'apprêtait à m'aider, mais il se ravisa et recula. Mae finit par s'éloigner de Milo pour venir m'aider.

— J'ai mal à la tête. Et dans le cou. Et partout.

— C'est parce que tu as dormi à même le sol, m'indiqua Mae en me frottant le dos. À part ça, comment tu te sens ?

— Fatiguée. Et j'ai un peu le tournis, répondis-je en me passant la main dans les cheveux.

Milo cessa de se débattre, mais Ezra garda un bras sur lui. Reniflant, mon frère s'essuya le visage du revers de la main et feignit de n'avoir jamais pleuré.

— Jack, va voir dans l'armoire à pharmacie de la grande salle de bains et rapporte les vitamines, lui ordonna Mae en désignant le couloir. On doit avoir du fer et de la vitamine B12. (Il acquiesça sans croiser mon regard et quitta la pièce.) Milo, est-ce que tu pourrais aller lui chercher une boisson pour les avaler ? Quelque chose de sucré. On a du Fanta, je crois.

— Je vais vérifier, dit Milo en se dirigeant vers la cuisine, mais Ezra le retint par le bras.

— Est-ce que je peux te faire confiance ? (Ezra le scruta, et Milo hocha timidement la tête.) Bien.

Il le lâcha, et mon frère se précipita jusqu'au frigo pour récupérer mon soda.

Jack revint avec les vitamines et les donna à Mae. Dès qu'elle les prit, il recula de plusieurs pas. Il resta à l'autre bout de la pièce, les bras croisés et le regard rivé par terre.

Milo arriva à son tour et me tendit mon Fanta tout en lançant un coup d'œil furieux à Jack. Comme je ne parvenais pas à ouvrir la canette faute de force, Mae s'en chargea.

Accroupie près de moi, elle me soutenait, la main dans mon dos. Elle me tendit deux pilules que j'avalai avidement avec mon soda. Le goût était meilleur que dans mon souvenir, ce qui me parut étrange.

— Ça va un peu mieux ? demanda-t-elle en ramenant mes cheveux derrière mon oreille et en m'examinant avec attention.

— J'imagine que oui, répondis-je avec un haussement d'épaules, même si je me sentais tout juste un peu plus éveillée. Pourquoi vous avez des vitamines chez vous ? Vous ne mangez pas.

— Je les ai achetées pour toi, précisa-t-elle. Nous savions tous que ça pouvait arriver.

— Tu es sûre qu'elle n'a rien ? s'inquiéta Milo qui me dévisageait, s'agitant à côté d'Ezra. Elle est si pâle.

— Ça va aller, le rassura-t-elle. Tu entends son cœur ? (Elle marqua une pause, et Milo tendit l'oreille, la tête inclinée.) Il bat un peu vite, mais il est résistant. Cela signifie qu'elle va s'en remettre.

— Nous devrions la faire s'asseoir, suggéra Ezra.

Mae récupéra ma canette vide, et Ezra se baissa devant moi. Je passai le bras autour de son cou, et il me souleva. N'ayant jamais été proche de lui auparavant, je me sentis un peu mal à l'aise, ce qui ne m'empêcha tout de même pas de remarquer son parfum divinement masculin et épicé, m'évoquant le bois de santal.

Il m'installa sur le canapé du salon, et Mae nous suivit, une couverture à la main. Ezra s'accroupit pour river ses yeux aux miens, et il poussa un long soupir.

Presque à regret, il détourna le regard et se redressa. Mae m'enveloppa dans la couverture et laissa les bras autour de mes épaules, me berçant contre elle tandis qu'elle s'asseyait près de moi.

Ezra resta debout devant nous à m'observer, une main sur le menton. Milo et Jack demeurèrent à l'autre bout de la pièce, et je sentais qu'ils contemplaient Ezra, dans l'expectative. Il était sur le point de prendre une décision, mais je ne comprenais pas laquelle.

Chapitre 22

— Hé, tout le monde, je vais bien, je vous assure, dis-je doucement, dans l'espoir de détendre l'atmosphère.

— On le sait, ma puce, chuchota Mae en me serrant brièvement dans ses bras pour me réconforter, sans cesser de regarder son mari.

— Oui, acquiesça-t-il, les traits empreints de regret. On le sent sur elle.

— Et merde, jura Jack entre ses dents avant de nous tourner le dos.

Mae lâcha un soupir et posa le front sur mon épaule. J'avais compris les propos d'Ezra dès qu'il les avait prononcés. Pourtant, je secouai la tête, incrédule.

— C'est parce que je porte ses vêtements, affirmai-je en touchant mon tee-shirt. Et d'ailleurs je me demande bien ce que ça peut faire. Je sens comme Jack, et alors ? (Je jetai un coup d'œil dans sa direction, mais il ne s'était pas retourné.) Quelle importance ? On s'en fiche, non ?

— Pas du tout, répondit Mae en levant les yeux vers Ezra. Mais il y a des solutions. Pas vrai, Ezra ?

Il me dévisageait au point que c'en était gênant, sans tenir compte de la question de sa femme.

— Mae…

Il secoua la tête.

— Qu'est-ce que ça signifie? demanda Milo d'une voix tremblante et haut perchée. Qu'est-ce que tu veux dire?

— Que Peter n'est pas là.

Ezra joignit les mains, comme pour prier, puis écarta les bras. Puis il regarda Milo en s'efforçant de sourire.

— Il n'est pas là. Il ne peut rien faire. Voilà où on en est.

— C'est tout?

Milo se mordit la lèvre pour retenir ses larmes.

— Milo, ce n'est pas grave.

Ma voix était étonnamment calme et stable. Peut-être étais-je trop fatiguée pour éprouver de la peur ou de la tristesse.

— Je vais bien. Tu n'as pas à t'inquiéter. Pas pour le moment.

Pour une raison mystérieuse, ce fut à cet instant-là que Jack en eut marre. Il sortit en trombe, et j'entendis ses pas furieux résonner dans l'escalier lorsqu'il monta en courant. Matilda le suivit mais, apparemment, il lui claqua la porte au nez puisqu'elle se mit à aboyer et à gratter le bois.

— Matilda! cria Ezra, et la chienne se tut.

— Milo, pourrais-tu aller me chercher mon téléphone? demandai-je en levant le regard vers lui. Je crois qu'il est quelque part dans la chambre de Mae et d'Ezra.

— Essaie dans la salle de bains, suggéra Mae.

— Bien sûr.

Mon frère semblait content qu'on lui assigne une tâche. Il était content d'avoir quelque chose à faire, n'importe quoi, plutôt que de rester planté là.

Lorsqu'il partit à toute vitesse, je reportai mon attention sur Ezra. Je fus surprise quand mes yeux se remplirent de larmes, mais je supposai que mon épuisement et les remords de Jack qui me parvenaient et m'oppressaient n'arrangeaient rien.

— Dis-lui de ne pas revenir, demandai-je à Ezra tandis que ma gorge se nouait.

Cela paraissait injuste, mais ma tristesse provenait en partie de la certitude que je ne reverrais plus jamais Peter. C'était impossible, car sinon il me tuerait, mais cela ne changeait rien à mes sentiments.

Je sentais une connexion physique avec Jack, encore plus forte qu'auparavant. Il n'était même pas dans la pièce, mais dans mes veines coulaient sa terreur et sa honte. D'un autre côté, j'étais toujours attirée par Peter et ne voyais pas comment survivre sans lui.

— C'est réellement ce que tu souhaites ? me demanda Ezra.

— Est-ce que j'ai le choix? (Je déglutis péniblement.) Il va nous tuer, Jack et moi, dis-je en baissant les yeux sur la couverture dont je tripotais le coin. Je sais que tu lui parles encore. Persuade-le de ne pas revenir. Non, ce n'est pas juste, ajoutai-je en secouant la tête, consciente que je me comportais en égoïste. C'est moi qui devrais partir. Peter ne l'apprendra jamais, et il n'aura aucune raison de s'en prendre à Jack.

— Personne ne veut ton départ, ma puce, m'assura Mae en me caressant les cheveux. Surtout après ce qui s'est passé la nuit dernière.

J'allais leur demander pourquoi le fait que Jack m'ait mordue leur donnait encore plus envie que je reste, puis je m'aperçus qu'elle parlait de la bagarre dans la discothèque. En plus de tout ce sac de nœuds, des vampires me pourchassaient.

— Je suis foutue.

Je dus avaler plusieurs goulées d'air pour me retenir d'éclater en sanglots et Ezra, mal à l'aise, changea de position.

— Nous allons te protéger, Alice, affirma-t-il. C'est simplement que nous n'avons pas encore tout résolu.

— Est-ce que vous avez déjà réglé quelque chose ? ripostai-je.

— Nous le ferons, décréta-t-il d'une voix ferme.

— J'ai trouvé ton portable.

Milo se tenait sur le seuil, levant le téléphone dans ma direction, l'air hésitant. Lorsqu'il avait quitté la pièce, j'allais plutôt bien mais, à présent, j'étais roulée en boule, les bras serrés contre ma poitrine, essayant de ne pas pleurer.

Je tendis la main, et il s'approcha pour me donner mon portable. Je m'étonnais de constater que je n'avais reçu aucun appel manqué ni texto de Jane, mais il était encore tôt, et j'avais vu dans quel état Milo l'avait laissée la veille.

— Il faut que je rentre à la maison. J'ai cours demain, et je dois discuter avec Jane, alors que je ne sais toujours pas ce que je vais lui raconter.

— Il est encore très tôt. Tu as à peine dormi, et tu auras bien le temps de te préoccuper de tout ça plus tard. Tu ferais mieux de rester ici pour récupérer un peu, et ensuite on te reconduira chez toi demain matin pour que tu prépares pour le lycée, proposa Mae.

— Pourquoi pas ce soir plutôt ? demandai-je.

— Nous estimons plus prudent que tu passes la nuit ici, dit-elle en passant la main dans mes cheveux.

Jack était certainement le cadet de mes soucis. Mon sang était déjà souillé. Il ne pouvait rien faire de pire que ce qu'il avait déjà commis.

Mais à l'extérieur de cette maison rôdaient Lucian et Violette, sans compter Peter. De plus, je me sentais extrêmement faible, et la perspective de me retrouver quelque temps sous surveillance me rassurait.

— Tu pourrais dormir avec Mae dans notre chambre ? Je prends le canapé dans mon bureau, suggéra Ezra.

Je secouai la tête.

— Je ne voudrais pas te chasser.

— J'insiste.

Il se tourna vers Milo, qui se tenait maladroitement sur le côté.

— Monte te reposer un peu. La nuit a été longue pour nous tous. Ta sœur sera avec Mae, et moi dans la pièce voisine. Il n'arrivera rien.

— Tu es sûre que ça va, Alice ? s'enquit Milo, et j'acquiesçai.

— Je vais aller me coucher, et Ezra a raison. Tu as bien besoin de m'imiter.

À contrecœur, il regagna sa chambre à l'étage. Les événements de la nuit précédente avaient dû l'épuiser. Il avait connu sa première bagarre, avec un vampire remonté, de surcroît. Cela avait dû lui prendre beaucoup d'énergie.

Lorsque je me levai, je faillis tomber, et je sentis instantanément les bras d'Ezra me retenir. Je m'étais accoutumée à la sensation réconfortante que m'apportaient ceux de Jack. Non pas que je croie qu'Ezra allait me lâcher, mais c'était à la fois familier et inhabituel.

Il me posa sur son lit pour rejoindre le canapé de son bureau, et la culpabilité m'envahit. Je tentai de protester, mais il ne voulut rien entendre. Il embrassa Mae avant de sortir, et elle m'adressa un sourire las.

Je me glissai sous la couette, cherchant une position confortable sous la masse de couvertures et d'oreillers. Mae se coucha à côté de moi. Elle était encore en pyjama, comme tous les autres, puisque Jack et moi les avions réveillés.

— Tu es bien installée ? me demanda Mae.

— Oui, acquiesçai-je. Merci.

Elle éteignit la lampe de chevet et se mit à l'aise.

— Je suis vraiment contente que tu sois ici, malgré toute cette histoire, m'avoua-t-elle.

— Est-ce que je peux te poser une question ?

Dans l'obscurité de la chambre, j'étais moins gênée d'aborder un sujet qui me tracassait.

— Tout ce que tu veux, ma puce.

Elle bougea dans le lit et, même si je ne la distinguais pas, je compris qu'elle s'était tournée sur le côté pour me faire face.

— La nuit dernière, quand Milo a mordu Jane, c'était… je ne sais pas. (Je songeais aux termes « bestialité » et « prédateur », que je n'avais pas envie d'employer pour qualifier l'attitude de mon frère.) En revanche, lorsque Jack m'a mordue, c'était complètement différent. Je me rends compte que ça m'arrivait à moi, et que je n'étais pas spectatrice, mais je crois que la scène n'était pas la même qu'entre Milo et Jane.

— Et tu veux comprendre en quoi c'était différent ?

— Oui.

Quand Milo avait fondu sur Jane, j'avais eu une peur bleue. Mais, quand Jack m'avait mordue, j'avais vécu un moment parfait et magique, que je souhaitais connaître de nouveau.

— Milo est jeune, il manque d'expérience dans ce domaine, m'expliqua Mae prudemment. De plus, il était affamé quand ça s'est produit, contrairement à Jack, qui a été capable de se maîtriser davantage.

Elle soupira, comme si ce n'était pas exactement ce qu'elle désirait exprimer.

— Pardonne-moi, je n'ai pas de meilleure analogie, et ce n'est pas contre ton frère, m'annonça-t-elle. Mais pense au sexe par rapport à un viol. C'est le même acte physique, comme mordre une personne ou une autre revient à la même chose. Mais le premier résulte de l'amour, alors que le second est un acte forcé. Toutefois, ce n'est pas tout à fait ça. Quand Jack t'a mordue, l'amour le guidait, tandis que, dans le cas de Milo, c'était la faim.

— Donc… quand Jack mord d'autres personnes, est-ce que ça ressemble à ce que j'ai vu avec Milo et Jane ?

Pour la première fois, je comprenais ce qu'il voulait dire quand il m'avait expliqué que ce qu'il vivait avec moi n'avait rien à voir.

— Je n'ai pas assisté à ce qu'a fait Milo, mais je dirais que oui, dans une moindre mesure. Le comportement de ton frère était plus agressif à cause de son âge et de sa faim, précisa Mae. Ça répond à ta question ?

— Je crois que oui.

— Tu devrais essayer de dormir maintenant. Je sais que tu es épuisée.

Je m'allongeai sur le ventre, et elle me massa le dos avec des mouvements circulaires, comme ma mère lorsque j'étais petite et que je n'arrivais pas à trouver le sommeil. Même si, en l'occurrence, je n'avais pas besoin d'autant d'aide.

Je n'avais jamais ressenti une telle fatigue. Même quand Peter m'avait mordue et presque vidée de mon sang, la transfusion qu'Ezra avait effectuée m'avait revigorée avant que je sente l'effet extrême de ce geste.

Je ne me réveillai pas avant 22 heures, mais j'étais encore si épuisée que j'étais persuadée que je n'aurais aucun problème à me rendormir avant la rentrée.

Jack circulait dans la maison, mais il ne me regarda pas une seule fois. C'était ce qui me faisait le plus mal.

Nous avions partagé un moment dont l'intimité dépassait mes rêves les plus fous, et il refusait de m'adresser la parole ou de poser les yeux sur moi. Il supportait à peine de se trouver dans la même pièce que moi.

Milo me prépara à manger, et tout le monde semblait marcher sur des œufs en ma présence. Quand je m'étais levée, Ezra était parti. Mae m'avait indiqué qu'il avait des affaires à traiter. J'ignorais si c'était vrai, ou s'il allait parler à Peter pour qu'il ne m'approche pas.

Jane m'envoya quelques textos. Elle exigeait de savoir ce qui s'était produit la veille. J'étais peu disposée à lui expliquer l'existence des vampires par SMS, et n'avais pas la force nécessaire à ce genre de conversation téléphonique. Du coup, je ne répondis pas à ses messages, même si j'étais consciente que je lui devais quelques éclaircissements.

Je finis par m'endormir sur le canapé, et Mae me réveilla peu après 6 heures. Elle me ramena chez moi, afin que je me douche et me prépare pour le lycée. Elle m'avait laissé des vitamines et du fer qui augmenteraient ma production de sang et m'aideraient à lutter contre la faiblesse. Je me sentais frêle et désorientée, et je me demandais si je réussirais à arriver au bout de la journée.

Après la chaleur du mois d'août, une brume plutôt fraîche m'accompagna lorsque je me rendis à l'arrêt de bus. C'était extrêmement étrange d'aller en cours toute seule. Cette rentrée marquait comme un retour à la vie réelle, mais j'étais seule. Milo ne faisait plus partie de ce pan de mon existence.

Une fois dans le car, je sortis mon iPod avec l'intention d'écouter de la musique, mais rien ne trouva grâce à mes oreilles. Je me sentais complètement déconnectée. J'avais juste envie de dormir, mais je ne voulais pas regagner mon appartement. Je ne m'y sentais plus chez moi, et toute ma vie me paraissait inutile.

Pendant les deux premières heures, je marchais d'un pas chancelant, comme endormie, jusqu'à ce que Jane me coince dans une cage d'escalier. J'étais en train d'écouter MGMT à plein volume pour rester éveillée, de sorte que je ne l'entendis pas m'appeler ni courir après moi.

J'avais monté un étage quand je vis son visage surgir devant moi. Elle portait une couche de maquillage plus épaisse que d'habitude, pour tenter de dissimuler sa pâleur et son air angoissé. À part ce détail, elle était aussi parfaite que d'ordinaire, et fidèle à elle-même.

— Bon sang ! mais qu'est-ce qui se passe ? siffla-t-elle après m'avoir arraché mes écouteurs.

Chapitre 23

— Quoi ?

Je jouais l'innocente, parce qu'un flot de gens descendait les marches autour de nous. J'aurais bien tenté de m'éloigner de Jane, mais elle m'avait acculée contre un mur.

— Tu sais très bien de quoi je parle.

Elle était si proche de moi que je sentais son haleine parfumée au Red Bull et le gloss à la fraise de ses lèvres.

— Je n'ai pas envie d'en discuter ici, dis-je avec méfiance.

Des élèves ralentissaient pour observer l'esclandre.

— Tu aurais peut-être dû y réfléchir hier soir quand tu n'as pas répondu à mes appels, riposta-t-elle d'un ton hargneux.

— Je ne pensais à rien du tout. (Je baissai les yeux vers le sol pour éviter le regard furieux et terrifié qu'elle me lançait.) J'ai beaucoup dormi hier.

— Viens, m'ordonna-t-elle en me prenant par le bras pour m'entraîner en bas des marches que je venais de monter.

— Qu'est-ce que tu fais ? demandai-je sans même essayer de me débattre.

— On va avoir une petite conversation, toi et moi !

Elle me tira dans les toilettes des filles les plus proches, et me jeta pratiquement à l'intérieur. Je trébuchai et tombai, mais c'était à cause de mon état de fatigue. Une élève de seconde était en train de se laver les mains, mais Jane lui adressa un sourire méprisant, et la fille s'empressa de finir et dut m'enjamber pour sortir.

Tandis que je me relevais, Jane se pencha pour vérifier que tous les cabinets étaient inoccupés, puis elle jeta son lourd sac rempli de livres devant la porte afin de la bloquer.

— Nom de Dieu ! Alice, qu'est-ce que c'était ?

Elle s'approcha de sa besace et en extirpa un paquet de cigarettes. J'avançai jusqu'aux lavabos et m'appuyai contre le rebord de l'un d'eux.

— Qui sont-ils ? Et ceux qui nous ont poursuivies ? Et qu'est-ce que ton frère m'a fait, bordel ?

— Une seule question à la fois, Jane.

Je me passai une main dans les cheveux, tentant de faire abstraction de ce reflet blême et obsédant qui me regardait fixement. Je me retournai et, employant toute mon énergie, je me hissai pour m'asseoir sur le plan entre les lavabos.

Au-dessus de nos têtes, la sonnerie retentit, marquant la fin de la pause, mais aucune de nous deux ne bougea.

— Commence par répondre à celle de ton choix, dit Jane avec un geste vague avant d'allumer sa cigarette.

— Ce sont des vampires.

Elle tira une bouffée d'une main tremblante. Elle contempla les carreaux jaunes du sol, puis expira la fumée du coin de la bouche. Elle ne semblait pas surprise et n'avait pas pâli, mais j'ignorais si c'était bon signe.

Elle croyait peut-être que j'étais folle. Elle se remit à fumer et, de sa main libre, me fit signe de développer.

— Je ne sais pas vraiment qui étaient les autres vampires,

soulignai-je. On les a rencontrés une fois en boîte. Ils sont obsédés par moi parce que Jack a refusé de me prêter. Je n'ai aucune idée de ce qu'ils cherchent.

Je gardai les yeux rivés sur elle, mais elle se contenta de fumer avec nervosité et de regarder par terre.

— Ils se trouvaient par hasard dans la discothèque où on est allés. Et ils nous ont pourchassés. Milo a perdu du sang dans la bataille, et il avait besoin de le remplacer. Alors il t'a mordue. (Je ravalai ma salive.) Je suis désolée. On n'a jamais eu l'intention de t'impliquer là-dedans.

— Milo est un vampire ? m'interrompit-elle. Depuis combien de temps ?

— Plus de trois semaines.

C'était étrange de l'affirmer à voix haute. Mon frère était vampire depuis presque un mois.

— Jack aussi ?

— Oui.

— Et toi non ?

Elle leva sur moi des yeux écarquillés et terrifiés.

— Moi non.

— Pourquoi je n'ai aucune marque de morsure ?

Elle désigna son cou qui, comme le mien, en avait subi une, mais n'en gardait aucune trace.

— Je savais qu'il m'avait mordue, reprit-elle, mais je n'avais aucune marque qui le prouvait.

— C'est une substance que leur salive contient, et qui fait cicatriser les plaies instantanément, dis-je dans un haussement d'épaules. C'est sûrement la même chose qui leur permet de guérir rapidement et de vivre éternellement, mais à une échelle beaucoup plus petite.

— C'est pour ça que ton frère paraissait si sexy. Et aussi pour ça que je n'arrive pas à le chasser de mon esprit. (Elle se mordit l'intérieur des joues et regarda dans le vide.) Comme pour Jack. Ce sont des vampires.

— Je suis navrée, m'excusai-je doucement, sans savoir quoi ajouter. Je n'aurais jamais cru que tu… Quand Milo t'a invitée à sortir, je pensais qu'on allait danser puis rentrer à la maison. Je n'ai jamais voulu te mêler à ça. J'ai seulement…

— Qu'est-ce qu'ils te veulent ? s'enquit-elle avec un regard méfiant cette fois. Est-ce que Jack se sert de toi pour s'alimenter ?

— Non, pas du tout, me défendis-je en secouant la tête. Il est… on est… Écoute, il y a des circonstances atténuantes que je ne peux pas te détailler pour l'instant, mais on sort presque ensemble, j'imagine.

— Qu'est-ce que ça signifie ? (Lorsqu'elle fit tomber sa cendre, sa main était plus stable.) Tu couches avec lui ? Il te mord ?

— Non.

Je laissai ma réponse en suspens, réticente à lui dévoiler la vérité.

— On tient l'un à l'autre, c'est tout, précisai-je.

— Alors pourquoi Milo est-il devenu un vampire et pas toi ?

Elle m'examina, cherchant à savoir si je lui mentais, et je me tortillai, mal à l'aise.

— Il a été victime d'un accident, dis-je. Il allait mourir, et le transformer était le seul moyen de le sauver. Donc, ils l'ont fait.

— Je ne vais pas me changer en vampire, si ?

Elle porta la main à son cou, à l'endroit où Milo avait enfoncé ses crocs.

— Non, ça ne fonctionne pas ainsi. Tu n'as absolument rien à craindre, lui promis-je. Oh ! tu devrais prendre du fer et de la vitamine B12 pendant quelques jours pour que ton sang se reconstitue.

— Alors… ce sont vraiment des vampires ?

Elle me décocha un coup d'œil sceptique.

— Tu les as vus.

— En effet, admit-elle d'un air pensif. Mais cette fille, elle avait des crocs immenses, alors que je n'ai rien remarqué de tel sur Milo ou Jack.

— Oui, je crois que ce sont des faux.

Je m'étais fait la même réflexion.

— Elle doit porter des facettes en céramique ou un artifice de ce genre. À mon avis, c'est une véritable vampire, mais ça fait partie de l'image qu'elle s'est créée. Tu as vu son rouge à lèvres noir et son maquillage digne d'Halloween.

Jane hocha la tête et jeta son mégot avant de l'écraser avec son pied et de sortir une autre cigarette de son paquet.

Manifestement, elle y avait déjà songé avant mes explications. Dans la voiture, après l'attaque de Lucian et Violette, Jane avait elle-même employé le mot « vampires ». C'était toutefois difficile à digérer, même si tout concordait.

— Bon, et maintenant ? finit-elle par demander.

— Comment ça ?

— Je n'en sais rien ! s'exclama-t-elle avec un rire forcé. Ce sont des vampires ! Tu n'as pas l'impression qu'on devrait faire quelque chose ? Qu'on ne peut pas reprendre notre petite vie comme si de rien n'était ?

— C'est ce que je m'efforce de faire tous les jours, et ça n'a rien d'évident, répliquai-je. Mais on ne peut pas faire grand-chose d'autre.

— Un vampire m'a mordue, putain ! Et maintenant je suis censée aller en cours de physique-chimie, flirter avec des mecs et prétendre que rien de tout ça n'est arrivé ? (Les yeux remplis de larmes, elle se mordit la lèvre.) C'est comme si ma vie entière était un mensonge. Combien d'autres trucs existent à mon insu ?

— Jane, on ignore énormément de choses, dis-je. Des tonnes. Mais cela ne nous concerne pas. Ou alors on ne s'en rend pas compte. Tu y as été confrontée l'espace d'une minute, mais ça ne change rien.

— Ça change tout ! insista-t-elle avec éclat.

C'était précisément la raison pour laquelle je devais garder le secret. C'était trop difficile à encaisser. Cela fausse complètement la perception de la réalité. Lorsque ce que l'on considère comme ancré dans la fiction devient réel, tout change.

— Je ne sais pas quoi te dire, reconnus-je.

— Donc tu ne peux pas m'aider ?

Elle esquissa un sourire amer et fit tomber sa cendre dans un des lavabos.

— J'aurais dû m'en douter, poursuivit-elle.

Elle sortit sa grande trousse à maquillage de son sac à dos qui se trouvait près de la porte et revint devant le miroir à côté de moi.

— Qu'est-ce que tu insinues ?

— Tu acceptes toujours ton sort, quel qu'il soit.

Elle prit un coton pour enlever le maquillage que ses larmes avaient fait couler.

— Tu ne sais pas te battre pour obtenir ce que tu désires, poursuivit-elle

— Je ne trouve pas, rétorquai-je, mais ces paroles m'avaient piquée au vif.

— Ah bon ? (Je m'aperçus qu'elle me souriait tout en se remettant de l'eye-liner.) Si tu en es persuadée, pourquoi tu restes plantée là, encore humaine, à fréquenter le lycée ? Tu dois forcément mourir d'envie de devenir l'une des leurs.

Lorsqu'elle eut fini de se remaquiller, elle surprit mon expression dans le miroir et éclata d'un rire sinistre.

— C'est exactement ce que je pensais.

— C'est bien plus compliqué que ça, ripostai-je d'un ton peu convaincant, même à mes propres oreilles.

— Je n'en doute pas. (Elle s'appliqua une nouvelle couche de gloss puis se tourna vers moi.) Je vais retourner en cours. Et faisons comme si cette conversation n'avait jamais eu lieu, puisque c'est comme ça que tu veux la jouer.

— Mais je ne joue à rien !

— Tu es très douée, décréta-t-elle en m'adressant un clin d'œil.

Elle sortit des toilettes d'un pas nonchalant, et balança son sac à dos sur son épaule avant de partir. Elle avait déjà repris sa démarche digne des défilés de mode, et j'en restai bouche bée.

On aurait dit qu'à l'intérieur elle disposait d'un interrupteur qui lui permettait d'exprimer momentanément ses véritables émotions, et qu'elle pouvait l'éteindre lorsque cela la dérangeait trop. Effrayée et presque en pleurs un instant plus tôt, hop ! elle retouchait son maquillage, me rabaissait, et s'éclipsait.

Je me penchai en arrière, la tête contre la glace, et essayai de trouver à redire à tout ce qu'elle avait affirmé. Je me battais pour obtenir ce que je souhaitais. À plusieurs reprises, j'avais tenté de persuader Ezra que c'était une bonne idée de me transformer sans attendre.

Je n'avais jamais réellement dévoilé mes sentiments à Jack, mais je n'avais pas encore tout réglé avec lui. Je me contentais de m'accommoder de ce pétrin. Ce n'était pas la même chose que de prendre la vie comme elle venait.

Je finis par beaucoup dormir en classe. À l'heure du déjeuner, je me rendis à l'infirmerie et m'allongeai pour piquer un somme. Après les cours, le trajet à pied de l'arrêt de bus à mon appartement, soit un peu plus d'un pâté de maisons, m'épuisa. Une fois rentrée, je m'effondrai sur le canapé et m'endormis aussitôt.

Milo m'envoya un texto pour vérifier que j'allais bien, et je me rappelle vaguement y avoir répondu avant de sombrer de nouveau dans le sommeil. Le jour suivant, je me réveillai avec difficulté, mais pris une double dose des vitamines que Mae m'avait conseillées.

Quand le bus me déposa près du lycée, je traversai la rue en courant jusqu'à la station-service et achetai cinq canettes de Red Bull, bien décidée à lutter contre cette fatigue qui me tuait.

À la fin de la journée, je me sentais plutôt en forme. Jane m'avait évitée, mais c'était mieux ainsi. Il fallait qu'elle s'éloigne de cette vie avant que cela la fasse souffrir.

De mon côté, j'avais réussi à surmonter mon deuxième jour de dernière année, ce qui n'était pas rien. Ce ne fut qu'une fois à la maison, assise sur le canapé, sirotant mon sixième Red Bull de la journée, que quelque chose me perturba.

Milo m'avait envoyé deux textos la veille, le premier pour savoir comment j'allais, puis un autre pour m'indiquer son soulagement. Il ne m'avait pas invitée chez eux. Je n'avais reçu aucun appel ou SMS de Jack.

De fait, depuis qu'il m'avait mordue, il ne m'avait pratiquement pas adressé la parole. Nous avions partagé quelque chose d'extrêmement intime et, depuis, il me repoussait.

Tout cela le terrorisait, à juste titre. Nous étions sérieusement menacés. Mais nous l'étions déjà auparavant. Ce n'était pas en m'évitant qu'il pouvait revenir en arrière ou que je serais moins en danger à l'avenir. Il ne me protégeait pas et n'empêchait rien.

À moins que…

Quand il m'avait mordue, j'avais mesuré la force de ses sentiments envers moi. C'était bouleversant et merveilleux, mais lui aussi avait pu percevoir mes émotions. Elles n'étaient peut-être pas suffisantes. Il avait peut-être constaté que mon amour pour lui n'était pas si grand qu'il l'imaginait.

Non pas que je n'éprouve rien pour lui, mais je n'étais pas capable de ressentir la même chose que lui. Je l'aimais autant que possible, autant que mes minuscules émotions humaines me le permettaient.

Peut-être avait-il compris à quel point je tenais encore à Peter, alors que tout aurait dû me pousser à le haïr. Au fond de moi, je me sentais toujours destinée à Peter. Cela venait directement de mon sang, et peut-être Jack l'avait-il remarqué en le goûtant.

Sans même en avoir conscience, je pouvais très bien lui avoir brisé le cœur et l'avoir fait fuir.

Incapable de vivre avec cette panique, je pris mon téléphone. Je ne pensais pas encore pouvoir parler à Jack, alors je choisis d'envoyer un texto à Milo :

Salut, quoi de neuf ? Ça va ?

Plus le temps passa, plus il m'apparut que soit mon frère dormait, soit il me détestait. Enfin, à 19 heures passées, lorsque la sonnerie de mon portable retentit, mon cœur faillit cesser de battre.

Bien. Comment tu te sens aujourd'hui ? m'avait-il répondu.

OK. Mieux. Quoi de prévu ce soir ?

On travaille à certaines choses. Tu devrais rester à la maison pour te reposer, me conseilla-t-il.

Je vais mieux. J'ai envie de sortir.

Ce n'était pas entièrement vrai, bien entendu, mais je voulais voir Jack.

Pas ce soir. Dors un peu. On s'appelle demain, tapa Milo.

Rien de plus. Ils me rayaient de leur vie. Si Jack ne souhaitait plus ma présence à son côté et Peter non plus, il était peu logique que je continue à les fréquenter. Milo pouvait encore m'adresser la parole. Mais pas me faire venir chez eux.

Peter aurait la possibilité de revenir chez lui, et ils poursuivraient leur existence. S'ils se débarrassaient de moi, ils récupéreraient une certaine forme de normalité.

J'avalai encore des vitamines, un autre Red Bull, puis fis les cent pas dans l'appartement.

Avec le recul, ingurgiter toute cette caféine ne me semblait pas du tout judicieux. J'étais faible et fatiguée et, au lieu de récupérer, je ne tenais plus en place. Quand je me décidai enfin à me coucher, je ne parvins pas à m'assoupir. Malgré mon épuisement dû à l'anémie, j'étais trop nerveuse et trop excitée par la caféine pour trouver le sommeil.

Une brise fraîche s'insinuait par la fenêtre ouverte. Au moins, je ne serais pas obligée de subir une chaleur étouffante. En dépit de ce confort agréable, je me tournais et me retournais, jusqu'à faire tomber les couvertures et avoir froid.

Si seulement Jack m'appelait, j'étais convaincue qu'on pourrait résoudre tout ça. Je pourrais lui avouer à quel point je tenais à lui, et que Peter m'importait peu.

Enfin, mon corps se força à se détendre et je m'endormis après avoir regardé fixement mon portable. Ma dernière pensée cohérente avant de m'assoupir fut que j'aimais Jack d'un amour fort et sincère.

J'ouvris soudain les yeux en entendant un bruit, comme si quelqu'un tapait contre la fenêtre. Ma terreur avait chassé toute ma fatigue et je me redressai, cherchant d'où provenait ce son.

De la brume avait pénétré dans la pièce par la fenêtre ouverte. Le rideau flottait dans une brise légère, laissant entrer la lumière du réverbère, qui éclairait une silhouette qui se découpait dans un coin de ma chambre.

J'eus le souffle coupé, ce qui était sans doute un peu mieux que de hurler. Je m'apprêtais à demander qui était là mais, même dans l'obscurité et le brouillard, je vis ses yeux verts perçants rivés sur moi. Conscient que je l'avais remarqué, l'intrus sortit de l'ombre.

Chapitre 24

Sa beauté était toujours aussi éblouissante. Mon cœur se mit à battre à tout rompre, et je ressentis ce tiraillement intérieur, familier et douloureux, qui exigeait presque que je sorte du lit pour rejoindre Peter. Et, si je n'avais pas été sous le choc, je l'aurais peut-être fait, mais je me contentai de le contempler, bouche bée.

— Peter, murmurai-je, haletante.

— Je ne voulais pas te réveiller, dit-il d'une voix douce comme du velours.

Il s'approcha de moi, puis s'assit prudemment au bord du lit. Ses épais cheveux châtains retombèrent devant ses yeux, et il les écarta machinalement. Sa peau était lisse et parfaite, et il entrouvrit les lèvres, inspirant mon parfum.

Il avait envie de tendre la main pour me toucher, mais il se retenait en agrippant un bout de ma couverture, le poing serré très fort. J'aurais dû me sentir menacée et effrayée par sa présence dans ma chambre. Or ce n'était pas le cas.

— Qu'est-ce que tu fais ici ?

Je déglutis péniblement, jaugeant sa réaction, sans succès. Comme d'habitude, son expression demeurait impénétrable.

— Je souhaitais te voir. J'ai eu l'intuition que quelque chose clochait.

Une lueur indéchiffrable passa dans son regard et je baissai les yeux. Sa merveilleuse odeur exotique m'embrumait l'esprit et, si je continuais à l'observer, je ne parviendrais plus à réfléchir.

— Clocher ? Comme la fois où tu as failli me tuer ?

J'étais surprise d'avoir osé une remarque aussi cinglante, mais il troublait la zone de mon cerveau qui régissait mes inhibitions.

Du coin de l'œil, je le vis tressaillir, ce qui me fit plaisir. Il éprouvait du remords de m'avoir mordue, comme si cela prouvait qu'il tenait réellement à moi.

— Je ne pourrai jamais m'excuser assez pour ce que j'ai fait, affirma-t-il en fermant davantage le poing sur ma couverture.

— C'est drôle. Je n'ai entendu aucune excuse de ta part, répliquai-je en levant les yeux vers lui.

Il se détourna et son regard s'adoucit, exprimant la culpabilité et la honte.

— Alice, je n'ai jamais eu l'intention de te faire du mal. Seulement, je ne savais pas comment te protéger. Ni moi, d'ailleurs.

Il poussa un long soupir, le regard dans le vide, avant de poursuivre.

— Je ne me pardonnerai jamais ce que j'ai commis. Tu mérites beaucoup mieux que moi, que ma vie, et c'est pour cela que je suis parti.

— Je ne souhaitais pas que tu partes.

Sans comprendre pourquoi, je le suppliais presque. D'un côté, je n'avais jamais cessé de le désirer.

— Vraiment ?

Il se tourna vers moi, surpris et soulagé.

— Quand tu m'as dit que tu ne voulais plus de moi, j'ai eu envie de mourir. N'est-ce pas révélateur ?

Mes mains tremblaient et mon cœur cognait si fort que je m'entendais à peine parler. Qu'est-ce que je disais ? Qu'est-ce que je faisais ?

— Je te désirerai toujours. Mais je ne pouvais pas te blesser de nouveau, affirma-t-il.

D'un geste tendre, il posa la main sur la mienne, et une décharge d'électricité me secoua. Je dus consacrer toute mon énergie à respirer. Tous mes sens étaient détraqués.

— Pourquoi es-tu revenu ? chuchotai-je.

— Je crois que je ne peux plus rester loin de toi.

Il se pencha vers moi, mais ses lèvres évitèrent les miennes pour venir se poser délicatement sur mon cou et embrasser la peau qui couvrait mes veines. Un gémissement d'excitation m'échappa, et une chaleur grisante se propagea en moi.

Sa main sur la mienne avait changé de position. Il s'en servait pour me maintenir le poignet, mais cela ne me dérangeait pas. Peu importe ce qu'il faisait, je ne me défendrais pas. J'éprouvais de la joie chaque fois qu'il me touchait.

Lorsque ses dents incisèrent ma chair, la sensation fut plus intense que dans mon souvenir. Ma circulation sanguine s'accéléra, faisant frissonner mon corps de plaisir.

Je commençais à peine à sentir son cœur battre violemment à l'unisson du mien quand une soudaine obscurité m'envahit. Il avait brusquement cessé de me mordre.

Des tremblements de froid familiers s'emparèrent de moi. Mon corps réagissait ainsi à la séparation. Je m'effondrai sur le lit, mais Peter m'agrippait toujours le poignet. S'il serrait davantage, mes os se briseraient. Il se pencha et cracha par terre.

— Qu'as-tu fait ? demanda-t-il en se tournant vers moi, le souffle rauque.

Ses yeux brillaient d'angoisse, mais son expression trahissait une grande perplexité.

— Ton sang était si amer. Qu'est-ce que tu as fait ? As-tu laissé Jack…

— Peter.

Je secouai la tête et essayai de le toucher, mais il me lâcha et recula.

— Alice, qu'est-ce que tu as fait ? répéta-t-il d'une voix plaintive.

Je n'avais jamais vu quelqu'un sembler aussi torturé. Il se passa une main dans les cheveux. Il paraissait sur le point de vomir.

— Peter. Je n'ai pas...

Je tentai de me rasseoir mais, prise de vertiges, je dus me résoudre à rester allongée.

Mon épuisement revenait, décuplé. Même si Peter avait bu très peu de mon sang, je ne pouvais pas supporter cette hémorragie supplémentaire.

J'essayai de réfléchir, de le raisonner, mais mon cerveau s'asphyxiait. Entre le sang perdu et le brouillard causé par Peter, c'était trop. Je fermai les yeux afin de m'éclaircir les idées pendant une minute mais, quand je les rouvris, Peter avait disparu.

Je savais que je devais appeler Jack, Milo ou quelqu'un d'autre. Il fallait les prévenir que Peter était revenu et qu'il était au courant de ce qui se passait. Je voulais bouger, mais cela nécessitait bien trop d'efforts.

Rien ne semblait fonctionner et, au mieux, je pouvais tendre le bras pour attraper mon téléphone sur ma table de chevet.

Soudain, on me secoua si violemment que je crus que mon cou allait se briser. Mon corps était projeté d'avant en arrière, et des mains me serraient les épaules. Je luttai pour les chasser, mais j'arrivais à peine à lever les bras. Une voix stridente hurla mon nom et je me rendis enfin compte que c'était ma mère.

— Maman ! m'écriai-je en tapant son poignet le plus fort possible, et elle cessa enfin de me secouer.

— Alice ? Bon sang, qu'est-ce que tu as ? s'enquit-elle, folle d'inquiétude.

Elle s'assit sur mon lit en me maintenant les épaules, sinon je serais retombée en arrière sur le matelas. La vive lumière du soleil filtrait à travers les rideaux, et non seulement ma mère était à la maison mais, en plus, elle se trouvait dans ma chambre.

— De quoi tu parles ? Qu'est-ce que tu fiches ici ? demandai-je d'une voix léthargique.

Lorsque je voulus balayer une mèche de cheveux de devant mes yeux, je me mis le doigt dans l'œil. Mes gestes ressemblaient à ceux d'une personne ivre.

— Je viens de rentrer. Il est 10 heures, et ton réveil sonnait, depuis les trois dernières heures, apparemment. Tu ne l'as pas entendu ? Du tout ? (Elle me dévisagea, cherchant à comprendre si j'étais droguée, soûle ou juste malade.) En arrivant, je l'ai éteint, et tu étais là, allongée. Je t'ai crue morte.

— Je suis vivante. Je suis fatiguée, c'est tout. (Je tentai de me débarrasser d'elle, mais elle refusait d'abandonner si facilement.) Je vais bien. Sincèrement.

— Tu dormais avec la sonnerie du réveil, et c'est moi qui t'ai réveillée en te secouant comme un prunier. Non, tu ne vas pas bien !

Elle desserra quelque peu son emprise, et écarta les mèches qui me barraient les yeux pour mieux les examiner et découvrir s'ils étaient injectés de sang ou si mes pupilles étaient dilatées.

— Alice, est-ce que tu as pris de la drogue ?

— Non, maman. (Je frappai sa main pour qu'elle l'enlève, et elle finit par me laisser m'allonger de nouveau.) Je suis juste crevée. Je crois que j'ai chopé une maladie comme la mononucléose.

— La mononucléose ? Qui as-tu embrassé ?

Sa voix était montée dans les aigus, et je m'enfonçai la tête dans l'oreiller pour ne pas l'entendre.

— Ce Jack ? C'est lui qui t'a contaminée ? Il te drogue ?

— Non, maman, aucune drogue !

Cette allusion à Jack m'évoqua inconsciemment quelque chose, mais je ne réussis pas à savoir quoi exactement.

— Sors et laisse-moi dormir. Je te raconterai plus tard.

— Alors tu vas manquer les cours aujourd'hui ?

— Je crois bien. Je suis malade.

Je la chassai d'un signe de la main.

— Si tu ne te lèves pas cet après-midi, je t'emmène chez le médecin.

Elle se calma et se mit debout.

— Et je lui demanderai de prescrire des analyses pour détecter toutes les drogues qui existent, ajouta-t-elle. C'est clair ?

— Limpide, marmonnai-je contre l'oreiller.

Après son départ, je me retournai et essayai d'éclaircir mon cerveau embrumé. J'avais réellement envie de me rendormir, mais je mis cette réaction sur le compte du Red Bull. Je m'étais forcée à en faire tellement le jour précédent que mon corps ne répondait plus.

Quelque chose concernant Jack me paniquait, sans que je puisse mettre le doigt dessus. Il ne m'avait pas adressé la parole la veille, puis j'étais allée au lit, et ensuite…

Ensuite, Peter.

Je me touchai le cou, tâtonnant à la recherche de marques de morsure, mais n'en constatai aucune, même si ce n'était pas significatif. Je ne me souvenais que très vaguement de la nuit précédente. Juste des yeux verts de Peter et de cette étrange brume dans ma chambre. C'était impossible.

En plus, il avait recraché mon sang. Ma mère aurait flippé si elle avait vu le sol couvert de sang. Je me retournai et vérifiai par précaution mais, à part quelques vêtements sales, aucune tache par terre.

Je repassai sur le dos et portai de nouveau la main à mon cou. Que s'était-il produit la veille ? Je me sentais encore confuse. Peut-être… peut-être que ce n'était qu'un rêve.

Fatiguée comme je l'étais depuis quelques jours, cela semblait peu probable qu'un bruit m'ait tirée de mon sommeil. En outre, Peter se déplaçait dans un silence presque total. S'il entrait, je doutais de pouvoir l'entendre.

C'était certainement un cauchemar qui résultait de la combinaison de ma paranoïa, de mon épuisement et d'un excès de caféine.

Par prudence, j'appelai tout de même Milo. Si Peter se trouvait en ville, cela ne coûtait rien de les avertir et, s'il n'était pas de retour, j'aurais alors l'esprit tranquille.

Milo ne répondit pas à mon coup de fil, ce qui était rassurant. Si Peter était passé, ils auraient tous été réveillés. En fait, ils m'auraient téléphoné pour vérifier que j'étais en sécurité. Mais, si mon frère ne décrochait pas, cela signifiait qu'il dormait encore et que tout allait bien.

— Salut, Milo, c'est moi, dis-je d'une voix lasse après le « bip » de sa messagerie. J'ai fait un rêve super bizarre et je voulais juste savoir si tout était OK de votre côté et tout. Rappelle-moi plus tard, d'accord ? Allez, à plus.

Je pris soin de régler le volume de ma sonnerie au maximum, juste au cas où il y aurait un souci, puis le posai sur ma table de chevet. Je ramenai les couvertures sur moi, m'installai confortablement et m'assoupis.

À 19 heures, je m'obligeai à me lever avant que ma mère parte travailler, pour lui prouver que j'étais toujours en vie et en forme. Je me sentais mieux, mais pas aussi bien que je le prétendais.

Dès qu'elle quitta l'appartement, je pris les pilules que Mae m'avait données, puis descendis un autre Red Bull et m'effondrai sur le canapé. Malgré la mauvaise expérience de la veille après l'excès de caféine, je me disais que, si je n'en abusais pas, cela contribuerait sûrement à atténuer ma fatigue.

Milo arriva, bouleversant mon plan qui consistait à me rendormir sur le canapé. Il était aussi beau que d'habitude, ce qui me laissait supposer que personne ne l'avait agressé pendant la nuit. Il se pencha au-dessus du dossier du sofa pour me regarder.

— Tu as une mine affreuse, déclara-t-il.

C'était probablement vrai. J'avais passé la majeure partie des deux jours précédents à dormir. Je n'avais pas pris de douche depuis la veille, avant de me rendre en cours, et ne m'étais pas coiffée non plus depuis. Mon teint était grisâtre, même pour moi, et je n'avais ni mangé ni mis autre chose que mon pyjama depuis la veille. Donc, oui, j'avais sans doute une tête de déterrée. Et je me sentais dans un état épouvantable.

— Merci, répondis-je d'un ton désinvolte. Alors, qu'est-ce qui t'amène dans le coin ?

— Je suis venu voir comment tu allais. (Il repoussa une mèche de cheveux de mon visage.) Tu semblais perturbée au téléphone, et Mae a pensé que je devais vérifier comment tu récupérais. Tu es allée au lycée aujourd'hui ?

— Je ne me suis pas réveillée, expliquai-je en haussant les épaules.

— Alice, tu dois rester en piste pour obtenir ton diplôme.

— Oh ! comme toi ?

J'envisageai de lui tirer la langue, puis me ravisai.

Son visage prit une expression encore plus désapprobatrice. Dommage. Il voulait seulement ce qui était le mieux pour moi et, en l'occurrence, c'était de rester allongée et de me reposer, pas de m'inquiéter à propos de mes études. Avoir mon diplôme me semblait inutile, même si je n'héritais pas de la fortune de la famille de Jack, contrairement à mon frère.

Il changea de sujet :

— Tu as mangé aujourd'hui ?

Il jeta un coup d'œil en direction de la cuisine, dépourvue de vaisselle sale ou de tout autre reste de nourriture, à l'exception de plusieurs canettes de Red Bull vides.

— Hé, vous ne faites plus le tri sélectif depuis que j'ai déménagé.

— Tu n'es plus là pour dicter les règles.

— Et alors ? Est-ce que l'état de la planète ne te paraît pas un peu plus important maintenant que tu vas vivre éternellement ?

Milo se rendit dans la cuisine pour trier les canettes en aluminium et la boîte vide de céréales.

— À l'heure qu'il est, je serai chanceuse d'atteindre l'année prochaine, alors ne parlons pas d'éternité, soupirai-je.

— Il faut toujours que tu dramatises ! se moqua-t-il.

Je ne le voyais pas, mais je l'entendais s'affairer dans la cuisine, et mon estomac gargouilla. C'était devenu un réflexe : quand Milo touchait des ustensiles, je salivais.

— Tu me prépares un truc ?

Je passai de nouveau la tête par-dessus le dossier pour vérifier ce qu'il mijotait.

— Oui. Mae m'a précisé que tu avais besoin de viande rouge.

Il fouilla dans le congélateur pour prendre certains des aliments qu'il m'avait achetés la dernière fois.

— Je te suggère de t'octroyer une bonne douche, et je me charge du dîner. Ça te va ?

— Tu sais, c'est carrément ironique, répliquai-je en me levant. Dire que j'avais choisi de rester humaine pour pouvoir rester dans le coin et m'occuper de toi.

Il rit, mais ce n'était pas très intelligent. Il avait toujours pris soin de moi. Pourquoi au juste étais-je restée dans les parages, pour l'aider en quoi ? En réalité, je lui tenais compagnie. J'aurais dû lui acheter un chiot et laisser Jack me changer en vampire.

Si j'avais fait ça, je n'aurais pas été aussi fatiguée qu'à présent, ni sur le point de tout perdre.

Quand je sortis de la douche, la salle de bains sentait le propre et un parfum fleuri mais, en ouvrant la porte, une autre odeur délicieuse me chatouilla les narines. Je me sentais un peu revigorée, et j'avais encore plus faim qu'avant d'aller me laver.

Milo m'avait fait cuire un steak, si saignant que je n'aurais pas été surprise qu'il meugle. Il l'avait déjà servi dans une assiette, joliment dressée avec des épinards, et il avait disposé une rose dans un soliflore au milieu de la table.

— C'est très appétissant, dis-je en prenant place. Où as-tu trouvé la fleur ?

— J'ai mes sources.

Il me sourit, et je choisis de ne pas insister. J'avais trop faim pour me soucier de tels mystères.

— Tu as l'air d'aller mieux, annonça-t-il.

— Je me sens mieux, répondis-je, la bouche pleine.

Il s'assit en face de moi et me regarda dévorer son bon petit plat. Je ne pus m'empêcher d'éprouver une certaine gêne.

— C'est bizarre de manger sans toi.

— Je crois que si je mangeais en ce moment tu aurais perdu l'appétit.

Il essayait de plaisanter, mais je perçus une lueur de honte dans ses yeux. Il n'avait pas oublié ma réaction lorsqu'il avait mordu Jane et, en toute franchise, moi non plus.

— Merci. Pour le repas, le complimentai-je pour changer de conversation. C'est excellent.

— Ça me fait plaisir.

Il se pencha vers moi, un coude sur la table et la tête appuyée dans le creux de la main.

— Alors, ton rêve était à propos de quoi ?

— Peter, répondis-je en fronçant les sourcils. Étrange, non ?

— Pas vraiment. Tu t'inquiètes de connaître sa réaction depuis que Jack t'a mordue. C'est logique que ça ressorte dans tes rêves.

Dans un coin de mon esprit, je n'étais pas complètement certaine que la morsure de Peter était irréelle, mais je ne trouvais pas d'autre explication. Selon Milo, c'était la seule conclusion valable : à force de penser à Peter et de stresser, cela s'était exprimé par ce biais.

— Oui, tu as raison, acquiesçai-je avant d'engloutir le reste de mon repas en silence.

— Jane t'a dit quelque chose ? demanda-t-il quand j'eus presque terminé. Tu l'as vue au lycée, d'ailleurs ?

— Oui, et oui.

Je mâchai mon dernier morceau de steak et l'avalai, puis me calai contre le dossier de ma chaise.

— Elle est au courant que vous êtes des vampires. Je ne sais pas trop comment elle le prend. Je n'ai pas vraiment rediscuté avec elle depuis.

— Hmm.

Il baissa les yeux sur la table, pensif.

— Quoi ?

— Rien. J'espère juste que ça ira. (Il me dévisagea et me sourit.) La connaissant, elle va sûrement régler le problème en couchant avec des types et en buvant, et elle va même oublier que ça s'est produit.

Chaque fois que j'avais croisé Jane au bahut, elle était toujours fidèle à elle-même. Soit en train de flirter avec un mec ou de faire la star en me lançant un regard furieux. Après deux ou trois week-ends à s'imbiber d'alcool jusqu'à perdre conscience, elle aurait probablement détruit toutes les cellules cérébrales qui lui permettraient de se rappeler des vampires.

— À propos de la façon dont les gens réagissent…, commençai-je en me tortillant, mal à l'aise, comment va Jack ?

— Ces derniers temps, il est plutôt… distant, répondit-il d'un ton prudent. Je crois qu'il culpabilise vraiment par rapport à ce qui s'est passé.

— C'est toujours sympa, les regrets, dis-je en baissant le regard sur mon assiette presque vide.

Ma gorge se noua. Je savais qu'il avait eu des remords instantanément. Et, peu importe son propre raisonnement, rien n'était plus douloureux que la certitude que le moment le plus crucial de mon existence ne représentait qu'un regret de plus pour celui avec qui je l'avais partagé.

— Alice, tu sais qu'il veut seulement qu'il ne t'arrive rien.

— C'est ce que tout le monde prétend en permanence. C'est marrant, parce que la seule façon qu'ils trouvent pour ne pas me faire souffrir, c'est de me faire souffrir.

Je me levai et portai mon assiette jusqu'à l'évier.

— Les choses ne sont pas aussi figées. Du moins, pas en ce qui concerne les vampires.

— Merci de m'avoir concocté ce repas et tout, mais il faut que je me repose pour avoir une chance d'aller en cours demain.

Je m'appuyai contre le rebord de l'évier, évitant sciemment de le regarder. J'avais envie de pleurer, et je souhaitais juste cesser de ressasser cette histoire puis regagner mon lit.

— Je comprends que c'est une manière polie de me chasser d'ici, mais tu as raison quand même. (Il se leva, puis hésita avant de sortir.) N'hésite pas à m'appeler en cas de besoin. D'accord ?

— Promis.

Quand il partit, je me mis à pleurer, sans savoir pourquoi. Je n'aimais pas me retrouver tout le temps seule dans l'appartement, et je regrettais de lui avoir dit de s'en aller. Je n'avais pas envie qu'il me voie sangloter ou qu'il mesure à quel point j'étais bouleversée, mais quelle importance cela pouvait-il avoir qu'il en soit témoin ? Milo voyait tout.

Je finis par retourner au lit. Seuls le repos et le temps étaient susceptibles de remédier à la fatigue et la tristesse. Le sommeil réunissait les deux. Le lendemain, j'ouvris les yeux en entendant mon réveil, puis avançai à l'aveuglette pendant toute la journée de cours. Jane me fusillait du regard dans les couloirs, j'étais transparente pour les profs et, quand j'en avais l'occasion, je dormais en classe.

Après le lycée, Milo m'envoya un texto pour prendre de mes nouvelles, mais je n'en eu aucune de Jack. Je n'étais toujours pas invitée chez eux. J'allai me coucher à 20 h 30, en tentant de me persuader que mon existence n'était pas si catastrophique.

Malheureusement, le matin suivant, je me sentais mieux. Ce qui aurait dû sonner comme une bonne nouvelle ne l'était pas à mes yeux. J'avais plus ou moins espéré dormir pendant le reste de ma vie pour ne pas voir à quel point elle était pourrie.

Mon corps avait enfin décidé de réagir à tout le repos et aux pilules que j'avais avalées et, même si je n'étais pas précisément pleine de dynamisme, je me rapprochais d'un être humain normal.

On était samedi, mais je me réveillai à 10 heures, soit trop tôt. Je choisis de mettre à profit mon récent regain d'énergie. J'allumai la radio à fond et parcourus la maison en ramassant le bazar qui traînait, celui que j'avais réussi à mettre même en restant immobile.

Je nettoyai le sol de la cuisine, ainsi que les carreaux de la salle de bains avec une vieille brosse à dents pour enlever la moisissure. Je réorganisai ma collection de CD. Je pénétrai même dans la chambre de Milo et essayai de ranger les affaires qu'il avait laissées.

La poussière commençait à s'accumuler dessus, ce qui me rendit très triste. Cela sonnait le glas de notre ancienne existence. Mon avenir était toujours en jeu, tandis que son destin était scellé. À bien des égards, je l'avais accepté mais, comme dorénavant Jack me rejetait, l'isolement de ma vie me semblait encore plus difficile à supporter.

Après avoir briqué l'appartement jusqu'à ce qu'il soit propre comme jamais, je n'avais rien d'autre à faire. Je m'étais occupée pendant la plus grande partie de la journée mais, à présent que le soleil se couchait, ma solitude revenait.

Je m'étais habituée à passer mes journées toute seule, mais les soirées ne devenaient pas plus faciles. Les jours précédents, j'avais pu les remplir en dormant mais, comme mon épuisement s'était enfin envolé, je me retrouvais désœuvrée un samedi soir.

J'enfilai un pyjama confortable et mis l'album de Bat for Lashes. Je jugeai que me pelotonner dans mon lit avec un bon bouquin serait la façon idéale de tuer la soirée, et que cela m'aiderait à moins remarquer que le temps passait lentement.

Je m'allongeai et tendis le bras vers ma table de chevet pour saisir le livre de Peter, mais ne l'atteignis pas. Il n'était plus là.

Chapitre 25

Je me levai et entrepris de fouiller ma chambre. Le livre ne se trouvait pas par terre près de la table de chevet et, comme j'avais tout rangé, il ne pouvait pas être dissimulé sous du linge sale. Je me tournai sur le ventre et tâtonnai sous mon lit. Je tombai sur de nombreux moutons, mais pas sur le livre.

La sonnerie associée à Milo interrompit mes recherches, et je me mis à penser à autre chose. À genoux, je me précipitai pour attraper mon téléphone sur la table de nuit. Un message de Milo m'intéressait moins qu'un de Jack, mais peut-être voulait-il m'informer qu'ils levaient l'embargo sur moi.

Jane n'arrête pas de m'appeler. Elle est bourrée.

Désolée? répondis-je, sans savoir réellement ce qu'il escomptait de ma part.

Je ne peux pas lui parler. Ça va empirer les choses, précisa-t-il, ce qui ne m'indiquait toujours pas ce qu'il attendait de moi.

Eh bien, ne lui parle pas, tapai-je.

Est-ce que tu peux t'en charger? Elle profère des menaces étranges.

De quel genre?

Mon cœur bondit dans ma poitrine. Il ne m'envoyait pas de texto pour discuter avec moi. J'étais censée réparer ses dégâts mais, bizarrement, cela me fit me sentir spéciale.

Comme quoi elle va nous « mettre au jour ». Je n'en sais rien. Est-ce que tu peux essayer de la raisonner ?

Je vais voir ce que je peux faire.

Je soupirai et me passai la main dans les cheveux pour empêcher les moutons de s'accrocher. Je posai les pieds au sol et m'assis sur mon lit.

Il était hors de question de régler le problème par SMS. Jane était certainement ivre, dans une fête ou ailleurs. Elle aurait donc beaucoup de mal à lire et à taper des messages. Ce n'était pas inhabituel chez elle mais, l'alcool aidant, elle devenait illisible.

Le plus sûr était de lui téléphoner pour essayer de détourner son attention assez longtemps, jusqu'à ce qu'elle perde connaissance ou qu'elle couche avec un type. Soit environ cinq minutes.

— Qu'est-ce que tu veux, bordel ? demanda Jane d'une voix inarticulée.

J'entendais de la musique en fond sonore, ainsi que des voix et des éclats de rire.

— Rien. J'avais juste envie de parler.

Je criais moi aussi, sans savoir si c'était nécessaire. C'était elle qui se trouvait dans un environnement bruyant, pas moi.

— Tu es avec ces foutus suceurs de sang ? C'est eux qui t'envoient, pas vrai ?

Elle semblait tendue et confuse à cause de l'alcool mais, de toute évidence, elle était méfiante.

— Ils ne m'ont « envoyée » nulle part. Je suis chez moi, assise sur mon lit. Je voulais prendre de tes nouvelles, expliquai-je.

— Ouais, c'est ça. (Elle éclata d'un rire amer qui se rapprochait d'un ricanement.) Tu es avec Milo ? Dis à ton frère qu'il ne peut pas me laisser en plan comme ça. Je suis une fille canon, tu sais ! Je ne vais pas l'attendre indéfiniment !

— Je ne vois pas à quoi tu fais allusion, mais je ne manquerai pas de lui transmettre le message, soupirai-je.

— Pourquoi est-ce qu'il ne veut pas de moi, Alice ? pleura-t-elle.

Derrière elle, un type hurla qu'il la voulait, et Jane éloigna sa bouche du micro et cria : « Ta gueule, abruti ! » Lorsqu'elle reprit le téléphone, elle sanglotait.

— Mais qu'est-ce que je dois faire pour qu'il veuille de moi ?

— Jane, il est gay. C'est un sacré obstacle, lui annonçai-je avec toute la gentillesse possible.

— Donc quoi ? Il faudrait que je change de sexe ? (Elle renifla et songea un instant à cette idée.) Ça coûte cher, mais je suppose que ce serait possible. Et ensuite, ça serait bon ?

— Je crois que tu ferais mieux d'oublier Milo, lui conseillai-je. D'après ce que j'ai cru comprendre, tu es dans une fête, entourée de nombreux garçons, et tu peux séduire n'importe lequel d'entre eux. Tu n'as aucune raison de te préoccuper de mon frère.

— Parce que tu penses que je ne suis pas au courant ? aboya-t-elle. Tu crois que je ne me rends pas compte que je suis carrément sexy ? T'inquiète. Mais je n'arrive pas à m'ôter Milo de la tête ! Malgré tous mes efforts ! Tu ne sais pas ce que c'est !

— Au contraire, marmonnai-je entre mes dents.

— Je suis perdue ! gémit-elle. Je ne peux pas vivre sans lui ! Franchement, Alice, j'essaie… et je n'y parviens pas !

Je ne l'avais jamais entendue aussi bouleversée, pas même quand elle avait trop bu. Lui passer un petit coup de fil ne fonctionnait pas. Son malaise était bien trop profond.

— Jane, où es-tu ?

— Qu'est-ce que ça peut bien te faire ? demanda-t-elle.

— Jane, dis-moi où tu te trouves.

Je descendis de mon lit et me mis à fouiller dans ma penderie, en quête d'une tenue rapide à enfiler.

— Chez Dan Kelly, avoua-t-elle à contrecœur. Je reste dans les parages si jamais tu réussis à venir.

Sur ce, elle raccrocha.

À l'âge de quatorze ans, elle était sortie avec Dan Kelly. Il habitait à quelques rues de chez moi, donc je connaissais son adresse.

Je passai un jean et un top violet, puis me donnai un coup de brosse pour me débarrasser de toute trace de poussière. Je mis mon portable dans ma poche et me précipitai dehors.

À la nuit tombée, un épais brouillard avait succédé à la pluie matinale. Les lampadaires projetaient une lumière étrange et inquiétante dans la brume, créant des ombres dans l'air. La nette fraîcheur me fit regretter de ne pas avoir emporté un pull ou une veste mais, en marchant rapidement, je me réchaufferais.

J'entendis la fête avant de la voir. Ce n'était pas exceptionnel, même sans la présence de brouillard. Jane était à l'extérieur de la maison. Une cigarette à la main, elle tenait son téléphone plaqué contre l'oreille. Elle bredouillait qu'elle était la fille la plus sexy de la planète, alors je supposai qu'elle s'adressait à Milo.

— Jane, dis-je en traversant la pelouse pour la rejoindre.

Elle secoua la tête et me fit signe de partir, mais je continuai à avancer.

— Jane, qu'est-ce que tu fais ?

— Putain, réponds ! hurla-t-elle dans le combiné. Je sais que tu es là !

— Jane, c'est une boîte vocale. Il ne peut pas t'entendre.

— Ils t'ont envoyée. J'en étais sûre.

Elle referma brusquement le clapet de son portable. Son mascara et son eye-liner avaient coulé sur ses joues, et elle avait des traces de gloss rouge vif sur tout le visage.

— Personne ne m'a envoyée. Tu n'avais pas l'air bien. Je me fais du souci pour toi, c'est tout.

Je tendis la main pour la toucher, mais elle recula et secoua la tête.

— Je n'ai pas besoin de ta pitié de merde.

Sa cigarette s'était consumée entièrement. Elle la jeta et en sortit une autre de son soutien-gorge.

— Je ne viens pas te plaindre, lui assurai-je en croisant les bras, tentant de me donner un air rebelle.

— Alors tu es là pour pavoiser ?

Elle me souffla de la fumée au visage, et essaya de me lancer un regard noir.

— Je n'ai aucune raison de jubiler. (Je toussai et chassai la fumée d'un geste de la main.) Je voulais vérifier que tu allais bien.

— Tu n'as aucune idée de ce que c'est.

Elle se mordilla l'intérieur des joues et secoua la tête.

— C'est comme si je le sentais encore à l'intérieur de moi, et je n'ai jamais éprouvé ça avant. Je l'ai littéralement dans la peau, je pense sans arrêt à lui, et il me déteste.

— Je sais exactement ce que tu ressens, rectifiai-je. Exactement.

— De quoi tu parles ?

Son expression était sceptique, mais ses traits s'adoucirent un peu.

— Je n'ai pas envie d'entrer dans les détails pour l'instant, mais… on est samedi soir, et je n'ai nulle part ailleurs où aller en ce moment. Personne ne m'a appelée depuis des jours.

Je m'efforçai de hausser les épaules comme si cela m'importait peu, mais l'avouer à voix haute me blessait encore plus. Je n'avais pas parlé à Jack depuis presque une semaine.

— Alors comment tu arrives à être dans un meilleur état que moi ? demanda-t-elle en me jetant un coup d'œil.

— Franchement, je n'en sais rien. Sauf que je n'ai pas bu.

Le seul avantage que j'avais sur elle, c'était que je prétendais depuis plus longtemps qu'elle que les vampires ne me faisaient pas flipper.

— On pourrait arranger ça.

Elle me décocha un sourire malicieux en désignant la maison d'un hochement de tête.

— Je suis certaine qu'il y a un mec bourré qui adorerait te peloter, précisa-t-elle.

— Je n'en doute pas, mais je ne crois pas que ça résoudrait quoi que ce soit. Allez, viens. (Je reculai et inclinai la tête en direction de mon appartement.) Rentrons chez moi. On regardera des navets à la télé toute la nuit. C'est une bien meilleure thérapie que téléphoner en étant cuitée.

— Je préférerais mille fois finir cette bouteille de vodka et voir ce que Dan veut faire. (Elle contempla la maison avec envie, puis reporta son attention sur moi.) Si tu veux m'accompagner, ce serait avec plaisir.

— Non, arrête, Jane.

Je voulais la saisir par le bras et la forcer à me suivre, mais je restai figée en réfléchissant à un argument convaincant.

— Tu n'en as pas marre de tout ça ?

— Tu n'es pas obligée d'approuver ce que je fais, mais c'est ma vie, OK ? répliqua-t-elle d'un ton dur. Je ne sais vraiment pas comment tu te débrouilles pour dormir la nuit mais, moi, c'est comme ça que je m'en sors. Et je ne risque pas de changer juste parce que ça ne te plaît pas.

— Comme tu veux, rétorquai-je, mais elle n'avait pas tort. Mais cesse d'appeler Milo, d'accord ? Il ne te répondra pas, et tu auras beau dire ou faire, il ne changera jamais d'avis.

— Je sais, dit-elle d'une voix saccadée. C'est précisément pour ça que j'ai besoin d'un autre verre.

— Mais tu ne lui téléphoneras plus ? m'enquis-je tandis qu'elle faisait volte-face pour rentrer.

— Parole de scout, me promit-elle en esquissant une croix sur son cœur du bout du doigt alors qu'elle se dirigeait vers la maison, en équilibre précaire sur ses talons. Je vais même supprimer son numéro de mes contacts.

Lorsqu'elle referma la porte derrière elle, je restai dans le brouillard, me demandant quoi faire à présent. Je désirais vraiment qu'elle vienne avec moi, mais surtout par pur égoïsme. La perspective de passer encore une nuit toute seule me semblait intolérable et, en plus, j'avais perdu le livre de Peter, qui aurait pu me tenir compagnie.

J'envisageai de téléphoner à Milo pour le prévenir que j'avais accompli ma mission et pour vérifier si c'était bien lui qui avait pris l'ouvrage, puis je me ravisai.

Lorsque je rentrai chez moi à pied, la brume accentua mon sentiment de solitude. Elle couvrait tout autour de moi, me donnant l'impression d'être la dernière survivante de la planète. Cette idée me fit frissonner, et je m'efforçai de prétendre que rien ne me touchait.

Je n'en revenais pas d'avoir vu Jane pleurer à ce point, mais je tenais encore le coup. Peut-être grâce au déni total. Je me répétais que la situation finirait par évoluer. Les vampires allaient forcément se remettre à m'adresser la parole. Non ?

J'étais plongée si profondément dans mes pensées que je ne remarquai pas les bruits de pas derrière moi avant d'entendre ce rire familier gonflé à l'hélium résonner à travers le brouillard. Il semblait à la fois proche et lointain. Je restai paralysée, incapable de fuir ou de me battre. J'étais complètement prise au dépourvu.

J'étais seule dans une rue déserte, et personne ne savait où j'étais, sauf une fille bourrée. Personne ne m'attendait à la maison, et Milo ne s'apercevrait de ma disparition qu'au bout de quelques jours, en l'absence d'appels de ma part.

J'allais mourir. Non seulement tout le monde s'en fichait mais, en plus, personne ne le remarquerait.

Chapitre 26

Estimant qu'il valait mieux mourir la tête haute, je tournai les talons pour faire face à mes agresseurs. Je ne pouvais pas courir plus vite qu'eux et, comme ils me traquaient certainement, ils devaient connaître mon adresse. Pour une raison mystérieuse, Lucian m'avait dans la peau, et il était peu disposé à me lâcher.

— Je sais que vous êtes là ! criai-je dans le brouillard.

J'entendis le bruit étrange de leurs pas, puis leurs silhouettes sombres se matérialisèrent devant moi. Mon cœur s'emballa et j'étais consciente qu'ils le percevaient, mais je décidai de dissimuler toutes les autres preuves de ma terreur.

Mon estomac se retourna. Je ravalai ma salive et serrai les poings pour éviter de trembler. Je levai le menton d'un air défiant, quitte à exposer mon cou davantage.

Ça n'avait pas vraiment d'importance. Dans tous les cas, ils trouveraient un accès à mes veines.

Ils se tenaient face à moi. Lucian me contemplait de ses yeux noirs, comme si j'étais un morceau de viande ou le Saint-Graal. Ses cheveux noirs luisants étaient gominés vers l'arrière. Il souriait, dévoilant ses crocs ridicules.

Je jetai un coup d'œil à Violette. À cause du brouillard, ses cheveux violets paraissaient plats et ternes. Son épais maquillage noir avait coulé et, alors qu'elle aurait dû avoir l'air ravie de m'attraper enfin, son sourire semblait faiblir.

— Tu as gâché notre traque, déclara Lucian d'une voix fielleuse.

— Eh bien, tu parles d'une prise ! renchérit Violette avec son timbre de Fée Clochette gothique.

Elle me fusilla du regard, puis se retourna vers Lucian, les yeux pétillants de désir.

Cela expliquait pourquoi son sourire s'était évanoui. Après m'avoir trouvée appétissante, elle aurait été heureuse de m'oublier et de reprendre le cours de son existence. Mais c'était Lucian qui refusait d'abandonner, et elle se sentait de plus en plus menacée par l'intérêt qu'il me témoignait, ce qui ne faisait que m'effrayer davantage.

D'habitude, les gens ne seraient pas jaloux d'un hamburger. Il n'était donc pas logique que Violette le soit de moi. Sauf si les intentions de Lucian n'étaient pas uniquement alimentaires.

— OK, finissons-en, annonçai-je d'une voix la plus égale possible.

Je n'avais pas précisément hâte de mourir, mais je ne voulais pas d'une fin interminable.

— Pourquoi cet empressement ?

Lucian me toucha la joue du revers de la main, mais je tressaillis et ses ongles longs et grotesques vernis en noir frôlèrent juste ma peau. Il me sourit, et je réprimai une montée de bile.

— Tu as encore du cran, ajouta-t-il.

— On s'en fiche, se moqua Violette.

— J'ai simplement décrété que c'était une belle soirée pour mourir, et minuit approche à toute vitesse, alors on ferait bien d'en terminer, affirmai-je.

J'avais machinalement reculé d'un pas. Malgré mes jambes en coton, je brûlais de m'enfuir en courant. Mon pouls rapide me suggérait de détaler, mais je savais que je n'irais pas loin avant de sentir les bras de Lucian m'étreindre, et ses mains se poser sur moi. Cette perspective me donnait la chair de poule. Je décidai qu'il valait mieux provoquer Violette pour la pousser à me tuer.

— Ton maquillage est ridicule, lui dis-je.

Ce n'était pas aussi percutant que je l'aurais souhaité, mais la panique bloquait les zones utiles de mon cerveau.

— C'est toi qui as l'air ridicule ! riposta-t-elle avec un regard dégoûté.

— Mesdames !

Lucian leva la main pour nous faire taire.

De ses crocs proéminents à son long manteau noir, il incarnait tous les clichés de vampires que Jack s'attachait à rejeter. En boîte, Violette m'avait même avoué par mégarde qu'il s'appelait en réalité Hector. Il était certainement un affreux geek qui, par hasard, avait basculé dans le milieu des vampires. Il avait adopté le style de vie gothique et romantique, même s'il avait fini par tomber dans le mauvais goût et devenir une caricature.

— C'est absurde ! hurlai-je, surprise par la puissance de ma propre voix. Si vous n'avez pas l'intention de me tuer, je rentre chez moi.

J'ignore en quoi il s'agissait d'une menace ou pourquoi cela me paraissait logique, mais Violette éclata de son petit rire perçant. Je commençais à me demander si elle n'avait pas subi une opération du larynx, parce que ce son n'avait rien d'humain.

Techniquement, elle ne l'était plus, mais tous les vampires que j'avais rencontrés possédaient une voix humaine. Cela faisait partie de leur camouflage. Mais celui de Violette était vraiment atroce.

— Je ne vais pas te tuer, m'assura Lucian.

Il m'avait réservé un sort plus abominable, et n'allait pas me laisser partir. Il posa la main sur mon bras. Ce contact déclencha quelque chose en moi. La situation me parut enfin réelle, et je paniquai.

— Enlève tes sales pattes !

Je criai et me débattis pour dégager mon bras. Je savais que c'était vain, mais je devais me défendre. J'eus la chair de poule et la nausée.

— Ne me touche pas ! Lâche-moi ! Lâche-moi !

— Alice ! siffla Lucian tandis qu'il plaquait sa main libre sur ma bouche pour étouffer mes hurlements.

Je n'avais jamais eu aussi peur de toute ma vie. Je me démenais, donnais des coups de pied et me débattais de mon mieux. Je continuais à crier et eus envie de lui mordre la main, mais l'idée de goûter sa chair ou son sang me répugnait trop.

Il allait me faire subir des choses horribles, et cette certitude me terrorisait plus que tout. C'était même pire que la déprime qui me tenaillait à la pensée de vivre sans Jack. C'était plus grave qu'un chagrin qui me consumerait lentement. C'était instantané, désespéré et sauvage.

— Laisse-la partir !

Une voix veloutée résonna devant moi, et j'ouvris les yeux.

Il était encore trop loin et le brouillard l'enveloppait partiellement, mais je reconnus ce regard d'émeraude déterminé. Peter était là, ce que je jugeai à la fois rassurant et terrifiant. Il allait me sauver des griffes de Lucian, puis certainement nous tuer, Jack et moi. C'était une situation gagnant-perdant.

— Pardon ?

Lucian semblait déconcerté. Je diminuai mes efforts pour me libérer. Je me serais bien détendue complètement, mais il me touchait toujours avec ses maudites mains.

Un jour, j'avais trébuché dans les bois pour atterrir les paumes en premier sur une carcasse d'animal qui grouillait d'asticots. Cela ne représentait aucun danger, mais ce fut la chose la plus répugnante qui m'était arrivée, et j'avais vraiment eu la trouille. C'était exactement ce que je ressentais au contact de Lucian. J'avais l'impression d'être couverte de vers.

— Libère-la.

Les yeux remplis de rage, Peter fit un pas dans notre direction.

Même si sa carrure n'était pas imposante, Peter était extrêmement intimidant. Sa façon de serrer les dents et les poings laissait à peine deviner qu'il bouillait de colère et qu'il disposait d'une grande force intérieure. Lucian n'avait pas relâché sa prise sur moi, mais je le sentais de plus en plus hésitant.

— Mais qu'est-ce qu'elle a, cette fille ? demanda Violette, perplexe.

— Elle m'appartient, grogna Peter.

Il tendit la main vers moi, comme s'il s'attendait à ce qu'ils me rendent à lui sur cette simple affirmation. Comme s'il s'agissait d'un quiproquo et non d'une situation évidente de kidnapping-meurtre-viol.

— Et l'autre vampire qui l'accompagnait ? s'enquit Lucian en resserrant ses doigts sur moi.

Il pensait avoir trouvé une faille, mais se trompait.

Peter était déjà au courant à propos de Jack. Forcément. Le rêve que j'avais fait la veille n'en était pas un. Peter avait tout découvert et s'était tenu à l'affût au cours des jours précédents. Mais pour quelle raison ?

— Cela ne te regarde pas. Lâche-la, répéta Peter en fusillant Lucian du regard. Tout de suite.

— Tu devrais faire plus attention à tes affaires.

Lucian essayait d'employer un ton léger et taquin, mais Peter le désarçonnait.

Il me laissa partir, et je détalai à quelques pas de distance. À mon avis, tout le monde pensait plus ou moins que j'allais me précipiter dans les bras de Peter et, croyez-moi, c'était plutôt tentant, mais je ne le fis pas. Je restai en retrait sur le côté, plus près de Peter que de Lucian, et frissonnai.

Sans que Lucian puisse ajouter quoi que ce soit, Peter se jeta sur lui, tel un lion qui fondait sur sa proie. Lucian poussa un cri de surprise, et Violette glapit avant de bondir en arrière. Je demeurai immobile, observant leurs ombres s'enfoncer puis disparaître dans le brouillard.

J'entendis Lucian crier et Peter grogner, puis d'affreux bruits gutturaux et d'autres qui évoquaient des déchirures et des os brisés. Violette se lança à leur poursuite dans l'obscurité, leur hurlant d'arrêter.

Un horrible bruit de déchirement retentit, suivi par les sanglots de Violette, puis je distinguai les pas légers de ses talons aiguilles s'évanouissant dans la nuit.

Tremblante, je ne parvenais pas à savoir ce que j'étais censée faire. Attendre que Peter revienne ? Le remercier et essayer de le convaincre de m'épargner ? ou m'enfuir chez moi ?

Rien ne me paraissait logique. Et, pour couronner ma panique rampante, ce désir constant qui me poussait vers Peter me tenaillait.

Lorsqu'il émergea enfin de la brume, je n'avais pas bougé d'un pouce. Une tache sombre recouvrait le devant de son tee-shirt. Sa peau était parfaitement propre, même s'il y avait forcément eu des éclaboussures. Il avait dû se nettoyer, et je me demandai si c'était exprès pour moi.

Il se passa la main dans les cheveux, évitant de croiser mon regard. C'était mieux ainsi. Chaque fois que je plongeais mes yeux dans les siens, j'avais tendance à me perdre dans leur contemplation. Une égratignure légèrement rosée lui barrait le visage, et je me rappelai, stupéfaite, à quel point les vampires cicatrisaient vite. Son tee-shirt, troué à plusieurs endroits, révélait un épiderme absolument intact.

— Mais qu'est-ce que tu fiches ? me demanda-t-il doucement, la tête baissée vers le trottoir.

— Je te retourne la question.

— Alice, je suis sérieux, soupira-t-il, manifestement agacé.

— Moi aussi !

Cette fois, je réussis à être plus vigoureuse et à lui faire lever les yeux sur moi. J'y décelai un mélange d'énervement et d'affection.

— Tu te rends compte qu'abandonner et mourir n'est pas la même chose que de faire preuve de courage ?

Il m'observa d'un air sévère.

— Quel autre choix j'avais ? argumentai-je en m'efforçant de ne pas lui laisser m'embrumer l'esprit. Si j'avais couru, il m'aurait rattrapée ! Il est trop fort, je n'aurais pas pu le repousser !

— Et alors ? lança-t-il, incrédule. Il faut se battre quand même ! Détaler jusqu'à ce qu'il te rattrape ! C'est ta vie, Alice ! Pourquoi tu cherches toujours à la perdre ?

— C'est faux !

Je secouai la tête, m'apercevant qu'il était inutile de discuter ce point.

— De toute façon, qu'est-ce que ça peut bien te faire ? Tu vas me tuer dans dix minutes, non ?

— Quoi ? (Il fronça les sourcils, surpris et perplexe.) Pourquoi est-ce que je te tuerais ?

Il était sincèrement stupéfait, ce qui me déstabilisa. Même après avoir goûté à l'amertume de mon sang, l'idée de me supprimer ne l'avait pas effleuré. Il était au courant depuis des jours et, à ma connaissance, il n'avait pas non plus éliminé Jack. En fait, il m'avait seulement sauvé la vie. Cela ne correspondait pas au tableau que tout le monde m'avait brossé de lui.

— Tu as déjà tenté de le faire.

Je croisai les bras, cherchant à dissimuler à quel point j'étais abasourdie.

— Je t'ai promis que cela ne se reproduirait plus, affirma-t-il en balayant mon objection.

Je trouvais son côté pragmatique presque mignon. D'accord, il avait essayé de me tuer, mais il m'assurait qu'il ne le ferait plus, alors pourquoi m'inquiétais-je ?

— Et Jack ? hasardai-je.

Ma voix trahissait à quel point le sujet m'angoissait.

En entendant le nom de son frère, Peter se crispa et regarda dans le vide. Pensif, il se mordit la lèvre. Pendant d'interminables secondes, il demeura immobile.

— Il faut qu'on rentre et qu'on règle la situation, soupira-t-il enfin.

— Pardon ?

— C'est la seule chose à faire.

Il me tendit la main, et je l'acceptai, mais d'un geste hésitant.

Je reçus la même décharge électrique que chaque fois que je le touchais, mais je maudis la vague de plaisir et de chaleur qui s'empara de moi. La main que je serrais pouvait très bien s'avérer celle qui tuerait Jack.

Je laissai Peter me guider à travers le brouillard jusqu'à son Audi, garée dans une rue près de mon appartement. Je m'efforçai de ne pas songer à la sensation merveilleuse que j'avais éprouvée lorsqu'il m'avait mordue. Peut-être pouvais-je l'inciter à le refaire. Au moins, cela donnerait à Jack le temps de… de quoi ? Ce n'était pas vraiment un plan judicieux.

Une fois dans la voiture, une seule idée s'imposa à moi. Peter démarra, puis je sortis mon téléphone de ma poche. J'envisageai de le lui dissimuler, avant de me dire que, de toute façon, il allait le savoir quand même. Il garda le silence jusqu'à ce que j'appuie sur la touche « envoi », alors que nous roulions déjà à toute allure.

— À qui as-tu envoyé un message ? m'interrogea-t-il d'une voix dénuée d'émotion.

— À Jack et à Mae.

— Qu'est-ce que tu leur as dit ?

— Que j'étais avec toi et qu'on arrivait, avouai-je avec franchise.

Il hocha la tête.

— C'est sûrement mieux ainsi, déclara-t-il de manière évasive.

Je faillis lui demander s'il avait l'intention de tuer son frère, puis décidai que je n'avais pas envie de connaître la réponse. Si c'était « oui », je n'avais aucun espoir que les choses tournent bien. En restant dans l'ignorance, je pouvais m'autoriser à me caler dans le siège et à songer qu'il s'agissait peut-être d'un malentendu. Visiblement, Peter ne comptait pas me faire du mal. En réalité, il n'avait jamais été aussi gentil avec moi.

Mais, encore une fois, c'était peut-être pour gagner ma confiance. Comme le veut le dicton, « on n'attrape pas les mouches avec du vinaigre ».

Chapitre 27

Lorsque l'Audi s'arrêta dans le garage, je constatai avec un certain soulagement que la Lamborghini n'était pas là, ce qui signifiait que Jack était sûrement absent. Je n'avais aucune idée d'où il se trouvait mais, tant qu'il était ailleurs, cela me convenait.

Peter posa la main au creux de mes reins et m'escorta à l'intérieur tandis que je faisais mine de ne pas remarquer les picotements qui me parcouraient. Mon cœur se remit à battre de cette étrange façon qui affolait tous les vampires, et j'espérai que Milo n'était pas dans la maison.

Personne ne vint nous accueillir à la porte, ce que je jugeai étonnant, puisque j'avais prévenu Mae. J'entendis Matilda aboyer et gratter contre la porte du sous-sol, me portant à croire que Mae était intervenue. Si Jack et Peter allaient en découdre, la chienne allait probablement se faire mal, alors Mae l'avait enfermée afin de la mettre à l'abri.

— Il y a quelqu'un ? lança Peter dont la voix de velours résonna dans l'entrée.

Lorsqu'il s'aperçut que Mae, contrairement à son habitude, ne se précipitait pas pour nous saluer, il soupira.

— Elle a toujours préféré Jack à moi. Elle a besoin de quelqu'un à dorloter.

— C'est pour ça qu'elle m'adore, précisai-je sèchement, et il esquissa un sourire.

— Mae ?

Peter se risqua à pénétrer dans la cuisine.

Il garda la main sur mon dos pour que je l'accompagne. Mais je ne me serais pas détournée. J'avais envie de le suivre partout, et pas seulement parce que mon corps l'exigeait. Si, par hasard, il tombait sur Jack, je devais être présente.

— Mae ? répéta Peter, un peu plus agacé.

Un bruit furtif s'éleva du salon, et Peter passa le bras devant moi pour me protéger de ce qui se déroulait dans l'autre pièce. Cependant, il avait adopté une position différente. Crispé, il semblait paré pour une attaque, et je tentai de trouver un moyen de le détendre.

— Mae ! criai-je.

J'étais convaincue que Peter ne s'en prendrait pas à elle, et j'avais besoin d'une tierce personne pour atténuer la tension.

— Alice ?

Milo s'efforçait de masquer la note de nervosité dans sa voix.

Il fit irruption dans la cuisine. Mae, derrière lui, essayait de le retenir par le bras. Je compris alors l'origine de ce bruit de bagarre. Mae avait voulu l'empêcher d'approcher Peter, mais mon frère faisait tout pour me rejoindre.

Pendant ce temps, Peter avait adopté une posture encore plus défensive et s'était déplacé devant moi, son corps faisant écran.

— C'est le sang de ma sœur ? demanda Milo, l'air horrifié, quand il vit les éclaboussures sur le tee-shirt de Peter.

L'espace d'une seconde, il écarquilla les yeux, puis montra les crocs et fonça sur Peter.

Heureusement, Mae le bloqua avec ses bras, le ralentissant juste assez pour que je puisse me faufiler sous le bras de Peter et que mon frère constate que j'étais saine et sauve. Peter m'entoura la taille d'un bras et me plaqua contre lui. Il essayait de me protéger de Milo, qui lui-même tentait de me protéger de Peter.

— Milo, je vais bien, affirmai-je en me laissant faire par Peter.

— Qu'est-ce qui se passe ? grogna Milo.

Il avait cessé de vouloir s'avancer vers nous mais, par précaution, Mae gardait son bras autour de son torse.

— C'est le sang d'un autre vampire, contre lequel Peter s'est battu. Je n'ai rien.

Je levai les bras et lui montrai mon cou pour lui prouver que je n'avais aucune marque.

— Est-ce que... c'est ton frère ?

Peter relâcha un peu sa prise sur moi et observa Milo, les yeux plissés, essayant de comprendre la situation.

— Ton frère est un vampire ?

— Oui.

Je m'écartai un peu de lui.

Me retrouver si proche de Peter m'avait encore mise dans cet état qui m'était devenu familier. Mon esprit s'était embrumé et imprégné de lui, comme une pièce se remplirait d'un parfum. Je sentais également son odeur sensuelle et acidulée, et commençais à saliver. Une étrange chair de poule apparut sur ma peau, et j'étais sûre que je tremblais.

M'enveloppant de mes bras, je m'efforçai de me concentrer sur ce qui m'entourait, comme le regard furieux de Milo et sa respiration bruyante. Mae n'avait pas prononcé un mot depuis notre arrivée, probablement parce qu'elle était suffisamment occupée à maîtriser Milo.

— Quand a-t-il été changé ?

Peter se tourna vers moi, et j'aurais préféré qu'il interroge quelqu'un d'autre. Je voulais avoir la possibilité de m'éclaircir l'esprit.

— Il y a environ un mois.

— Pourquoi lui et pas toi ?

Il fronça davantage les sourcils, encore plus perplexe.

— À cause d'un accident. Il allait mourir, alors Jack l'a transformé, expliquai-je. Et moi, j'avais prévu d'attendre que mon frère grandisse un peu avant de devenir l'une des vôtres.

— Jack est toujours impatient de tout transformer, déclara Peter, plus pour lui-même que pour les autres.

Puis il secoua la tête et regarda Mae derrière Milo.

— Tu ne m'as pas dit bonsoir.

— Je n'en ai pas vraiment eu l'occasion.

Elle esquissa un sourire forcé et relâcha enfin Milo, mais ne fit aucun mouvement en direction de Peter. Elle n'allait pas l'étreindre comme elle le faisait avec tout le monde.

— Peter, tu devrais peut-être partir, lui suggéra-t-elle.

— Je sais que tu n'es pas ravie de me voir, mais ce n'est pas juste. Je n'ai rien fait de mal.

Il était sincèrement blessé par la réaction de Mae, dont les yeux s'emplirent de larmes.

— Peter, tu sais que ce n'est pas tout à fait exact, souligna-t-elle doucement.

Elle garda les yeux rivés sur lui, mais me désigna d'un léger mouvement de tête.

— Je ne cherche pas à me justifier, mais si… (Il se mordit la lèvre et secoua la tête.) Jack a dépassé les bornes à tous les niveaux et, pourtant, vous vous rangez tous en permanence de son côté. C'est à moi qu'elle est destinée, pas à lui. Et sa mort n'aurait rien dû vous faire.

— Merci, marmonnai-je, et je le sentis poser un regard d'excuse sur moi.

— Alice, je me suis mal exprimé.

Il tendit la main vers moi, puis la laissa retomber.

— Nous ne prenons le parti de personne, insista Mae.

Elle posa la main sur le bras de mon frère pour l'apaiser. Il fulminait d'entendre Peter aborder le sujet de ma mort avec autant de détachement.

— Les choses ne sont pas aussi tranchées, et tu en es parfaitement conscient.

— Mais Jack a tort ! s'exclama Peter.

Il donna un grand coup sur le plan de travail, qui nous fit tous sursauter.

— De quel droit se permet-il ? poursuivit-il.

— Il m'aime, Peter, intervins-je timidement.

Il se tourna vers moi, les yeux brillants de fureur, et j'essayai de reculer. Milo siffla et Mae s'interposa entre lui et Peter. Comme moi, elle savait que Peter n'avait plus l'intention de me faire du mal.

— Et tu crois que je ne t'aime pas ? rétorqua ce dernier.

Il bougea si rapidement que je le vis à peine arriver. Soudain, son visage était devant le mien et j'étais acculée contre le mur, même s'il ne me touchait pas. Ce mouvement brusque avait fait peur à Milo, et Mae dut le pousser dans la pièce voisine pour qu'il puisse contenir ses émotions.

— Ça va ! Il lui parle, c'est tout ! insista-t-elle à plusieurs reprises.

Du coin de l'œil, je la vis finalement maîtriser mon frère dans l'autre pièce, mais je ne pouvais détacher mon regard de celui de Peter. Il me contemplait toujours comme s'il essayait de me percer à jour et de résoudre une grande énigme.

Sans raison, les larmes me montèrent aux yeux, et je luttai pour me souvenir de respirer. Il m'encadra en plaçant une main de part et d'autre de moi et baissa son visage à la hauteur du mien. Je ne voyais et ne sentais que lui. C'en était étouffant, et j'ignorais comment combattre cette sensation.

En vérité, je n'avais pas envie de la réprimer. Mon corps me hurlait sans cesse que c'était ce dont il avait besoin, que cela correspondait à ce que j'étais censée éprouver. Pour l'éternité.

— Comment suis-je supposée savoir ce que tu ressens pour moi ? murmurai-je d'une voix rauque. Tu m'as toujours repoussée ou fuie. Tu as passé à peine une minute en ma compagnie. Tout ce que je sais à propos de toi, c'est que je te dégoûte et te fascine à la fois.

— Je suis désolé.

Pour la première fois, son timbre trahissait une grande émotion et non plus un effort pour masquer quelque chose. Il était profondément peiné, mais il poursuivit sans se décontenancer :

— Je n'ai pas été honnête envers toi. J'ai un million d'excuses pour la façon dont je t'ai traitée, mais aucune d'entre elles ne m'absout.

Il poussa un long soupir, et je sentis la chaleur de son souffle sur mon cou. Je reconnus la faim qui le tenaillait, celle que j'accueillais sans réfléchir. Peter me désirait de la seule manière possible pour lui, comme les fleurs ont besoin de la lumière du soleil. Nos corps nous dictaient que j'étais indispensable à sa survie, à plus d'un titre, et Peter écoutait le sien.

— Mais quelle importance désormais ? reprit-il d'une voix sensuelle.

Il baissa les yeux sur ma gorge, et ses cils retombèrent vers ses joues.

— L'amour que je te porte ne compte plus vraiment, je me trompe ? (Il s'approcha de moi et me huma avant de pousser un soupir de reproche.) Tu as son odeur.

— Pardon, chuchotai-je.

Une petite partie de moi était peut-être navrée, mais j'étais aussi étrangement fière de sentir comme Jack. Comme s'il m'avait marquée comme sienne et que, peut-être, mon sang lui appartenait également. Au fond, j'avais toujours su que c'était écrit, et je crois que Peter l'avait perçu aussi. C'était pour cette raison qu'il m'avait toujours rejetée.

— Maintenant, il est à l'intérieur de toi.

Peter ramena mes cheveux vers l'arrière et les caressa, effleurant mes joues du bout des doigts. Une vague de plaisir me submergea. Ses yeux, de nouveau plongés dans les miens, étaient tristes et éteints.

— Je t'ai déjà perdue, n'est-ce pas ?

Sans me laisser le temps de répondre, il pressa doucement ses lèvres sur les miennes. Un tourbillon d'émotions m'emporta, et je me surpris à lui rendre son baiser. La dernière fois, il m'avait embrassée de manière violente et passionnée mais, là, je percevais de la tendresse et une certaine mélancolie. Il se rendait compte qu'il s'agissait de notre ultime baiser et voulait en savourer chaque moment.

Un grondement guttural à l'autre bout de la pièce me propulsa dans l'instant présent. J'avais passé les bras autour du cou de Peter et enfoncé mes doigts dans ses cheveux. De ses bras puissants, il m'avait plaquée contre son corps musclé, si fort que je pouvais à peine respirer.

Mais, dès que j'entendis ce grognement, mon cœur s'arrêta et j'éloignai ma bouche de celle de Peter. Il me repoussa sur le côté, dans le seul but de me protéger.

Soudain, je vis la silhouette floue de Jack traverser la pièce d'un bond. Il percuta Peter, et tous deux atterrirent sur la table de la salle à manger qui s'effondra sous leur poids.

Je perçus des grincements de dents et des bruits de coups, puis Jack fut projeté à travers la vitre des portes-fenêtres. Peter, debout, s'apprêtait à le suivre, mais Jack s'était déjà relevé et se débarrassait des éclats de verre.

Ils se tenaient à un mètre l'un de l'autre et se foudroyaient du regard, en proie à une rage effrénée. Je me remis sur mes pieds, pensant qu'il fallait que j'intervienne, mais Ezra s'interposa brusquement entre eux. Il était sur ce qui restait de la table, plus près de Peter, mais tendit les paumes dans les deux directions.

— Arrêtez ! ordonna-t-il d'une voix tonitruante. Ça ne sert à rien !

Quelque part au bout du couloir, j'entendis Milo se débattre pour sortir. Manifestement, Mae s'était enfermée avec lui dans une pièce, ce qui me paraissait une sage décision.

— Il n'y a qu'un seul moyen de régler la situation, répliqua posément Peter, les yeux rivés sur Jack.

Les traits de ce dernier étaient si déformés par la haine que son visage était presque méconnaissable. Tout son corps était crispé, toutes ses veines ressortaient tant il bandait les muscles. Il bombait le torse, et ses lèvres étaient retroussées en un rictus hargneux.

— Peter ?

Ezra se concentra sur Peter, ce qui me sembla peu judicieux compte tenu de l'expression de Jack. Il s'avança vers lui et posa la main à plat sur le poitrail de son frère.

— Tu connais les conséquences de ce genre de choses, poursuivit-il. Tu ne veux pas en arriver là.

— C'est à lui qu'il faut dire ça, répondit Peter avec un signe de tête vers Jack, qui se mit à grogner.

— Jack ! le suppliai-je.

Jack s'adoucit sur-le-champ en entendant ma voix et, lorsqu'il me regarda, je m'aperçus qu'il se sentait coupable. Peter grimaça, mais Ezra tenta de capter son attention, avec succès apparemment.

— Viens, allons nous éclaircir les idées une minute.

Ezra plaça la main sur le dos de Peter et l'incita à sortir. Jack s'éloigna de la fenêtre brisée pour leur libérer le passage.

Jack se retira et desserra même les poings, réussissant à convaincre Peter qu'il pouvait s'octroyer une pause sans risque. Ezra guida Peter parmi les débris, et ils sortirent dans l'épais brouillard qui était tombé sur la nuit.

Jack les suivit du regard jusqu'à ce qu'ils disparaissent, mais nous distinguions toujours la voix douce et prudente d'Ezra qui tentait de raisonner Peter.

Après leur départ, Jack s'empressa de me rejoindre en silence. J'ouvris la bouche pour parler, mais il me fit taire. Il me prit par la main et m'entraîna dans le bureau d'Ezra, tout au bout du couloir. J'entendis les appels déconcertés de Milo en provenance de la chambre de Mae et d'Ezra. Une fois à l'intérieur, Jack referma la porte sans un bruit.

Je tentai une nouvelle fois de lui demander ce qui se passait, mais il m'attira dans ses bras et m'embrassa avec une passion telle qu'elle éclipsa tout le reste. Je me remémorai ce que j'avais ressenti lorsqu'il m'avait mordue, son cœur et le mien battant à l'unisson. Toute la chaleur et l'amour qui émanaient de lui s'engouffrèrent en moi.

Au-delà de ce baiser, je percevais un désespoir qui me terrifiait, mais j'essayai de me focaliser sur le bonheur incroyable d'avoir retrouvé ses bras. J'avais envie que ce moment se prolonge à tout jamais.

— Alice…, haleta-t-il.

Il me repoussa vigoureusement. Il ne voulait pas s'éloigner de moi, mais je m'agrippais tant à lui qu'il dut employer la force pour se libérer. Il posa les mains sur mes joues, ses paumes brûlantes sur ma peau, et m'implora de ses yeux bleus.

— Quoi ? demandai-je, la voix cassée.

— Je suis vraiment désolé pour tout ça, s'excusa-t-il avec un sourire tendre. Alice, s'il te plaît, ne pleure pas, d'accord ? On a très peu de temps. Quand Peter va se rendre compte qu'on s'est esquivés…

— On peut s'enfuir en courant ! proposai-je en essayant d'empêcher les larmes de ruisseler sur mon visage.

— Non, il ne te laissera jamais partir. Et moi non plus. (Son expression trahissait son angoisse et sa honte.) Mais je sais que je n'en sortirai peut-être pas vivant.

— Non, Jack, c'est absurde, dis-je, la gorge nouée.

Une intense douleur me transperça, si forte que je crus que j'allais mourir. J'avais l'impression que le sol s'était dérobé sous mes pieds et que je chutais dans le vide.

— Alice, tu vaux la peine qu'on se batte pour toi, affirma-t-il en esquissant un sourire triste. Et même qu'on meure pour toi.

— Non !

Je tentai de le frapper pour me détacher de lui et lui faire renoncer à cette ridicule mission suicide qu'il s'était fixée.

— C'est stupide ! C'est le truc le plus débile que tu m'aies jamais dit ! Tu es vraiment un imbécile, Jack !

Je le cognai de toutes mes forces pour me dégager de son étreinte, mais ses bras ne bougèrent pas. Il me laissa me débattre jusqu'à ce que je sois épuisée, puis me plaqua contre lui. Je sentis les lents et forts battements de son cœur, qui me firent sangloter.

— Alice, écoute-moi.

Ses mots étaient étouffés parce qu'il avait enfoui son visage dans mes cheveux.

— Il ne renoncera pas avant de t'avoir, désormais. Il a enfin compris qu'il t'aimait et… et j'ai vu comment vous vous êtes embrassés…

— Non, Jack, pardonne-moi ! pleurnichai-je. Ça ne se reproduira pas, je te le jure ! Plus jamais je…

—Alice, non. Ce n'est pas ta faute. Ce n'est pas pour te punir, OK? (Ses doigts étaient passés dans mes cheveux, et j'entendais encore son cœur battre contre le mien.) Je sais juste que je ne pourrai pas vivre ainsi. Et toi, tu es incapable d'aller contre. C'est ton sang qui veut ça.

—Jack…

Je m'efforçai de trouver un argument pour lui prouver le contraire, en vain.

Il avait raison : j'avais tenté de refouler mes sentiments envers Peter dès le départ et, pourtant, sans savoir comment, nous avions fini par nous étreindre, et c'était à ce moment que Jack était arrivé.

Jack recula pour me dévisager, mais il garda les mains fermement serrées sur mes bras, au cas où je déciderais de détaler et de gâcher son plan ridicule.

Je me rendais compte que ses propos n'étaient pas complètement dépourvus de logique. Il voulait se battre contre son frère pour moi, et je n'avais aucun espoir de le faire changer d'avis. Je devinais ce qui le poussait à ce raisonnement.

C'était la seule conclusion à laquelle Jack était parvenu : l'un des deux devait mourir. Je savais qu'il existait forcément une autre solution.

—Alice, je dois simplement m'assurer que tu vas bien, affirma-t-il d'une voix enrouée.

—Je n'irai jamais bien sans toi, pleurai-je.

Il tressaillit, mais se reprit rapidement.

—Ce n'est pas ce que je voulais dire. Je dois retourner là-bas, et si quelque chose arrive…

—On peut s'enfuir. N'y retourne pas! Comme ça, tu seras sûr que je ne crains rien! l'interrompis-je.

Mais il avait déjà pris sa décision.

—S'il arrive quelque chose, je ne crois pas qu'il te fera du mal, mais j'ai besoin de savoir que tu seras en sécurité.

Ses yeux se remplirent de larmes, et les miennes redoublèrent d'intensité.

— Je dois avoir la certitude que, quoi qu'il se passe, tu mèneras une longue et heureuse vie, poursuivit-il.

— Tu ne m'écoutes pas, Jack. Je ne serai jamais heureuse sans toi !

— Je t'en prie, Alice, fais-le pour moi, me supplia-t-il. Je veux te transformer.

Il avait dû entendre un bruit, puisqu'il jeta un coup d'œil nerveux à la porte et, quand il me dévisagea de nouveau, son regard était plus insistant.

— Quoi ? Hors de question ! Tu crois que je vais vivre éternellement sans toi ? Non !

Je secouai la tête, révoltée par cette idée.

— Alice… (Il posa son front contre le mien et poussa un long soupir.) Je t'aime tant. S'il te plaît. Fais-le pour moi.

— Si tu m'aimes vraiment, je ne comprends pas comment tu peux même me demander ça.

Soudain, il se mordit le poignet, déchirant sa chair. L'odeur enivrante de son sang envahit la pièce et, tout à coup, ses battements cardiaques devinrent palpables.

Je n'avais jamais ressenti la soif de sang auparavant, mais le sien déclencha en moi une envie bestiale. Depuis qu'il m'avait mordue, j'étais obsédée par son sang. Il était conscient que, dès qu'il s'ouvrirait les veines, je ne le refuserais pas.

Il plaqua le poignet contre ma bouche. Le sang de Jack n'avait pas du tout le même goût que dans mon souvenir. Il était plus sucré que du miel et coula comme du vin au fond de ma gorge, brûlant d'une chaleur excitante. Avant même que le liquide atteigne mon estomac, une vague de plaisir intense me submergea, un voile flou puis blanc modifia ma vision. Pour la première fois de mon existence, je sentis que tout mon être était en vie.

Son amour s'insinua en moi, pur et absolu. Même lorsqu'il m'avait mordue, je n'avais pas ressenti cela. En avalant son sang, je buvais son essence. Il m'aimait, et il n'était qu'amour.

Je percevais uniquement sa gentillesse, son innocence et son bonheur infini. Il n'avait commis les pires actes de son existence que parce que je l'y avais poussé. J'étais la pire chose qui lui était jamais arrivée, pourtant il éprouvait pour moi un amour parfait et éternel, qu'il n'avait jamais connu.

Lorsqu'il éloigna son bras de ma bouche, je chancelai en arrière. S'il ne m'avait pas rattrapée, je serais tombée à la renverse. De nouvelles larmes ruisselèrent, brûlantes, sur mes joues. La tête me tournait, et je me sentais désorientée et prise de vertige.

J'eus alors l'impression d'être complètement enivrée de son sang, j'avais également la nausée et l'esprit embrouillé. Je savais que je n'allais pas tarder à m'évanouir.

Je savourais la sensation de ses bras musclés et réconfortants lorsqu'il me souleva pour me poser sur le canapé. Son expression avait changé, et je m'aperçus à la dernière seconde que je l'avais affaibli. Il s'apprêtait à livrer la plus importante bataille de son existence, affreusement désavantagé par son immense faiblesse.

— Oh, non, Jack ! Tu es si faible ! Je t'ai tué !

— Non, Alice, je vais bien.

Il repoussa une mèche de cheveux de mon visage, et je posai ma main sur la sienne. Il me mentait. S'il sortait de cette pièce et se battait avec Peter, il allait mourir, et nous le savions tous les deux.

— Jack… Je t'aime ! m'exclamai-je d'un ton farouche.

Malgré tout ce que je pouvais lui dire, il allait partir, alors je choisis de faire bon usage du temps qu'il me restait.

— Ça a toujours été toi, Jack, c'est toi que j'aime, depuis le départ.

— Je sais.

Il esquissa un sourire. En dépit de tous mes efforts, mes yeux se fermèrent. Je sentis ses lèvres se poser avec tendresse sur mes paupières, puis une larme s'écraser sur ma joue.

J'avais envie de lui parler encore, mais aucun mot ne sortit de ma bouche. Je sombrai dans l'obscurité, et eus à peine le temps d'entendre le chaos se déchaîner derrière la porte.

Chapitre 28

J'ignore le nombre de jours qu'il m'a fallu pour me transformer. Dans son livre, Peter avait décrit ses impressions pendant le processus ainsi : … comme si l'on m'avait ouvert le ventre avant de le remplir d'anguilles. Je n'ai pas trouvé de formule plus exacte.

Bien sûr, cela n'exprime pas la douleur atroce que mon corps avait subie tandis que mes organes se déplaçaient et mouraient. À l'intérieur, tout bougea et se reconstitua pour s'adapter à la créature entièrement différente que j'allais être.

La transformation se déroula dans un flou délirant. Je n'étais jamais endormie, mais jamais vraiment réveillée. J'avais le vague sentiment de vivre un cauchemar, et je ne parvenais presque pas à distinguer la réalité du reste.

La douleur et la faim me réduisaient le cerveau en bouillie, et je rêvais que des scarabées et des serpents dévoraient ma chair. Lorsque je fermais les yeux, mes visions n'étaient jamais agréables.

Le seul moment de lucidité dont je me souvienne, c'est de m'être réveillée après avoir rêvé que je prenais feu. Bizarrement, dans mon rêve, je m'étais retrouvée à chanter *Ring of Fire* de Johnny Cash.

Quand je commençai à me réveiller, je m'aperçus que ma voix n'était pas la seule que j'entendais. J'en discernais une autre, bien plus parfaite que la mienne, rauque et brisée.

J'ouvris les yeux, qui me brûlèrent en dépit de la faible lueur qui régnait dans la pièce. Je ne voyais presque rien. Plus tard, ma vision serait meilleure que celle d'un aigle mais, à ce moment-là, j'étais presque aveugle.

Je distinguai vaguement une silhouette. Je n'en percevais pas encore les détails, mais impossible de ne pas reconnaître ces cheveux en bataille. Malgré ma douleur et ma confusion, la joie m'envahit.

— Jack, murmurai-je, la voix rêche. Tu es vraiment là ?

— Chut... Repose-toi.

Il écarta une mèche de mon front, me provoquant une douleur atroce, mais je savourai le contact de ses doigts sur ma peau, parce qu'ils lui appartenaient.

— Mais...

Je tentai de protester, mais ma gorge était irritée à force d'avoir chanté et déliré.

— Je suis tout près, et je vais rester ici jusqu'à ce que tu te réveilles réellement. D'ici là, repose-toi, et on discutera de tout ça plus tard.

Aucun son ne m'avait jamais paru aussi merveilleux que celui de sa voix, et je voulais qu'il continue à parler. Malheureusement, la douleur et l'épuisement l'emportèrent. Mais, chaque fois que j'avais un éclair de lucidité, il était présent à mon chevet.

Enfin, la soif s'empara de moi, et j'entendis le cœur de Jack battre. Au lieu de me rassurer, ce son ne fit qu'amplifier ma soif.

Au début, j'étais assoiffée et affamée, désirant en même temps du sang et des aliments, mais mon corps subissait une transition et ne pouvait rien digérer. Je dus attendre d'avoir franchi cette étape et d'être complètement épuisée par ce processus avant de pouvoir m'alimenter.

La soif qu'éprouve un vampire n'a rien de commun avec celle des humains. Elle est plus qu'insatiable, et va bien au-delà d'une faim vorace. Elle est plus intense qu'un désir avide. C'est à la fois un mélange de toutes ces sensations, décuplées, tout en étant différent.

Tout mon être était tourné vers un unique objectif, qui occultait tout le reste. Mon corps me semblait comme victime d'une maladie jusqu'à ce qu'enfin j'avale du sang.

Sous la surveillance de Mae et d'Ezra qui se tenaient chacun à un bout de la pièce, Jack me donna une poche de sang dont je descendis le contenu avec avidité. Ce n'était rien en comparaison du sang de Jack. Enfin, pas rien. C'était délicieux, cela me réchauffa et me procura une sensation de bien-être, mais ce n'était pas aussi fort ou fabuleux qu'avec Jack.

Comme auparavant, et comme lorsque Milo s'abreuvait, le sang m'enivra. Je m'assoupis presque instantanément après, et dormis beaucoup mieux que depuis des jours. J'eus enfin l'impression de récupérer et, exceptionnellement, aucun rêve ne peupla mon sommeil.

Plus tard, je me réveillai et posai alors pour la première fois mes yeux de vampire sur le monde.

CPI
AUBIN IMPRIMEUR

IMPRIM'VERT
Votre imprimeur agit pour l'environnement

Achevé d'imprimer en octobre 2012
N° d'impression 1208.0102
Dépôt légal, novembre 2012
Imprimé en France
36231070-1